W0392447

DER DIVERSANT

Andree Hesse

DER DIVERSANT

ROMAN

BERLIN VERLAG

Mehr über unsere Autoren und Bücher:
www.berlinverlag.de

MIX
Papier aus verantwortungsvollen Quellen
FSC

ISBN 978-3-8270-1319-4
© Berlin Verlag in der Piper Verlag GmbH, München / Berlin 2017
Alle Rechte vorbehalten
Umschlaggestaltung: ZERO Werbeagentur, München
Typografie: Birgit Thiel
Gesetzt aus der Candida von Fagott, Ffm
Druck und Bindung: CPI books GmbH, Leck
Printed in Germany

Für Siggi und Gitti und Ute
und für die Brüder

Man sagt, wir seien uns ähnlich. Das kann sein, schließlich sind wir miteinander verwandt. Dabei trennt uns mehr als eine Generation. Ich war zehn Jahre alt, als ich ihn kennenlernte. Er lebte in einem anderen Land, die Reise zu ihm war voller Hindernisse. Er war offenherzig und doch geheimnisvoll. Er sprach mit fremdem Zungenschlag. Na, Meiner, waren seine ersten Worte, ehe er mich überschwänglich in die Arme schloss. Reiner und inniger konnte eine Ansprache kaum sein, das spürte ich gleich, und obwohl ich anfangs Mühe hatte, ihn zu verstehen, war er mir sofort nah. Meiner, bei ihm klingt es anders, er sagt es noch heute so, und es rührt mich noch immer.

Wenn man Kind ist, weiß man nicht, was die Erwachsenen wissen und warum sie sagen, was sie sagen, und tun, was sie tun. Mir war nicht klar, warum ich ihn erst so spät kennenlernen sollte oder er uns nie besuchen durfte. Angeblich hatte er in der Jugend etwas ausgefressen, sogar im Gefängnis gesessen, das war nur eins der vielen Rätsel, die mir niemand lösen wollte. Aus all den Andeutungen und Auslassungen wusste ich mir keinen Reim zu machen, sie beflügelten die Fantasie, das genügte eine Weile. Aber je älter ich werde, desto mehr spüre ich das Verlangen, das Schweigen zu brechen. Ein Gefühl, etwas aufholen zu müssen, ich laufe dem Verstehen hinterher, als ginge es ums Leben. Dabei führt mich mein Weg beharrlich zu ihm, es gibt keine Hindernisse mehr. Und er hat im Alter zunehmend das Bedürfnis, alles loszuwerden, Ballast abzuwerfen, mir scheint, das ist seine Suche: Endlich erzählen, von allem Anfang an.

1

Der Tag begann wie jeder Tag der großen Ferien. Meine Brüder schliefen noch, als ich früh um sechs Lore an den Strick nahm und mich auf den Weg zu Bauer Grothe machte. Nachdem ich zwei Sommer lang mit dem Huber als zweiter Hütejunge gegangen war, musste ich in diesem Jahr allein raus auf die Weide. Der Huber hatte eine Lehre angefangen, und ich war, obwohl erst zehn, sein Nachfolger geworden. Stolz war ich, vor allem aber froh: Fürs Hüten gab es eine anständige Mahlzeit, jeden Tag.

Grothes Hof mit der hohen Mauer und dem Blechtor wirkte wie eine Festung. Um den Misthaufen liefen Hühner und Gänse, im Koben grunzten die Schweine. Ansonsten gab es zwei Milchkühe, zwei Färsen, einen Jungbullen und ein paar Ziegen: meine kleine Herde, die ich morgens aus dem Stall holte. Der Bauer hinkte heran und reichte mir das Frühstück, das ich in meiner alten Armeetasche verstaute. Ein Bein war dem Grothe im Krieg zerschossen worden, und manchmal wirkte er schroff, doch im Grunde war er ein guter Mensch. Seitdem er wusste, dass er sich auf mich verlassen konnte, durfte ich unsere Lore mit auf seine Weide nehmen. So musste Opa August nach der Schicht nicht noch los, um Futter zu besorgen.

Ich trieb die kleine Herde durchs Dorf und über die Brücke in die Aue. Hinter der Elster-Mühle waren am Horizont die Buna-Werke zu sehen, der unaufhörlich dicke Qualm aus ihren Schloten. Der Weg führte an einem Wäldchen inmitten saftiger Wiesen vorbei. Ich musste achtgeben, dass kein Tier den Pfad verließ, und als ich schließlich die Weide erreichte, hatte ich alle Hände voll zu tun, sie von den Zuckerrüben fernzuhalten, die auf den angrenzenden Feldern wuchsen. Lieber brachte ich die Herde auf die Wiesen am Markgraben, doch die mussten erst gemäht werden. Am Markgraben gab es keine Felder, man musste nicht ständig auf der Hut sein und hatte mehr Zeit. Manchmal waren meine Brüder dorthin gekommen und wir hatten Indianer gespielt, so war der Tag schneller rumgegangen. Hier draußen aber konnte es einsam werden.

Punkt zwölf Uhr mittags röhrte der »Buna-Ochse«, die Werkssirene, übers ganze Land, und dann kam auch schon die Bäuerin, um mir mein Mittagessen zu bringen. Ich trieb die Tiere so lange in den Schatten der Büsche, damit sie nicht doch noch in die Rüben liefen. Nach dem Essen zogen sich die Stunden ewig hin, die Tiere wurden ruhiger. Ich legte mich ins warme Gras, mir fielen die Augen zu. Sofort hatte ich das Gefühl, weit weg zu sein, obwohl ich nicht hätte sagen können, von was oder von wem. Doch mehr und mehr war mir, als würde ich versinken, als würde sich der Boden unter mir auftun. Ich sank tiefer und tiefer, aber mit einem Mal, ich weiß nicht, nach wie langer Zeit, bekam ich keine Luft mehr. Ich öffnete die Augen. Lore stand über mir, Speichel troff ihr aus dem Maul. Sie sah aus, als wollte sie mit mir meckern. Vor Schreck sprang ich auf und schaute mich um. Glücklicherweise graste die ganze Herde friedlich auf der Weide.

Der »Buna-Ochse« am Abend, der das Schichtende einläutete, war auch für mich das Zeichen, nach Hause zu gehen. Die Kühe wollten dringend gemolken werden, und hätte ich sie gelassen, sie wären quer über die Felder gelaufen. An den Elsterbrücken musste ich aufpassen, dass sie nicht durch den Fluss platschten, denn nass ließ der Bauer sie nicht in den Stall. Schließlich erreichten wir den Hof, das Tor stand wie jeden Abend bereits offen. Grothe begutachtete die Herde und nickte zufrieden. Ich führte die Tiere in den Stall und sperrte sie in ihre Boxen. Auf dem Weg hinaus klaubte ich schnell zwei Eier aus den Hühnernestern und schlürfte sie an Ort und Stelle aus. Den Trick hatte ich vom Huber. Dann fing ich unsere Lore ein, die sich bereits zu den anderen Ziegen gesellt hatte.

»Auf morgen, Meiner«, sagte Grothe und steckte mir ein paar Kornäpfel zu.

»Danke schön«, sagte ich. »Auf morgen.«

Die ersten Meter bockte Lore, doch bald war sie kaum zu halten und zog mich am Strick durchs Dorf. Beim Fleischer Jäckel bemerkte ich einen Tumult auf der Straße. Vor unserem Haus schien sich das halbe Dorf versammelt zu haben. Ich sah einen großen Wagen am Rinnstein stehen. Auf den ersten Blick wie ein Planwagen der Prärie, über der Deichsel befand sich eine Art Kutschbock, und darauf saßen meine Brüder. Sie winkten, als wären sie mitten in einem Spiel. Zwei fremde Männer stapften an mir vorbei, sie schleppten die alte Anrichte aus der guten Stube und luden sie auf den Wagen. Verwirrt drängte ich mich mit Lore durch die tuschelnde Menge. Im Hof schon hörte ich Vater brüllen und Mutter weinen. Vor dem geöffneten Küchenfenster lagen Porzellanscherben und zerschlagene Möbelstücke. Ich ließ die Ziege stehen und rannte ins Haus. Im Flur standen Umzugskisten, die Zimmer waren von Trümmern und Splittern übersät. Die ganze Einrichtung war verwüstet. In der Küche hockte Mutter und starrte mich fassungslos an. Vater nahm keine Notiz von mir, fluchend humpelte er an mir vorbei, riss in seiner Rage noch ein Bild von der Wand und stürmte hinaus, den Möbelpackern hinterher, die letzte Kisten verstauten. Mutter zog mich weinend an ihre Brust, so fest, als wollte sie mich nie wieder loslassen. Vor dem Haus heulte ein Motor auf, ich hörte das Getriebe krachen und dachte an meine Brüder. Mutter und ich lauschten dem davonfahrenden Wagen nach, bis es stiller und stiller wurde und es für einen Augenblick nur noch uns beide gab.

2

Die wichtigsten Dinge im Leben können sich so schlagartig verändern, dass man völlig überrumpelt ist und im ersten Moment wie gelähmt. Was an diesem Tag geschehen war, schien wie zufällig, aus einer flüchtigen Laune heraus geschehen zu sein. Doch das stimmte nicht. Ich wusste noch nicht viel, ich hatte keine Ahnung, wohin Vater wollte oder was er vorhatte. Aber ein paar Dinge wusste ich bereits. Ich wusste, dass er vom Rande des Südharzes stammte und wie sehr es ihn mit Stolz erfüllte, dass man seinen Stammbaum weit zurückverfolgen konnte. All die Knechte und Mägde unter seinen Vorfahren waren seit über zweihundert Jahren im selben kleinen Dorf ansässig gewesen. Ich war nur ein oder zwei Mal nach Heringen gekommen, als Kleinkind noch während des Kriegs, doch ich kannte meine Großmutter, eine vollschlanke, strenge Frau, die das Oberhaupt der gesamten Familie war. Alle hörten auf ihr Kommando, Vater genauso wie Opa, ein hagerer, umgänglicher Eisenbahner, Tante Herta, die Schwester meines Vaters, genauso wie Onkel Albert. Tante und Onkel hatten zwei Kinder, Jens, in meinem Alter, und seine jüngere Schwester Bärbel, ein zartes, blondes Geschöpf. Großmutter spielte zudem die erste Geige in allen wichtigen Vereinen und Institutionen der Gemeinde. Und da sowohl mein Opa als auch mein Onkel in der Partei gewesen waren, waren beide nach dem Krieg in ein Lager weit weg von Heringen gekommen. Nach ihrer Entlassung hatte es sie mitsamt ihren Familien nach Braunschweig verschlagen, ich dachte auf Nimmerwiedersehen.

Opa August kam aus Westpreußen, aus einem kleinen Ort bei Danzig. Er war eines von dreizehn Kindern, von denen vier bereits im Säuglingsalter starben. Seine Eltern waren arme Kleinbauern und konnten die überlebenden Kinder kaum durchbringen. An eine gute Ausbildung war nicht zu denken, zu erben gab es erst recht nichts, und so zog er schon in jungen Jahren als Schnitter durch die Lande und half den Bauern bei der Ernte. Wenn in der Landwirtschaft keine Beschäftigung zu finden war, verdingte er sich als Hafenarbeiter, was ihn bis an die ferne Nordseeküste führte. Im Ersten Weltkrieg diente er als Füsilier in der Infanterie und kam nach Frankreich an die Front. Im Stellungskampf griff ihn ein feindlicher Soldat mit dem Bajonett an. Zum Glück traf der Franzose Opa nur am Kinn, wovon ihm eine lange, tiefe Narbe blieb.

Auf der Suche nach Arbeit gelangte er in den dreißiger Jahren in die Gegend südlich von Halle, wo man zu der Zeit das Buna-Werk erbaute. Er nahm dort eine Stellung an und lernte meine Großmutter kennen, deren Familie schon lange in Döllnitz lebte. Mein Urgroßvater war viele Jahre Wildhüter auf dem Rittergut des Dorfes gewesen. August blieb in Döllnitz und heiratete Erna. Beide hatten vor meiner Mutter bereits einen Sohn gehabt, doch der war als Jugendlicher bei einem Unfall ums Leben gekommen. Mein jüngster Bruder ist nach ihm benannt, sonst aber sprach in der Familie niemand über Onkel Wolfgang und dessen frühen Tod.

Zu Beginn des Krieges wurde Vater aus seinem Heimatdorf zum Arbeitsdienst nach Lochau abkommandiert, ein Nachbarort von Döllnitz. In dieser Zeit lernte er meine Mutter kennen. Sie war achtzehn, als ich auf die Welt kam. Vater war bereits zur Wehrmacht eingezogen worden, aber er bekam noch einmal Heimaturlaub, und schon war auch mein Bruder Richard auf dem Weg. Vater diente als Fernmelder mit Fahrrad bei einer Nachrichtentruppe an der Ostfront. Im Einsatz erlitt er einen Kopfschuss. Seine halbe Schädeldecke musste durch eine Silberplatte ersetzt werden. Die Delle auf der rechten Seite war trotzdem nicht zu übersehen. Auch nicht, dass seine linke Körperhälfte nahezu gelähmt war seitdem.

Ich kannte Vater nur mit der Delle im Kopf und dem schwachen linken Arm. Vielleicht war er einmal anders gewesen. Er war ein Bücherfreund und Musikliebhaber. Wagner und Beethoven interessierten ihn besonders. In guten Zeiten sprach er davon, dass ich, sein ältester Sohn, Geige lernen und Musiker werden sollte. Häufig kamen Nachbarn aus dem Dorf, um sich Bücher auszuleihen. Er gefiel sich in dieser Rolle, er belehrte gern. Das Ansehen nach außen war ihm wichtig, er legte auch Wert auf gute Manieren und ordentliche Kleidung. Zuweilen musste ich ihn im Sonntagsanzug begleiten, wenn er fremden Frauen im Dorf ein Buch brachte. Ich bekam Kekse und Limonade und musste warten, während er mit der Frau im Nebenraum verschwand. Doch zu Hause in den eigenen vier Wänden, da herrschte er mit kühlem Kommandoton, und alle, meine Mutter und die ganze Familie, hatten schwer unter seinen jäh ausbrechenden Wutanfällen zu leiden.

Bevor Wolfgang geboren wurde, wohnten wir zur Untermiete in Osendorf zwischen Döllnitz und Ammendorf. Zu Weihnachten hatte Mutter aus den spärlichen Vorräten ein festliches Mahl gekocht, aber Vater schmeckte es nicht. Richard und ich fielen vor Angst fast von den Stühlen, als er ohne Vorwarnung den gefüllten Teller durchs geschlossene Fenster auf den Hof schleuderte. Wir mussten sofort ins Bett, konnten aber beide nicht einschlafen. In der Stube brüllte Vater, Mutter hörten wir weinen. Mitten in der Nacht, als es still geworden war im Haus, standen Richard und ich auf und zogen uns an. Wir wollten uns an der Reide bis zur Weißen Elster nach Döllnitz zu Oma Erna und Opa August durchschlagen. Doch es war tiefer Winter und wir kamen nicht weit, die Schneeverwehungen waren doppelt so hoch wie wir.

Gegen Kriegsende zogen wir zu den Großeltern. Vater übernahm sogleich das Kommando im Haus, Opa August hatte nicht mehr viel zu sagen. Häufig mussten wir in die neue Schule gegenüber laufen, wo die Keller mit Holzbalken verstärkt und als Luftschutzbunker ausgebaut worden waren. Eines Nachmittags hatte es wieder Alarm gegeben, wir saßen bald mit der gesamten Nachbarschaft in diesem Gewölbe zusammen.

»Seid mal ruhig«, rief jemand.

Ein eigenartiges Summen war zu hören, im Keller wurde das Geräusch immer beklemmender. Ein paar Männer hielten es nicht mehr aus und stiegen hinauf. Als Mutter nicht aufpasste, schlich ich ihnen hinterher und stellte mich zwischen die Erwachsenen. Geschützt von einer Hecke, die vor dem Dorfbrunnen den Schulhof eingrenzte, sahen wir hoch oben am Himmel unzählige Flugzeuge Richtung Osten fliegen.

»Die machen Leipzig platt«, meinte einer der Männer. Ich zitterte am ganzen Leib. Was im Keller ein beklemmendes Summen gewesen war, schwoll hier draußen an zu bedrohlichem Donnern und Grollen. Die Bomberstaffeln am Himmel wollten kein Ende nehmen. Wir sahen ihnen hinterher und lauschten, und mit einem Mal wurde es totenstill. Ich erstarrte, doch nichts geschah. Opa erzählte mir später, dass nicht Leipzig ihr Ziel gewesen war, sondern Dresden, und dass die Stadt in Schutt und Asche lag.

In unserem Dorf befand sich eine Malzfabrik, in der polnische Kriegsgefangene arbeiteten. Offenbar waren die Flieger über Dresden nicht alle Bomben losgeworden, denn auf ihrem Rückweg, als wir den Keller schon wieder verlassen hatten, waren noch welche für die Malzfabrik übrig. Niemand hat die Opfer je gezählt, doch bei dem Angriff starb auch ein kleines Mädchen, das ich kannte. Eine Bombe hatte ihr Elternhaus neben dem alten Friedhof getroffen, keine fünfhundert Meter von uns entfernt.

Nach dem Fliegerangriff kam uns zu Ohren, dass sich in den Kellerräumen des Ritterguts Unmengen an Fleisch- und Wurstkonserven befänden. Niemand wusste, woher sie stammten oder wem sie gehörten. Sofort machten sich meine Großeltern und Mutter mit dem Handwagen auf den Weg. Ich musste mitkommen. Das gesamte Dorf schien dieses Ziel zu haben. Und tatsächlich waren die Keller bis unter die Decke mit Konserven gefüllt. Wie alle beluden wir unseren Wagen, so voll es ging, und bunkerten die Dosen zu Hause.

In den letzten Tagen des Krieges kamen Flüchtlinge aus den Ostgebieten und wurden im Dorf untergebracht. Den meisten Leuten gefiel das nicht. Angeblich hatte niemand etwas gegen Flüchtlinge, im eigenen Haus aber wollte man sie nicht haben. Vater fühlte sich ungerecht behandelt, denn bei unserem Nachbarn, der ein hohes Tier bei der Feuerwehr war, wurde niemand einquartiert. Wir dagegen mussten eine Frau mit ihrem achtzehnjährigen Sohn bei uns aufnehmen. Ich hatte nichts gegen diese Leute, sie waren nett und lebten sehr zurückgezogen. Im April war der Junge nach Eisleben gefahren, um andere Familienmitglieder zu treffen. Eines Nachmittags kamen Richard und ich vom Spielen am Schulberg nach Hause, als an unserem Hoftor große Aufregung herrschte. Vater, Großvater und einige Nachbarn standen um den Burschen mit seinem Fahrrad versammelt. Er wäre auf dem Rückweg von Eisleben bis kurz vor Halle vor den Amerikanern hergefahren, erzählte er. Vater wollte es nicht glauben.

Nur wenige Tage später rückten die Amerikaner auf unser Dorf vor. Richard und ich schlichen mit den anderen Kindern zum Ortsrand. Erst war nur ein stetig lauter werdendes Brummen von schweren Motoren zu vernehmen. Als dann Panzer vor uns auftauchten, hörten wir das scheppernde Rasseln der Ketten. Wir bekamen es mit der Angst zu tun und liefen nach Hause. Versteckt hinter dem Gartenzaun, beobachteten wir die fremden Soldaten, die mit Gewehren auf den stählernen Ungetümen hockten.

Sie errichteten ihr Lager in der Schule, und da wir genau gegenüber wohnten, quartierten sich zwei Offiziere bei uns ein. Sowohl das Wohnzimmer der Großeltern als auch die gute Stube wurden in Beschlag genommen. Mutter war damals hochschwanger. Zu allem Überfluss kam in diesen Tagen auch noch das Gerücht auf, es solle eine Razzia geben, weil Konserven aus den Kellern des angrenzenden Ritterguts gestohlen worden waren. In Windeseile räumte Opa den Verschlag fürs Brennholz leer, verstaute unsere Beute dort und stapelte die Holzscheite davor. Richard und ich mussten am Hoftor Schmiere stehen. Allerdings benutzte auch der Adjutant der amerikanischen Offiziere die Küche der Großeltern, und immer wenn er den Ofen anheizte, wurde die Wand aus Scheiten niedriger. Opa blieb nichts anderes übrig, als jeden Tag nach Feierabend neues Holz zu hacken.

Einen schwarzen Mann hatten wir alle noch nicht gesehen, nun kam täglich einer ins Haus. Der Adjutant mochte uns Kinder, für eine Weile fühlten Richard und ich uns wie Könige, denn Schokolade und andere Süßigkeiten gab es sonst höchstens an Weihnachten. Auf dem Schulhof standen Lastwagen und Kanonen der Amerikaner, der Weg nach Lochau war gesäumt von Schützenpanzern und Geländewagen. Von überall her kamen Kinder angelaufen. Die kleineren bettelten um Kaugummi, die älteren um Zigaretten. Und wenn Oma am Abend die Tiere versorgt, Opa sein Holz gehackt hatte und wir im Hof auf der Bank unter dem Pflaumenbaum saßen, setzten sich häufig die beiden amerikanischen Offiziere zu uns. Wir konnten uns kaum mit ihnen verständigen, aber ich schätze, sie hatten Heimweh.

Im Juni kam Mutter im heimischen Schlafzimmer nieder und es wurde noch enger im Haus. Vielleicht ist Wolfgang deshalb etwas aus der Art geschlagen und kleiner als der Rest der Familie. Die Amerikaner verschwanden jedoch so überstürzt, dass unseren beiden Offizieren und ihrem Adjutanten kaum Zeit blieb, ihr Zeug zu packen. Mit einem Mal war der Schulhof geräumt. Über Nacht, von den meisten Dorfbewohnern kaum bemerkt, rückten die Russen ein. Sie belegten das Rittergut und zwei Bauernhöfe. Die Truppe kam ohne einen einzigen Lastwagen oder Panzer, sie hatten nur Pferde und Wagen. Jeden Morgen beobachtete ich gebannt, wie sie eine ganze Herde durchs Dorf trieben. Ihre kleinen, stämmigen Pferde sahen aus wie die Mustangs in meiner Fantasie.

»Nein«, sagte Opa August, »das sind keine Mustangs, das sind Panjepferde. Sie stammen aus den weiten Steppen im Osten.«

Wir kamen mit den Russen nicht in Berührung. Opa sagte, es wäre ihnen verboten, mit der Bevölkerung zu sprechen. Und so schnell, wie sie gekommen waren, verschwanden sie wieder, zumindest aus unserem Dorf. Jahre später erst sah ich andere russische Soldaten, aber die kamen nicht mit Pferden.

In der Mansarde unseres Hauses wohnte nun Familie Möller, im Kinderzimmer und in der Küche wurde Frau Kreutzer mit zwei Mädchen und zwei Jungen einquartiert, Flüchtlinge aus dem Sudetenland. Opa August gab Vater die Schuld.

»Das haben wir nun davon, dass er ein Hundertprozentiger war«, fluchte er einmal, als er sich alleine wähnte.

Ich verstand es nicht: Erst waren Flüchtlinge bei uns einquartiert worden, weil wir anscheinend keine guten Beziehungen gehabt hatten, und nun sollten sie von uns beherbergt werden, weil wir angeblich zu eng verstrickt gewesen waren. Da unsere Familie inzwischen auf fünf Personen angewachsen war, belegten wir noch ein Zimmer der Großeltern, die Küche wurde gemeinsam genutzt. Um alle durchzubringen, arbeitete Oma beim Bauern, außerdem hatten die Großeltern ein Stück Land gepachtet, auf dem sie Kartoffeln und Rüben anbauten. In dieser Zeit entband meine Großtante ihren vierten Sohn. Wenige Tage später musste sie wegen einer offenen Tuberkulose ins Krankenhaus, wo sie bald verstarb. Oma nahm den Säugling zu sich, doch es dauerte nicht lang und auch er erlag dieser Krankheit. Ich sehe ihn noch fleckig blau und winzig klein auf einem Paradekissen in der guten Stube der Großeltern liegen. Und nun hatte sich auch Oma angesteckt, sie kam ins Krankenhaus nach Rothenburg.

Einmal nahm Opa mich zu einem seiner Besuche mit. Wir fuhren ab Halle mit einem Dampfer die Saale hoch, das war ein solches Ereignis, dass ich den traurigen Anlass beinahe vergaß. Von den Äpfeln, die wir ihr mitgebracht hatten, steckte mir Oma bei der Verabschiedung einen zu. Sie meinte es gut und ahnte nicht, welche Folgen es haben würde. Wenig später wurde ich geröntgt und war der Nächste in der Familie. Ich wurde nach Ammendorf in die Mottenburg eingewiesen, wohin mittlerweile auch Oma verlegt worden war. Drei Wochen später war sie tot.

Die Diagnose bei mir lautete: Hilusdrüsen-Tbc. Ich hatte keine Ahnung, was das bedeuten sollte. Aber man schickte mich zum Aufpäppeln für einige Wochen ins Heim des ehemaligen Herrenhauses im Rittergut. Als Dorfkind wurde ich von den Betreuerinnen besonders gut umsorgt. Gleich danach ging es für sechs Wochen weiter in ein Genesungsheim nach Thüringen. So verfehlte ich am Ende des dritten Schuljahres das Klassenziel und musste es wiederholen. Außerdem durfte ich wegen der Erkrankung nicht am Schulsport teilnehmen. Während die anderen turnten oder Fußball spielten, musste ich am Rand sitzen und zuschauen. Manchmal hatte der Lehrer Mitleid und rief mich, wenn es einen Elfmeter gab, aufs Feld, um ihn auszuführen. Den Mitschülern gefiel das nicht, und für mich waren diese Kurzeinsätze noch enttäuschender als das Zuschauen. Besonders wenn ich nicht ins Tor traf.

Nach Omas Tod musste sich Mutter eine Anstellung suchen. Die Lebensmittelmarken und Bezugsscheine reichten bei weitem nicht aus. Wolfgang war gerade drei Jahre alt. Vater war als Telefonist in Halle tätig und kam nur noch am Wochenende. Er hatte sich in der Stadt ein Zimmer genommen, offenbar war es ihm zu umständlich, jeden Tag zu uns nach Hause zu kommen. Mutter fand Arbeit im Braunkohlekombinat. Zunächst in der Küche, dann im Schichtdienst als Mischerin in der Ziegelei, wo die Kohle im Rührwerk zerkleinert und zu Briketts gepresst wurde. Diese neue Arbeit war hart, verschaffte uns aber einige Vorteile. Zum einen durften wir hin und wieder die betriebseigenen Waschräume benutzen, um zu duschen. Zu Hause musste das Wasser erst mühsam herbeigeschafft und dann mit Holz oder Kohle erhitzt werden, bis wir baden konnten. Außerdem wurde ein Teil ihres Lohnes in Brennmaterial, ein weiterer in Alkohol ausgezahlt. Den Deputatschnaps tauschte Mutter gegen Nahrungsmittel, der Rest wurde mit Kräuteressenzen für den Eigenverbrauch veredelt, denn die meisten Erwachsenen hatten regelmäßig einen Schluck nötig. Mit dem Schnaps wurde auch der Hausschlachter entlohnt. Wegen der jahrelangen Arbeit von Großmutter beim Bauern bekamen wir jedes Frühjahr ein Ferkel, das über Monate gemästet wurde, bis es sich zu einem ansehnlichen Schlachtschwein entwickelt hatte.

Auch nach Großmutters Tod behielt Opa August Ackerland. Im ersten Jahr bauten wir Futterrüben für die Tiere und Kartoffeln an. Die Saatkartoffeln bekamen wir vom Bauern. Schon in der ersten Nacht aber wurden die meisten von ihnen wieder ausgegraben und gestohlen. Opa und ein paar andere Männer hielten daraufhin ständig Wache, bis die Kartoffeln austrieben. Bei der Ernte, beim Lesen und Sortieren der gelben Knollen konnte ich es kaum erwarten, dass endlich das Kraut angezündet wurde und das Feuer loderte. Sobald sich genügend Glut gebildet hatte, legten wir die frische Ernte hinein. Als schließlich der dichte Rauch über die Felder zog, näherten sich schüchtern drei Kinder unserem Feuer. Sie kamen aus dem Flüchtlingslager in Lochau. Opa August musterte sie erst misstrauisch, lud sie dann aber zur Vesper ein.

Im Jahr darauf pflanzten wir Roggen an. Bei der Ernte halfen uns Frauen aus dem Dorf. Opa legte mit der Sense Schwade an Schwade. Aus dem Stroh stellten Mutter und die Frauen Seile her und banden damit Garben, die zu Puppen zusammengefügt wurden. Drei oder vier Tage blieben sie unter ständiger Bewachung auf dem Feld, ehe es zum Dreschen ins Dorf ging. Opa wuchtete die Strohgebinde zum Pferdewagen, wo der Kutscher sie in Empfang nahm und stapelte. Ich rannte umher und sammelte die verstreuten oder heruntergefallenen Garben ein. Auf dem Weg zurück ins Dorf durfte ich oben auf dem Fuder mitfahren. Die Fuhre wurde zum Trocknen auf dem Hof des Bauern abgestellt. Wir hatten Glück mit dem Wetter und waren zwei Tage später schon mit dem Dreschen dran.

Opa August hatte eine neue Lebensgefährtin gefunden, Frau Kern, eine Kriegerwitwe, die nun auch bei uns wohnte. Familie Kreutzer erhielt hundert Meter weiter bei Familie Schaaf auf dem Schulberg eine größere Wohnung. Wenige Tage später zog Frau Höpfner mit ihren Kindern Elfriede und Erwin bei uns ein. Elfriede war in meinem Alter, Erwin zwei Jahre älter. Häufig mussten wir zusammen in den Wald raus, denn Frau Höpfner hatte eine Anstellung beim Förster von Burgliebenau und besaß deshalb einen Bezugsschein für Holz. Außerdem zogen Mutter, Opa, Frau Kern und wir Kinder so oft wie möglich mit den Rädern zum Stoppeln auf die Felder, wo wir übriggebliebene Kartoffeln, Zuckerrüben oder Möhren auflasen, immer in Sorge, vom Bauern entdeckt zu werden. Zu Hause verfütterten wir das Kraut ans Schwein, an die Kaninchen und an Lore. Die Rüben wurden zerkleinert und im großen Waschkessel gegart, danach wurde in einer Presse der Saft gewonnen und zu Rübensirup verkocht. Auch Weißkohl und Obst machten wir in großen Mengen ein. Dafür brauchte es alle verfügbaren Steinguttöpfe und Einweckgläser. Einige waren bereits mit sauren Gurken gefüllt, andere für das Pökelfleisch im Winter zur Seite gestellt, denn ein Topf oder Glas, in dem schon einmal Gurken oder Kraut gewesen waren, durfte auf keinen Fall für Fleisch benutzt werden.

Fünf Häuser weiter wohnte Familie Süßmilch. Sie hatten zwei Jungen in unserem Alter, Martin und Jochen. Martins Sprachfehler reizte meinen Bruder Richard häufig zu Hänseleien, was immer wieder Zoff gab. Dann musste ich ihn raushauen, zuweilen in erbitterten Kämpfen. Wenn wir uns aber vertrugen, zogen wir gemeinsam los, ständig auf der Suche nach Essbarem und verfolgt von den Flurhütern. Der alte Lessing, ein ehemaliger Aufseher des Ritterguts, erwischte uns einmal in einem Schotenfeld und jagte uns mit der Pferdepeitsche bis auf einen Baum. Stundenlang mussten wir dort ausharren, ehe er aufgab. Wollten wir Kirschen ernten, mussten wir an der Elster-Mühle vorbei, wo Müller Böker ebenfalls mit der Peitsche wartete. Kamen wir durch, führte uns der Weg in die

Aue bis zur langen Eisenbahnbrücke, die das Überschwemmungsgebiet der Elster überspannte. Jedes Mal staunten wir über die komischen Kreidezeichnungen, die ältere Jungs auf die Metallträger gemalt hatten. Während Richard und ich und die Süßmilch-Brüder in aller Ruhe die Bilder begutachteten, musste Wolfgang oben auf den Gleisen warten. Wir konnten zwar nur ahnen, was die krakeligen Bilder bedeuteten, waren aber der Meinung, er wäre noch zu klein dafür. Jenseits der Elster erstreckte sich dann auf einer Wiese eine ganze Reihe Kirschbäume. Sogar Walnüsse gab es hier und sechs bis acht Meter hohe Bäume mit amerikanischen Nüssen, wie wir sie nannten. An die aber kamen wir nicht ran. Wir konnten nur ihre reifen Früchte vom Boden auflesen, und meist verputzten wir sie gleich an Ort und Stelle.

Im Winter tobte ich oft mit meinen Brüdern durch unser Zimmer. Wir kletterten auf den Schrank und krochen unter die Betten, wie knöpften die Bezüge auf und lieferten uns Kissenschlachten. Einmal, in der Adventszeit, wollten wir unbedingt wissen, welche Geschenke es geben würde zum Fest. Die Suche im Wohnzimmer verlief ergebnislos und die Schlösser des großen Schranks waren nicht zu knacken. Das Elternschlafzimmer durften wir nicht betreten, aber sie waren gerade nicht zu Hause. In den Nachtschränken konnten wir nichts finden, unter den Betten nicht, auch auf dem Kleiderschrank nicht. Doch nach einer Weile bekamen wir selbst ohne Schlüssel die Schranktüren auf. Zuerst sahen wir nur Wäsche, Mäntel, Jacken, Röcke und Hosen, dann entdeckten wir ein großes Paket. Wir öffneten es vorsichtig und sahen hinein. Abends plapperte Wolfgang aus, er wisse, was es zu Weihnachten geben würde. Als Vater nach Hause kam, konnte ich mit einer Tracht Prügel und ohne Abendessen ins Bett gehen.

Feiertage wie Weihnachten waren Vater heilig, es schien, als wollte er uns und der ganzen Welt zeigen, wie man ein anständiges Familienfest feiert. Aus der guten Stube, in die wir Kinder nur zu besonderen Anlässen durften, wurde die Anrichte entfernt, um Platz für den Weihnachtsbaum zu schaffen. Richard und ich mussten dann mit dem Handwagen die vier Kilometer nach Ammendorf zur Straßenbahnhaltestelle laufen, um auf Vater zu warten. Er wollte aus Halle einen Baum mitbringen. Schräg gegenüber der Haltestelle befand sich eine Schmiede, in der er sein Fahrrad über die Woche unterstellte. Als Vater schließlich vor uns stand, gab er mit strengen Anweisungen den Baum an uns weiter, stieg auf sein Rad und fuhr voraus.

Die Tanne reichte fast bis an die Zimmerdecke, es blieb kaum Platz für die Spitze mit dem silbernen Engelshaar. Die Kerzenhalter mussten gewissenhaft angebracht werden. Danach wurde der Baum mit Plätzchen und Fondant-Ringen geschmückt, die Mutter gebacken und Vater vorher abgezählt hatte, damit wir Kinder nicht heimlich naschten. Zum Schluss kam Lametta auf die Zweige. Nachmittags wurden wir drei Brüder für die Kirche fein gemacht. Wir waren froh, wenn das Krippenspiel vorbei war, nicht nur in Erwartung der Geschenke, sondern auch weil im Gotteshaus nicht geheizt wurde.

Zu Hause mussten wir die Hände waschen und uns brav an den Tisch setzen. Für jeden gab es eine Tasse Milch und ein Plätzchen, Kleckern war verboten. Vater zündete die Kerzen an und suchte im Radio einen Sender mit passender Musik. Nach dem Kaffee durften wir das Geschenk auspacken. Wir wurden ausgelassen und sprangen in der Stube herum. Wolfgang fiel hin, schrie wie am Spieß und blutete aus der Nase. Ohne sich um seinen Jüngsten zu kümmern, griff Vater sich den Schürhaken und drosch auf Richard und mich ein. Mutter hob den Kleinen auf, alles schrie durcheinander, wir vor Angst und Schmerz, Vater rasend vor Zorn.

In einem anderen Jahr bekamen wir drei einen Holzroller mit großen Vollgummireifen. Wolfgang konnte noch nichts damit anfangen. Richard und ich aber bettelten so lange, bis wir auf die Straße durften. Es lag kein Schnee in diesem Jahr. Im Wechsel fuhren wir auf dem Fußweg zum alten Friedhof und zur Kirche. Auf dem Rückweg kamen wir auf die Idee, beide zusammen auf dem Trittbrett zu stehen. Auf halber Strecke brach der neue Roller entzwei. Wir trauten uns kaum nach Hause.

Das Schlimmste an den regelmäßigen Züchtigungen war, dass Vater nur seine rechte Hand benutzen konnte. Wenn er den Gürtel schwang, konnte er mich nicht gleichzeitig festhalten. Deshalb musste ich mir eigenhändig die Hose runterziehen und mich bäuchlings über den Stuhl legen. Die zwei Jüngeren heulten in sicherer Entfernung, Mutter versuchte, Vater unter viel Geschrei abzuhalten, und kriegte am Ende häufig mehr ab als ich. Oft kam dann Opa August die Treppe hoch, blieb jedoch wie angewurzelt an der Tür stehen. Sobald alles vorbei war, packte Vater seine Sachen und fuhr zurück in seine Stadtwohnung.

3

Ich hatte mir nie eine andere Welt vorstellen können als diese, und mit einem Mal war es nicht mehr dieselbe Welt. Sie war so leergefegt und verwüstet wie unsere Wohnung, eine öde Prärie, in der wir beinahe unsichtbar waren, Mutter und ich. Nach diesem Tag im Sommer, nachdem der Möbelwagen davongefahren war, veränderte sich alles. Das Leben meiner Eltern änderte sich, das Leben meiner Brüder, mein Leben. Was an diesem Tag geschehen war, konnte niemand jemals wieder ungeschehen machen.

So ungestüm, wie mich Mutter erst an sich gedrückt hatte, stieß sie mich dann weg. Großvater kam von der Arbeit nach Hause und sah sich entsetzt in der Wohnung um. In den Sommermonaten brachte er auf dem Heimweg von einer gepachteten Wiese Futter für die Kaninchen mit. Jetzt erfuhr ich, dass Vater aus Halle gekommen war und die Wohnung leergeräumt hatte, während Mutter bei der Arbeit gewesen war. Eine Nachbarin war mit dem Rad die zwei Kilometer zur Ziegelei rausgefahren und hatte ihr erzählt, was zu Hause passierte. Andere Nachbarn hatten weniger Mitgefühl, sie spähten schadenfroh durch die Gardinen und genossen die Vorstellung. Offenbar war der Möbelwagen zu klein gewesen und Vater hatte alles, was er nicht mitnehmen konnte, mit dem Beil kurz und klein geschlagen.

Mir war, als wollte dieser Tag im Sommer nicht enden. Die Dunkelheit ließ lange auf sich warten, und während Opa August nur wetterte und Mutter unaufhörlich weinte, kümmerte sich Frau Kern um mich, Opas neue Freundin. Trotz allem hatte ich nach dem Tag auf der Weide Hunger, außerdem musste ich Lore in den Stall bringen, sie stand noch dort, wo ich sie stehen gelassen hatte, und das Schwein und die Kaninchen wollten auch versorgt werden. Spätnachts lag ich neben meiner zitternden Mutter im einzigen Bett, das uns geblieben war, und konnte nicht einschlafen.

Erst am nächsten Morgen sah ich das gesamte Ausmaß von Vaters Wutanfall. Mutter ging zum Hausarzt, der ihr ein Attest ausstellte und sie einige Tage krankschrieb. Sie hatte durch Vaters Schläge Blutergüsse im Gesicht und an den Augen davongetragen, außerdem eine schwere Blutung im Innenohr bei Trommelfellabriss. Es dauerte eine Weile, bis sie wieder zu sich kam. Dann, nach fast einem Monat, schrieb sie mit Hilfe eines Anwalts ein Telegramm an ihren Mann in Halle. Sie forderte ihn auf, ihr binnen drei Tagen Richard und Wolfgang sowie die mitgenommenen Möbel, Bettwäsche und Federbetten, die Kleiderkarte für mich und den Trauring ihrer Mutter zurückzubringen. Andernfalls werde sie diese Angelegenheit dem Gericht übergeben.

Solange noch Ferien waren, ging ich weiterhin zu Bauer Grothe, um sein Vieh zu hüten. Die zweite Mahd war vollendet, das Heu in die Scheune gebracht. Nun durfte die Herde auf die Wiese am Markgraben. Am ersten Tag begleitete mich der Bauer. In der Rechten hielt er eine Peitsche, mit der Linken führte er sein Fahrrad, weil er den Weg nicht zurücklaufen wollte. Von der Elsterbrücke ging es nach Süden durch den Auenwald. Zunächst wurde der Weg von Gebüsch und vereinzelten Eschen und Buchen gesäumt, auch die Telefonleitung nach Kollenbey führte hier entlang. Bald gelangten wir in einen lichten Mischwald. An einer Stelle saß ein Neuntöter auf dem Mast. Dieser Vogel, erklärte mir Grothe, habe eine seltsame Art, seine Beute zu töten: Er spießte die kleinen

Nager auf Dornen wilder Rosen. Nach einem weiteren Kilometer hatte man einen freien Blick auf die grünen, gelegentlich von Laubholz unterbrochenen Wiesen. Wir erreichten den Stern, eine Kreuzung von fünf Wegen, einer führte nach Kollenbey, ein anderer am Mordbusch vorbei nach Burgliebenau. Den Mordbusch mieden wir als Kinder lieber. Ein Gedenkstein erinnerte an einen Jäger, der dort kurz nach dem Ersten Weltkrieg von einem Wilderer erschossen worden war.

Grothes Weide lag direkt am Markgraben. Ein kleiner Steg eignete sich ideal als Schutz vor Sonne und Regen. Die Nachbarwiese gehörte Großbauer Klette. Seine gut zwanzig Kühe wurden von Monika gehütet, sie war ein paar Jahre älter als ich. Einmal kam sie um Hilfe schreiend vom Waldrand her über die Wiese gelaufen, völlig aufgelöst und verstört: Ein Mann sei aus dem Wald gekommen und habe sich vor ihr entblößt. Ich konnte es nicht glauben, gleichzeitig ließ mich die Geschichte nicht los. Später hörte ich von den Erwachsenen, man habe den Kerl geschnappt und er sei, obwohl seine Unschuld beteuernd, ins Gefängnis gewandert.

Als ich eines Abends vom Hüten nach Hause kam, hörte ich schon draußen Mutters Stimme. Ich war überrascht, denn in dieser Woche hatte sie Spätschicht. In der Küche saßen meine Brüder, die ich seit dem Auszug nicht mehr gesehen hatte. Im ersten Moment dachte ich, dass nun alles gut werden würde oder dass sie Vater weggelaufen wären und bestimmt bei uns bleiben würden. Mutter und Opa und auch einige Bekannte redeten aufgeregt durcheinander. Von mir nahm niemand Notiz. Dann hörte ich, dass man Richard und Wolfgang jetzt nicht einfach hierbehalten könne und auf die gerichtliche Scheidung warten müsse. Bis dahin solle sich Vater um sie kümmern. Die beiden wurden in den Bus gesetzt und zurück nach Halle geschickt. Wir hatten nicht ein Wort wechseln können, ich hatte bloß ihre steinernen Blicke gesehen, und ich sah sie noch lange vor mir, auch als meine Brüder längst wieder fort waren.

Im Spätherbst wurde die Ehe meiner Eltern geschieden. Obwohl das Gericht Vater bei der Scheidung als Schuldigen ansah, erhielt er das Sorgerecht für meine beiden Brüder. Ich blieb bei Opa August und Mutter, sie sollte 27 Mark Unterhalt im Monat für mich bekommen, von denen sie nie einen Pfennig sah. Mutter kämpfte und klagte, zuweilen wurden die Gesichter von Opa und Mutter finster und sie redeten leise aufeinander ein und schickten mich hinaus. Ich wusste nicht, wohin mit mir, ich wusste nur, dass sie von Vater sprachen. Wenn Mutter mich sah, schaute sie mich jetzt oft an, als wäre ich er, als denke sie über mich wie über ihn.

Manchmal wanderte ich nach Osendorf zu Tante Vera, einer Schwester von Opa August. Sie hatte es nach dem Krieg in unsere Gegend verschlagen, während Opas andere Geschwister in alle Himmelsrichtungen verstreut waren. Ein Bruder war angeblich nach Amerika ausgewandert. Tante Vera hatte keine Kinder, aber immer etwas zum Naschen für mich. Nachdem sie mir einen Becher und einen Teller hingestellt hatte, forderte sie mich auf, ordentlich zuzulangen. Und während ich ihre Stullen oder Kuchen verschlang, fragte sie mich aus. Zwischen den Bissen antwortete ich einsilbig, und sie schüttelte traurig den Kopf.

»Ach, Junge«, sagte sie, »was tun deine Eltern nur. Wie kann man sich das Leben nur so schwer machen. Als gäbe es nicht schon genug Probleme. Ich versteh das nicht. Wie kann man sich so bekriegen? Ich versteh es nicht.«

Sie konnte nicht glauben, wie schwer es Mutter hatte und wie furchtbar Vater war. Von ihr erfuhr ich, dass Vater wiederholt Klage gegen den gerichtlichen Unterhaltsbeschluss eingelegt und sogar gegen mich geklagt hatte. Er wollte nicht für mich zahlen und machte geltend, so erzählte es Tante Vera, dass er wieder geheiratet hätte, eine Frau, die selbst ein Kind habe, weshalb kein Geld übrig wäre.

»Jetzt droht ihm die Zwangsvollstreckung«, sagte sie. »Ach, Junge, was machen deine Eltern nur mit dir, du Armer. Komm, nimm noch ein Stück Kuchen und erzähl.«

Im nächsten Sommer schickte Mutter mich für zwei Wochen ins Ferienlager in den Harz. Das Braunkohlekombinat unterhielt in Allrode ein paar Baracken für Beschäftigte und ihre Angehörigen, wir kampierten jedoch in Zelten. Morgens mussten wir zum Hissen der Fahne antreten. Bevor gekocht wurde, sollte Holz im Wald gesammelt werden. Wir sammelten auch Früchte, doch es gab dort viel weniger Obstbäume als zu Hause in der Aue. Essen wurde über dem offenen Feuer zubereitet. Am meisten fesselte uns das Schießen mit dem Luftgewehr. Die Betreuer nagelten Schießscheiben an die Bäume und zeigten uns, wie man mit der Waffe umging, wie man zielte und wie man sie wieder lud und schließlich reinigte.

Abends am Feuer erzählten sie uns die Geschichte eines jungen Bürstenbinders aus Halle, der als Hornist in einer Kapelle gespielt hatte und heimtückisch von Feinden erschossen worden war. Sie brachten uns ein Lied über ihn bei und sangen es zur Gitarre und forderten uns zum Mitsingen auf. Ich machte gern mit, es war erhebend, wenn alle gemeinsam sangen. Jede Nacht wurden wir zur Wache eingeteilt. Die Betreuer sagten uns, wir sollten uns vorstellen, draußen im Wald lauere der Feind, ein Gegner, der durchs Gelände schliche und uns umzingle. Wir sollten stets auf der Hut sein. Die Nachtwache wäre verantwortlich für die Sicherheit der ganzen Gruppe, bläuten sie uns ein, und solle sofort Alarm schlagen, sobald eine Gefahr drohte. Sie sollte sogar ein Gewehr mit sich führen. Auf keinen Fall durften wir unsere Posten verlassen, und je länger ich dasaß, desto bedrohlicher klang bald jedes Geräusch. Jeder Baum schien sich zu bewegen und näher zu rücken. Ich fragte mich, welcher Gegner durch den Wald schleichen würde oder woher er kommen könnte. Woran erkannte man einen Feind?

4

Zwei Jahre nach Vaters Auszug brachte Opa August, der mittlerweile Kolonnenschieber war, einen jüngeren Arbeitskollegen mit nach Hause. Gert Strunk stammte aus einem kleinen Dorf im Vorharz. Seine Eltern hatten eine Metallgießerei betrieben, die von Strunks Bruder übernommen worden war. Strunk war daraufhin zu seiner Tante nach Swinemünde geschickt worden und hatte auf der Werft das Handwerk des Schiffszimmermanns gelernt. Wie so viele Menschen auf der Suche nach Arbeit verschlug es ihn nach dem Krieg ins Buna-Werk. Er bekam eine Anstellung als Gerüstbauer und lernte Großvater kennen. Opa August musste Strunk bald erzählt haben, dass er eine Tochter zu Hause hatte, die geschieden und ohne Mann, aber ein fleißiges Mädchen war. Keine Ahnung, was er ihm noch erzählt hat. Auf den ersten Besuch folgten weitere Besuche, die schnell regelmäßig wurden. Anscheinend fand Strunk Gefallen an Mutter und sie an ihm, er fühlte sich wohl bei uns. Ehe ich mich versah, war er ständig da und zog schließlich mit Sack und Pack bei uns ein.

Mutter taute wieder auf. Allerdings hatte sie nun nur noch Augen für den neuen Mann. Und Strunk machte sich breit, als hätte er schon immer bei uns gewohnt, als wäre Mutter schon immer seine Frau gewesen. Er wurde so heimisch, dass Opa August bald nichts mehr zu sagen hatte und sich zurückzog. Mir gegenüber war Strunk zwar reserviert, verhielt sich in den ersten Wochen aber noch anständig. Doch das änderte sich schnell. Entweder sprach er gar nicht mehr mit mir oder er gab Befehle. Er verlangte, dass ich ihm bei Arbeiten im Garten oder am Haus half, hatte jedoch keine Geduld, mir etwas beizubringen. Er drückte mir Hammer und Nägel in die Hand, und wenn ich sie krumm ins Holz schlug, schimpfte er.

»Bist du zu blöd, einen Nagel in die Wand zu schlagen?«

Er schickte mich los, um ihm Werkzeug zu holen, und drehte durch, wenn ich ihm das falsche brachte.

»Einen Dreizehner habe ich gesagt, Idiot. Hast du von nichts eine Ahnung?«

Egal, was ich tat, es gefiel ihm nicht. Zuerst waren es nur Worte. Ich ließ sie mir gefallen und mied seine Nähe. Doch schon bald ging Strunk weiter.

Gemeinsam mit den Süßmilch-Brüdern wollte ich wieder die amerikanischen Nüsse in der Aue ernten. Durch unsere früheren Versuche mit meinen Brüdern wusste ich, dass man nicht so leicht an die Früchte rankam. Die Stämme waren glatt und die Äste so kräftig, dass man an ihnen rütteln konnte, wie man wollte, es fiel einfach nichts herunter. Also bedurfte es eines passenden Werkzeugs. Martin hatte ein Beil organisiert, ich lieh mir ein Messer von Strunk. Ein schönes Klappmesser mit einem Griff aus Horn. Gut, ich hatte es versäumt, ihn zu fragen, ob er es mir leihen würde, aber er war gerade nicht da und hätte es mir sowieso untersagt. Ich wollte es ja auch wieder heil zurückbringen.

Mit Beil und Messer und einem Sack für unsere Beute schlichen wir an der Mühle vorbei. Ich zeigte den Süßmilchs das Messer und führte ihnen vor, wie man Weidenäste zu Pfeilen schnitzte. Sie sagten nichts, doch ich merkte, wie gern sie auch so eins gehabt hätten. An der Eisenbahnbrücke schauten wir uns eine Weile die Zeichnungen an, es waren neue dazugekommen. Als wir schließlich bei den Nussbäumen ankamen, machte Jochen eine Räuberleiter. Ich kletterte zuerst hinauf und sägte mit dem Messer an einem Ast herum, doch es war zwecklos, das Holz war viel härter als das der Weiden. Martin hangelte sich mit dem Beil hinauf. Ich hielt ihn fest, und er hieb wie ein Wilder auf den Ast ein, bis er endlich herabfiel. Er hackte noch weitere Äste ab, dann kletterten wir runter und pflückten die Nüsse. Nach einer Weile war unser Beutel gefüllt. Zufrieden gingen wir über den Bahndamm zurück. Mit einem Mal baute sich eine grüne Wand vor uns auf: der Förster von Burgliebenau. Er nahm Martin das Beil ab und konfiszierte die Nüsse.

»Seid ihr noch bei Trost?«, schimpfte er. »Wie sollen denn nächstes Jahr Nüsse wachsen, wenn ihr die Bäume einfach kaputtmacht? Denkt ihr nicht nach? Wenn das jeder machen würde!« Er verlangte unsere Namen und unsere Adresse. »Das Beil kann sich euer Vater im Forsthaus abholen!«, sagte er und ließ uns stehen.

Martin und Jochen wussten nicht, wie sie es ihrem Vater erklären sollten. Denn auch der hatte keine Ahnung, sie hatten das Beil einfach mitgenommen. Ich tröstete sie und war froh, dass der Förster das Messer nicht gefunden hatte. Doch als ich es zu Hause wieder an die Stelle zurücklegen wollte, von der ich es genommen hatte, war es weg. Meine Taschen waren leer. Ich musste es unterwegs verloren haben. Vielleicht war es mir runtergefallen, als ich oben auf dem Baum gesessen hatte. Noch am selben Abend vermisste Strunk das Messer. Sein Verdacht fiel sofort auf mich. Mir blieb nichts anderes übrig, als zu beichten.

»Du Dussel, ich ernähre dich hier und dir fällt nichts Besseres ein, als mich zu beklauen«, blaffte er und versetzte mir eine Ohrfeige. »Du bist ein verkommener Dieb, nichts anderes als ein verkommener Dieb bist du, du Nichtsnutz.«

Nachdem die letzten Flüchtlinge unser Haus verlassen hatten, vermietete Mutter zwei Zimmer an Frau Rabe und ihren Sohn

Peter. Obwohl Frau Rabe im Krieg ihren Mann verloren hatte, war sie eine fröhliche und umgängliche Person. Ein Zimmer blieb für mich übrig, das Kinderzimmer, das ich früher mit meinen Brüdern geteilt hatte. An Möbeln gab es nur ein altes Militärbett. Die meiste Zeit verbrachte ich unten bei Opa August und Frau Kern, selbst die Mahlzeiten nahm ich bei ihnen ein. Oben in der Wohnung hatte Mutter allein mit ihrem Gert zu tun und für nichts anderes mehr Sinn.

Als Strunk eines Tages im Frühsommer nicht zur gewohnten Stunde von der Arbeit nach Hause kam, war Mutter aufgelöst, wie ich sie lange nicht erlebt hatte. Sie und Opa August hatten früher Feierabend gemacht, der ganze Tag war seltsam verlaufen. Schon vormittags hatte der »Buna-Ochse« mehrmals geröhrt wie eine Fanfare, mittags aber war er still geblieben. In den Schulpausen hatten die Lehrer aufgeregt diskutiert, uns aber nicht eingeweiht. Als ich aus der Schule kam, liefen Leute ins Dorf, andere machten sich in Gruppen zu Fuß oder mit dem Rad auf in Richtung Halle. Einige Klassenkameraden erzählten von einem Streik, doch sie wussten genauso wenig wie ich, was das zu bedeuteten hatte.

Mutter wollte, dass ich mit dem Rad losfuhr, um nach Strunk zu suchen. Opa schüttelte darüber zwar den Kopf, doch ich brach auf. Kurz vor Ammendorf hörte ich Radau. Und ein Geräusch, das mir bekannt vorkam. Langsam fuhr ich weiter. Der Krach wurde immer lauter, Kettenrasseln, Motorenlärm, Geschrei. An der Wendeschleife der Straßenbahn standen Polizisten. Aus der Stadtmitte kamen Panzer angebraust. Vom Buna-Werk marschierten Massen von Menschen heran. Ich hielt in sicherer Entfernung an. Was geschah hier? Die Menschen blieben stehen, die Panzer blieben stehen. Von irgendwo ein dumpfer Knall. Menschen strömten auseinander. Ein Mann kam auf mich zugerannt. Automatisch wich ich zurück. Dann erkannte ich Strunk.

»Was hast du hier zu suchen?«, rief er. Er wirkte durcheinander, das Haar stand ihm wirr vom Kopf. »Dreh um, fahr nach Haus, hau ab, aber schnell.« Seine Stimme war zittrig, er klang mehr besorgt als erbost.

Ich drehte mein Rad, blieb jedoch wie versteinert stehen.

»Warte! Warte!«, rief Strunk hinter mir. Er schaute sich um, zögerte, gab sich einen Ruck und schwang sich auf den Gepäckträger. »Fahr los. Mach schon!«

Ich trat mit aller Kraft in die Pedale. Überall liefen Leute umher. Ich fuhr und fuhr, weg von dem Tumult. Bald hörte ich nur noch Strunks schweres Schnaufen. Oder war es ein Stöhnen? Ich drehte mich nicht um. Wir wechselten kein Wort, ich fuhr, so schnell ich konnte. Ich wollte nur weg, und ich wollte Strunks Atem nicht länger im Nacken spüren.

Verschwitzt und erschöpft kamen wir zu Hause an. Mutter fiel Strunk in die Arme, mit großem Theater und Tränen. Er ließ alles über sich ergehen. Beim Abendbrot erzählte ich ungläubig, was ich gesehen hatte. Als der Strom gesperrt wurde, schickten mich die Erwachsenen ins Bett. Bei Kerzenschein saßen sie bis spätnachts in der Küche und redeten. Ich lauschte ihnen aus meinem Zimmer. Normen, Gehälter, das meiste hatte mit dem Werk zu tun, aber einen Reim konnte ich mir trotzdem nicht darauf machen. Ich hörte auch das Wort, das ich schon auf dem Schulhof gehört hatte: Streik. Und eines, das mich lange nicht einschlafen ließ: Krieg.

In den Tagen darauf gingen weder Mutter noch Strunk oder Opa August zur Arbeit. Aus den Schloten des Buna-Werks stieg, zum ersten Mal seit ich denken konnte, kein Rauch auf. Der »Buna-Ochse« röhrte nicht, mittags nicht und zum Schichtende abends auch nicht. Selbst im Krieg war ständig Rauch aus den Schornsteinen gestiegen, hatte jeden Tag die Werkssirene gedröhnt. Hin und wieder donnerten russische Panzer durchs Dorf und fuhren das Pflaster kaputt. Zwei Tage hatten wir schulfrei, doch ich konnte mich nicht darüber freuen. Ich half Opa im Garten, abends saßen wir unter dem Pflaumenbaum.

»Ich bin zu alt für so was«, hörte ich ihn brummen. »Ich bin zu alt für so was.« Ich wusste, die Gartenarbeit meinte er nicht.

Nach ein paar Tagen setzte der alte Trott wieder ein. Ich musste zur Schule, die Erwachsenen gingen zurück an die Arbeit, wenn auch mürrisch und mit gesenktem Kopf. Zu Hause wurde noch eine Zeitlang geschimpft und geflucht, auf der Straße redete niemand mehr. An vielen Kreuzungen standen Militärposten, doch kein Kind wäre auf die Idee gekommen, sie um Süßigkeiten anzubetteln. Als die großen Ferien begannen und ich noch ein letztes Mal wegen meiner Tuberkulose zur Kur musste, war ich erleichtert. Der Nachteil war nur, dass ich nicht mehr als Hütejunge für Bauer Grothe arbeiten konnte. Ich war so lange weg, dass er einen anderen Jungen anstellte. Dieses Mal schickte man mich in ein kleines Nest bei Landsberg am Strengbach. Die Wochen waren eintönig, aber das störte mich nicht, ich genoss die Ruhe. Außerdem gab es jeden Tag reichhaltig zu essen. Wie der größte Teil der Jungen verknallte ich mich sofort in eine der Betreuerinnen. Rosi hatte einen blonden Pferdeschwanz, der bei jeder Bewegung wippte, und wenn sie mich direkt ansah, stockte mir der Atem. Wir Jungen schwärmten uns gegenseitig von ihr vor. In jeder Mittagsruhe las sie für uns Geschichten. Aber keine von Märtyrern des Volkes, sondern von Indianern und Trappern, von Pferden und Büffeln und der weiten Prärie. Dazu setzte sie sich auf einen Nachtschrank uns Jungen gegenüber, die verteilt auf den Betten saßen und ihr ergriffen lauschten, immer in der Hoffnung, sie würde nur ein Mal, wenn auch nur aus Versehen, die Schenkel unter ihrem weiten Rock öffnen. Am

Ende der Kur galt ich als geheilt und durfte wieder Sport treiben, auch in der Schule.

Ich kam in die sechste Klasse, den Unterricht hatten wir ab sofort gemeinsam mit den Kindern aus Lochau. Unter ihnen war ein Mädchen aus einer Umsiedlerfamilie, die in den früheren Baracken des Arbeitsdienstes wohnte, zu dem mein Vater zu Kriegsbeginn abkommandiert worden war. Sie hieß Irene Kramer und war schlank und sportlich. Ich konnte die Augen nicht von ihr lassen und genauso erging es Martin Süßmilch. Er erzählte es mir nicht, doch ich sah es ihm an. Ich wusste nicht, wie ich sie ansprechen oder in ihre Nähe kommen sollte. Gleichzeitig hatte ich Angst, Martin könnte sich als Erster trauen.

Irene war Mitglied der Akrobatikgruppe, manchmal schauten wir zu, wie sie dort Spagat übte und andere, uns unerklärliche Verrenkungen. Die meisten Jungen spielten Fußball, doch da konnte ich mangels Erfahrung nicht mithalten. Ich wollte mich aber endlich sportlich betätigen, und im Turnverein, dachte ich, könnte ich ähnliche Dinge lernen wie Irene und sie vielleicht beeindrucken.

Leider mussten wir meist über Kästen springen und am Barren oder Reck herumhangeln, viele Stunden verbrachte ich nur mit Warten und endlosen Erklärungen des Übungsleiters. Es machte nicht viel Spaß, außerdem merkte ich, wie schwach ich war nach all den Jahren ohne Sport.

Als ich dennoch ein paar Wochen durchgehalten hatte, wurde eines Abends der Strom abgestellt. An den Wochenenden fanden Tanzveranstaltungen in der Turnhalle statt, deshalb standen an der Seite Tische und Stühle. Auf den Tischen lagen noch ein paar Bierdeckel. Nach einer Weile fingen wir an, uns in der Dunkelheit mit den Deckeln zu bewerfen. Und obwohl der Übungsleiter brüllte, hörten wir nicht auf.

Als das Licht wieder anging, mussten wir in einer Reihe strammstehen.

»Wer war das?«, wollte der erregte Mann wissen und schritt vor uns auf und ab. Dabei kratzte er sich mit einem der Bierdeckel an der Stirn, als wäre er dort getroffen worden.

»Wer war das, habe ich gefragt?« Seine Stimme überschlug sich. Sein Gesicht glühte. »Seid ihr auch noch feige?«

Obwohl alle mitgemacht hatten, traten schließlich nur drei aus der Reihe hervor: Gregor Kohrs, Erich Havelmann und ich. Feigheit wollte ich mir nicht vorwerfen lassen. Und Ehrlichkeit währt am längsten, dachte ich. Doch der Übungsleiter schrie nur, wir sollten uns nie wieder blicken lassen.

Unsere Musiklehrerin plante zu Weihnachten ein Krippenspiel mit Chor. Bisher hatten sich nur drei Mädchen gemeldet, darunter Irene. Alle Jungs in meinem Alter hielten solche Aufführungen für Mädchenkram, ich aber nahm allen Mut zusammen und meldete mich, ohne zu wissen, was mich erwarten würde. Da sich sonst niemand mehr fand, änderte die Lehrerin ihre Pläne. Statt des Krippenspiels wollte sie nun ein paar Weihnachtslieder mit uns einstudieren, die wir am letzten Schultag der gesamten Schule vortragen sollten. Die anderen Jungen lachten mich schon im Vorfeld dafür aus.

Aber ich war in Irenes Nähe. Und sie sprach mich auch gleich bei der ersten Probe an.

»Schön, dass du mitmachst«, sagte sie.

Mein Mut hatte mich verlassen. Ich nickte nur.

»Weißt du eigentlich, dass wir uns schon ganz lange kennen?«, meinte sie.

»Na ja, du bist seit der sechsten in meiner Klasse«, sagte ich.

»Nein, noch viel länger. Du warst damals mit deinem Opa auf dem Feld. Ihr hattet ein Feuer mit dem Kartoffelkraut gemacht und Kartoffeln im Feuer geschmort. Dein Opa hatte Salz und Öl dabei, und er hat mich und meine Geschwister eingeladen und uns von eurer Mahlzeit abgegeben. Weißt du das nicht mehr?«

Ich hatte es nicht vergessen, aber ich hatte keine Verbindung gesehen zwischen dem kleinen Mädchen, das damals schüchtern zu uns aufs Feld gekommen war, und der sportlichen Irene, die nun vor mir stand.

»Du hast dich ganz schön verändert«, sagte ich.

»Du nicht«, sagte sie und lachte. Da sah sie noch schöner aus. »Du bist immer noch ein Strich in der Landschaft.«

Irenes Stimme war heller und zugleich kräftiger als die der anderen beiden Mädchen. Natürlich musste ich die tiefen Lagen singen. Ich war mir nicht sicher, wie sich meine Stimme beim Singen anhörte. Doch die Lehrerin lobte mich, und ich hatte immer mehr Spaß. Vor allem wegen Irene. Bald trafen wir uns auch außerhalb der Proben, achteten jedoch darauf, dass es keiner mitbekam. Auf dem Schulhof taten wir so, als hätten wir nichts miteinander zu tun. Einerseits waren wir unsicher, andererseits hatten wir Angst, die Mitschüler würden uns aufziehen. Auf der Straße Händchen zu halten galt als unanständig, vom Küssen ganz zu schweigen. Obwohl wir so weit noch gar nicht waren. Manchmal gingen wir ins Kino, weil es der einzige Ort war, wo man eine Weile unbeobachtet beisammen sein konnte. Aber selbst dort mussten wir vorsichtig sein. Die Vorführungen fanden im Palmenbaum statt, das war eine von fünf Wirtschaften im Dorf. Meist ging Irene zuerst in den Saal und hielt den Platz neben sich frei. Sobald das Licht aus war, schlich ich rein und setzte mich zu ihr. Der erste Film, den wir gemeinsam sahen, hieß *Rauschende Melodien*, den Titel vergaß ich nicht mehr. Ein Operettenfilm der DEFA. Das Geschehen auf der Leinwand lief völlig an mir vorbei, so berauscht war ich von Irene und unserem heimlichen Beisammensein. Am Ende der Vorführung verkrümelte ich mich schnell und wartete draußen. Brachte ich sie nach Hause, ging sie im Dorf hundert Meter voraus auf der linken Straßenseite, ich auf der rechten hinterher. Erst außerhalb des Dorfes trauten wir uns, nebeneinanderzulaufen und mit der Zeit auch Händchen zu halten. Irenes Mutter war eine furchteinflößende, kräftige Frau, aber sie schloss mich schnell in ihr Herz. Es gefiel ihr, dass ich ihre Tochter regelmäßig die ganze Strecke bis nach Lochau brachte.

Zur Aufführung unseres Quartetts kurz vor Weihnachten waren alle Stühle in der Schulaula besetzt. Ich hatte heftiges Lampenfieber. Wäre Irene nicht dabei gewesen, hätte ich mich wohl schnell aus dem Staub gemacht. Die Lehrerin bat uns zu allem Übel auch noch, die Kostüme zu tragen, die sie für das Krippenspiel vorgesehen hatte. Ein wallender Umhang und ein Hut für mich, erst wollte ich mich sträuben, bis ich merkte, dass es zwecklos war. Irene redete mir gut zu: Was man einmal angefangen hatte, müsse man auch zu Ende führen.

Als wir auf der Bühne standen, waren zum Glück keine einzelnen Gesichter aus dem Publikum zu erkennen. Von einem Lied zum nächsten fühlte ich mich sicherer. Und als wir fertig waren und die Leute applaudierten, spürte ich ungeheuren Stolz in mir aufsteigen.

Nach der Aufführung zogen mich zwar ein paar Jungen auf, doch ich ließ mich nicht reizen. Irene meinte, sie wären nur neidisch, weil ich auf der Bühne gestanden hatte. Martin Süßmilch, der jedes Mal zu stottern begann, wenn er in ihre Nähe kam, war so eifersüchtig, dass er mich bei Mitschülern schlechtmachte und sogar auf dem Schulhof verbreitete, ich hätte noch weitere Freundinnen. Anders als früher, wenn er sich mit Richard angelegt hatte und es zum Streit zwischen uns und den Süßmilchs gekommen war, ließ ich diesmal die Fäuste in den Taschen.

Die Weihnachtstage verbrachte ich unten bei Opa August und Frau Kern. Mutter und Strunk sah ich kaum, im Haus ging jeder dem anderen aus dem Weg. Opa hatte die Nase mittlerweile gestrichen voll von dem Mann, den er selbst in unser Haus gebracht hatte. Tante Vera kam zu Besuch und beklagte sich, dass ich nicht mehr bei ihr vorbeikam. Kuchen und Schokolade brachte sie mir trotzdem mit. Mutter hatte zur Bescherung ein Geschenk für mich unter Opas Baum gelegt: warme Socken und Unterwäsche.

Wenige Tage später sprach mich Frau Rabe an, unsere Untermieterin. Sie hatte gemerkt, dass der Haussegen schiefhing. Sie war Mitglied im Kegelverein und suchte jemanden, der für ihren Sohn einsprang und die Kegel aufstellte. Peter hatte sich über die Feiertage schwer erkältet und musste das Bett hüten.

»Komm doch mit«, sagte sie zu mir, »dann kannst du hier mal raus und kriegst es auch noch bezahlt.«

Von jedem Spieler bekam ich am Abend eine Mark, bei acht Spielern hatte ich am Ende eine unvorstellbare Summe Geld verdient. Ein Mitglied des Kegelvereins war der Schaltmeister aus dem Umspannwerk. Es war der Vater von Erich Havelmann, der wie ich aus dem Turnverein geflogen war. Eines Abends kam Erich selbst in den Hirsch und fragte, ob ich mich für Kanusport interessieren würde. Gregor Kohrs wäre auch dabei, und die Trainer seien keine alten, verbohrten Säcke. Ich überlegte nicht lange. Sport an der frischen Luft war genau das, was ich wollte. Und mit Erich und Gregor hatte ich sogar zwei Freunde bei den Paddlern, auf die ich mich verlassen konnte.

Im neuen Jahr verursachten verheerende Regenfälle und Stürme im ganzen Land Überschwemmungen, an der Küste hatte es schwere Sturmfluten gegeben. Auch die Aue zwischen Elster und Luppe und Saale stand unter Wasser. Von Döllnitz aus konnte man in alle Richtungen kilometerweit quer über die Wiesen paddeln. Die erste Tour, an der ich teilnahm, führte uns bis nach Kollenbey, ein Dorf, das bei Hochwasser von der Außenwelt fast abgeschnitten war. Trotz Eiseskälte und Wind kämpften wir uns über die zu einem großen Meer gewordenen Wiesen. In Kollenbey, wo ein Großteil der Häuser etwas höher lag, gab es einen Ausschank für Flaschenbier. Wir Jüngeren bekamen nur Malzbier, doch die Älteren tranken so viel, dass einer von ihnen auf der Rückfahrt ins Wasser fiel. Wir waren mit schweren, breiten Holzbooten unterwegs, die relativ sicher auf dem Wasser lagen, aber der Kerl wollte zum Pinkeln aussteigen, er dachte, wir hätten festen Boden unterm Kiel. Er versank sofort bis zum Hals im eiskalten Wasser. In dieser Situation fiel mir zum ersten Mal Hans Walldorf auf. Er war zwar ein paar Jahre älter als ich, trank aber längst nicht so viel wie die anderen. Er war der Einzige, der nicht nur Ruhe bewahrte, sondern schnell handelte. Als er merkte, dass der Kerl zu besoffen war, um sich selbst zu helfen, sprang er hinterher, um ihn zu retten. Ich half ihm, den Besoffenen zurück ins Boot zu hieven, und war sehr stolz, als mir Hans danach auf die Schulter klopfte.

Ostern unternahm der Kanuklub eine mehrtätige Elsterfahrt. Mit dem Geld, das ich beim Kegelaufstellen verdient hatte, konnte ich mitfahren. Erichs Vater borgte sich einen Lastwagen vom Umspannwerk aus und brachte uns mit den Booten an den Elsterstausee. Wir wollten die ganze Strecke bis nach Hause auf dem Wasser zurücklegen. Nachdem wir am Stausee eine Nacht gezeltet hatten, paddelten wir am nächsten

Morgen stromabwärts und kamen nach einiger Zeit an Leipzig vorbei. Wir fuhren mit Einer- und Zweierkajaks, ich als Neuling saß vorne bei Gregor Kohrs im Boot, der steuerte. Kurz hinter Leipzig machten wir am Auensee halt. Wir bauten wieder die Zelte auf und kochten unser Abendessen auf alten Ölkochern. Im Klubhaus am See fand abends ein Schwof statt, zu dem es die Älteren zog. Wir Jüngeren schauten uns eine Weile das Osterfeuer an, ehe wir zurück ins Zelt gingen. Spätnachts kehrten die anderen betrunken zurück, so dass wir am nächsten Tag erst mittags loskamen. Und dann verfranzten wir uns in den vielen Wasserarmen der Aue. Der Wasserpegel war noch hoch, weshalb wir zu spät bemerkten, dass wir uns nicht mehr auf der Elster befanden, sondern auf die Luppe geraten waren. In Luppenau stoppten wir und peilten die Lage. Während der Überschwemmung hätte man von hier aus quer über die Wiesen nach Döllnitz paddeln können, so aber waren wir weit abgeschlagen von unserem Ziel. Einige Paddler wollten aufgeben und ausknobeln, wer zum Umspannwerk laufen sollte, um Erichs Vater mit dem Lastwagen zu holen. Ich aber wusste, dass die Luppe kurz hinter der Straße nach Burgliebenau eine große Schleife nach Norden machte und dass man von dort über die Felder bis an die Elster kam.

»Wir könnten die Boote einfach über die Felder ziehen und dann in der Elster wieder einsetzen«, schlug ich vor.

»Bist du dir sicher?«, fragte Hans. »Woher kennst du den Weg?«

»Ich habe dort oft Kühe gehütet. Es ist nicht weit.«

»Und findest du auch die richtige Stelle, an der wir aussetzen müssen, diese Schleife?«

»Ich denke schon.«

»Was soll's«, sagte Hans. »Besser, als hier rumzustehen und aufzugeben.«

Wir paddelten weiter, bis ich glaubte, den Ausstieg gefunden zu haben. Erst als wir oben an der Uferböschung standen, wusste ich, dass ich mich nicht getäuscht hatte. Von der Flussschleife aus mussten wir die schweren Boote gut zwei Kilometer quer über die Wiesen ziehen, doch als wir die Elster erreichten und nach Döllnitz übersetzten, waren alle zufrieden. Wir hatten es geschafft. Zurück am Bootshaus packten mich die anderen an Armen und Beinen, schaukelten mich ein paarmal hin und her und warfen mich in den Fluss: die Paddlertaufe.

Viele Jungs in meinem Alter waren bei der Freiwilligen Feuerwehr. Die Feuerwehrleute vertrieben sich ihre Zeit mit Boxen. Sie trainierten wöchentlich im Saal der Badgaststätte, einmal im Monat kam ein Trainer aus Halle und zeigte ihnen professionelle Tricks und Kniffe. Zwischen den Paddlern und den Feuerwehrleuten herrschte eine Fehde. Trafen beide Gruppen aufeinander, zogen sie sich gegenseitig auf.

»Ihr Pfeifen, ihr könnt doch nur aufs Wasser einprügeln«, sagten die einen.

»Und ihr spritzt doch nur blöde in der Gegend rum, ihr Nulpen«, die anderen.

»Wasserpatscher.«

»Löschwasservernichter.«

»Dann kommt doch mal zum Boxen und zeigt, was ihr drauf habt«, kam es von den Feuerwehrleuten.

Erich Havelmann war der Einzige von uns, der schon einmal geboxt hatte, vor Jahren in einem Pionierlager.

»Wir kommen«, sagte er. Sofort wurde ein Termin ausgemacht.

»Meiner, du kommst mit«, sagte Erich zu mir.

Hans Walldorf begleitete uns. Wir brauchten schließlich auch einen Trainer. Im Saal hatten die Feuerwehrleute mit

Stühlen einen Ring abgesteckt. Zuerst führten sie uns ihr Trainingsprogramm vor: Seilspringen und Boxen auf Sandsäcke.

»Kommt mal zur Sache«, sagte Erich.

Das ließen sie sich nicht zweimal sagen. Die Glocke des Stammtischs diente als Gong. Erich trat als Erster in den Ring gegen ein Schwergewicht der anderen. Hans musste in der Ringecke nicht viel machen. Obwohl Erich keine Technik hatte, schickte er seinen Gegner in der dritten Runde auf die Bretter. Die Stimmung wurde hitziger. Als Nächstes sollte ich kämpfen. Mein Gegner war genauso dürr wie ich, aber einen Kopf kleiner. Weil er immer eine kleine Mundharmonika dabeihatte, wurde er Piccolo genannt. Hans band mir die Handschuhe zu und gab mir einen aufmunternden Klaps. Im Ring stürmte Piccolo sofort los und trommelte wie ein Wilder auf mich ein. Ich wusste nicht, wie mir geschah. Die ganze Zeit musste ich die Fäuste heben, um das Stakkato seiner Schläge abzublocken. Zum Boxen kam ich gar nicht.

Als der Gong zur Pause ertönte, war ich erleichtert. Ich setzte mich auf den Stuhl in der Ringecke und verschnaufte. Hans wischte mir den Schweiß von der Stirn und beugte sich neben mein Ohr.

»Bleib ruhig«, raunte er. »Lass ihn trommeln, dem wird schon die Puste ausgehen. Und dann machst du einen Schritt nach vorn und zimmerst ihm eine: Zack. Mehr nicht, merk dir das!«

In der nächsten Runde wirbelte Piccolo wieder wie eine Windmühle. Als ich merkte, wie seine Kondition nachließ, schlug ich einmal kräftig zu. In hohem Bogen flog er zwischen die Stühle. Hans nickte zufrieden. Doch die Feuerwehrleute schimpften, Piccolo wäre zu leicht für mich gewesen. Ich musste erneut in den Ring, dieses Mal gegen den Tischlersohn. Der hatte keinen Gegner mehr und war schwerer. Er war aber auch sehr schwerfällig. Ich fackelte nicht lang und donnerte ihm gleich eine aufs Zifferblatt.

Im Frühling sollte ich konfirmiert werden. Den Unterricht gab Papa Lauche, der an Weihnachten in der Kirche die Orgel spielte. Schon ein paarmal hatte er mich oder Erich Havelmann ermahnt, aufmerksam zu bleiben. Seine Tiraden über das Jüngste Gericht oder Sünde und Vergeltung befremdeten mich. Während Papa Lauches Stimme einschläfernder wurde, nahm er uns mit zornigem Blick ins Visier, als wollte er über uns alle richten.

Als es in einer der letzten Stunden zur Pause läutete, setzte er seinen Hut nicht wie sonst auf seinen kahlen Schädel, sondern ließ ihn auf dem Katheder liegen. Er ging auf den Schulhof, stellte sich mit seiner Glatze in die Sonne und steckte sich eine Zigarre an. In den Hecken am Hofrand hatten Sperlinge genistet, die Küken machten gerade erste Flugversuche. Erich, Gregor und ich hatten sofort die gleiche Idee. Jeder fing einen halbflüggen Sperling ein und trug ihn vorsichtig ins Klassenzimmer. Dort setzten wir die Brut unter Papa Lauches Hut.

Nach der Pause machte er mit seinem Sermon weiter wie zuvor. Sein Hut wanderte derweil langsam über den Katheder. Erst durch unser Lachen wurde Papa Lauche darauf aufmerksam. Er nahm den Hut hoch und schreckte kreidebleich zurück.

»Wer war das?«, rief er mit bangem Blick auf die kleinen Vögelchen. »Wer war das? Sofort aufstehen!«

Das Lachen erstarb. Alles schwieg.

»Niemand?« Papa Lauche hatte sich wieder gefasst und schaute drohend in die Runde. »Wie ihr wollt. Dann zwingt ihr mich, die ganze Klasse zu bestrafen.«

Erich, Gregor und ich tauschten einen kurzen Blick aus und erhoben uns fast gleichzeitig. Wieder wir drei. Papa Lauche sah uns an, als wäre er keineswegs überrascht.

»Das war's für euch«, sagte er und zeigte zur Tür. »Raus, alle drei, und zwar sofort. Und nehmt das Viehzeug mit.«

Wir nahmen die drei Küken und brachten sie behutsam zurück zu ihren Nestern. Dann gingen wir zum Bootshaus an der Elster. Eine unverhoffte Freistunde, dachten wir, unser Streich wäre bestimmt schnell vergessen. Doch als wir zur nächsten Unterrichtsstunde kamen, schmiss uns Papa Lauche sofort wieder raus.

»Was wollt ihr hier? Ihr habt mich wohl nicht richtig verstanden«, sagte er. »Für euch ist Schluss mit dem Konfirmandenunterricht, endgültig.«

Ungläubig schauten wir ihn an.

»Bengel wir ihr werden nicht konfirmiert«, sagte er, und damit war die Sache erledigt.

Zuerst versuchte ich, es geheim zu halten, und erzählte weder Opa August noch Mutter davon. Doch lange ging das nicht gut. Mir war es im Grunde egal, ob ich konfirmiert wurde oder nicht, aber das tat nichts zur Sache. Zu Hause waren bereits die ersten Geschenke von Nachbarn und Bekannten eingetroffen, im Wohnzimmer hatte ich unter anderem ein schickes Nadelstreifenhemd mit spitzem Kragen gesehen. Beim Bäcker und beim Fleischer waren Bestellungen abgegeben worden, die Schneiderin nähte bereits an meinem Anzug. Sogar Einladungen waren schon verschickt und die Vorbereitungen für die Feier in vollem Gang. Frühzeitig kam zur Konfirmationszeit eine Lawine ins Rollen, die nicht mehr aufzuhalten war. Meine Mutter wunderte sich, warum ich noch keinen weißen Sand geholt hatte – zur Aufgabe eines jeden Konfirmanden gehörte es nämlich, eine Spur aus weißem Sand von seiner Haustür bis zu der des nächsten Konfirmanden zu streuen, darauf wurden Tannenzweige verteilt. So zog sich zur Konfirmationszeit eine Spur aus feinem, weißen Sand und zartem Tannengrün durchs ganze Dorf, auf dass jeder sah, wer konfirmiert wurde.

Mir blieb nichts anderes übrig, als Mutter alles zu beichten. Ich passte es so ab, dass Strunk nicht zu Hause war. Nie hatte ich sie so in Rage gesehen. Ich war bereits ein gutes Stück größer als sie, doch das hielt sie nicht ab. Sie schlug auf mich ein, sie verdrosch mich regelrecht, bevor sie mich stehenließ und tagelang kein Wort mehr mit mir sprach. Noch Wochen später hatte ich blaue Flecken, die ich mühsam vor Freunden verbarg. Als die Konfirmation dann stattfand und die Konfirmanden des Dorfes ihre Geschenke bekamen, verkrümelte ich mich in mein Zimmer, obwohl an diesem Wochenende herrlichstes Wetter herrschte.

Nach diesem Debakel grenzte es an ein Wunder, dass sich am Ende des Schuljahres sowohl meine Klassenlehrerin als auch der Schuldirektor dafür aussprachen, dass ich die 8. Klasse absolvieren und meinen Abschluss machen sollte. Der Direktor schlug mich sogar für das Pionierlager in der Dübener Heide vor. Die Teilnahme an den dreiwöchigen Aufenthalten in den Sommerferien galt als Auszeichnung für besonders gute schulische und gesellschaftliche Leistungen. Nur die Besten durften zu den Pionieren, meine schulischen Leistungen aber waren eher dürftig, ganz zu schweigen von meinen Beiträgen für die Gesellschaft. Als ich vor dem Schulleiter saß, beschlich mich das Gefühl, dass er, wie viele Dorfbewohner, über die Zustände bei uns zu Hause Bescheid wusste. Er sprach von gezielter Forderung und dem richtigen Umgang, und dass man niemanden zurücklassen dürfe und gerade bestimmten Jugendlichen eine Chance geben müsse. Einerseits war ich ihm dankbar, andererseits war es mir peinlich. Würden die im Pionierlager nicht sofort den Versager in mir sehen, der nur aus Mitleid dazukommen durfte?

Doch ich wollte den Direktor nicht enttäuschen. Im neuen Schuljahr würde ich mich anstrengen, sagte ich mir, und meinen Abschluss so gut wie möglich machen. Außerdem waren drei Wochen mit den Pionieren sicher besser, als die Ferien über zu Hause zu bleiben. Mutter war es recht, vor allem, weil es sie nichts kostete.

Leider regnete es die meiste Zeit und man konnte in Bad Schmiedeberg nicht viel unternehmen. Wir schossen mit dem Gewehr, was mir Spaß machte, denn bald hatte ich den Dreh raus. Ich achtete darauf, nicht aus der Reihe zu tanzen und einen guten Eindruck zu hinterlassen. Doch während der ganzen Zeit wurde ich mein ungutes Gefühl nicht los, obwohl es niemand bestärkte. Die anderen behandelten mich wie einen der ihren, ich aber fühlte mich wie ein Fremdkörper. Ich war froh gewesen wegzukommen, und dann war ich froh, als es wieder nach Hause ging.

Am letzten Wochenende der Ferien feierten die Eltern von Jochen und Martin Süßmilch einen runden Hochzeitstag. Nahezu das ganze Dorf war eingeladen, auch Mutter, doch sie ging nicht hin. Mir kam es vor, als würde sie gar nicht mehr ausgehen, erst recht nicht allein. Strunk halte sie an der kurzen Leine, sagte Opa August, der mit Frau Kern aber auch zu Hause blieb. Allerdings kamen viele Freunde und Mitschüler zu der Gartenfeier. Und ich nahm Irene mit. Martin hatte sich damit abgefunden, dass er bei ihr nicht landen konnte, er stotterte auch nicht mehr in ihrer Nähe. Alle redeten davon, dass Deutschland Fußballweltmeister geworden war, das hatte ich im Pionierlager gar nicht mitbekommen. Am Ende des Abends gab es ein Feuerwerk. Irene und ich blieben bis zum Schluss, denn wir hatten noch nie ein Feuerwerk gesehen. Obwohl es nur ein paar Böller und Leuchtraketen waren, betrachteten wir beeindruckt die bunten Sterne am Himmel.

Danach musste Irene nach Hause, ich begleitete sie über die finstere Landstraße bis nach Lochau. Als ich schließlich gegen elf Uhr zurückkam und vor unserer Haustür stand, fand ich sie verschlossen vor. Alle Fensterläden waren zu. Ich schlich ums Haus herum und überlegte, wie ich reinkommen könnte, ohne jemanden aufzuwecken. Nach einer Weile sah ich die schmale Luke des Waschkellers offen stehen. Ich zwängte mich hindurch und hoffte, unten nicht im vollen Waschkessel zu landen. Glücklicherweise war der Bottich leer. Ich tastete mich durch den Keller und schlich dann hoch in mein Zimmer, legte mich hin und träumte von Irene. Am nächsten Morgen fragte mich niemand, wie ich ins Haus gekommen war. Den ganzen Tag über sprach keiner mit mir.

Es war der Sonntag vor Schulbeginn. Die Eltern von Martin und Jochen hatten mich beim Abschied von der Feier eingeladen, am nächsten Abend gleich wiederzukommen, denn vom Buffet war einiges übrig geblieben. Dieses Mal kehrte ich gegen halb zehn nach Hause zurück. Wieder war die Haustür verschlossen und nun auch die Luke zum Keller. Ich fand keinen Weg mehr, um unbemerkt ins Haus zu gelangen. Notgedrungen klopfte ich an einen der Fensterläden. Hoffentlich wird Opa August wach, dachte ich, oder Frau Kern. Ich klopfte wieder und wartete.

Nach einer Weile flog die Haustür auf und Strunk stürmte mir entgegen. Ehe ich ein Wort sagen konnte, drosch er mir mit der Faust mitten ins Gesicht. Ich taumelte und fiel rücklings in den Vorgarten. Als ich mich wieder aufrappelte, um mich schnell an ihm vorbeizuschlängeln, über die Stufen hoch ins Haus, schlug er mich erneut nieder und versetzte mir gleich noch ein paar Hiebe ins Genick. Und kaum war ich wieder auf den Füßen, wollte er sich ein drittes Mal auf mich stürzen. Ich wusste mir nicht mehr anders zu helfen. Ich winkelte das Bein an und trat mit voller Wucht zu. Lautlos sackte er vor der Haustür zusammen. Ich wischte mir mit dem Ärmel über den Mund und schaute auf ihn herab. Er lag da wie tot, sein Blick abgewandt, die Hände über Kreuz im Schritt. Ich ließ ihn liegen und ging ins Haus. Mutter war nirgends zu sehen. Ich lief hoch in mein Zimmer, zog mich aus und legte mich ins Bett.

5

Am Montagmorgen wurde ich wachgerüttelt. Ich öffnete die Augen und sah Strunk vor mir stehen. Draußen war es noch stockdunkel. Er riss mir die Decke weg und blieb in sicherer Entfernung stehen.

»Raus aus dem Nest«, sagte er. »In einer Stunde fährt der Bus nach Buna.«

Ich schaute auf die Uhr. Halb fünf. Ich verstand nichts.

»Du wirst den Bus nehmen und dich dort in der Kaderabteilung melden, verstanden?«

»Ich muss zur Schule«, sagte ich.

»Du tust verdammt noch mal, was ich dir sage«, entgegnete er. »Das Lotterleben ist vorbei. Dich Bastard werde ich nicht länger ernähren. Ab jetzt sorgst du für dich selbst.«

Ich rieb mir die Augen.

»Steh endlich auf«, sagte er und warf die Decke auf den Boden, »oder willst du schon am ersten Tag zu spät kommen?«

Damit verschwand er.

Erst wollte ich einfach liegen bleiben, doch dann besann ich mich und ging in die Küche. Mutter wich meinem Blick aus.

»Vielleicht ist es besser so«, sagte sie. »Dann stehst du auf eigenen Füßen.«

»Und was ist mit der Schule?«

Sie zuckte nur die Achseln.

»Ist es wegen gestern?«, fragte ich. »Es war nicht meine Schuld, er hat ...«

»Ich will das nicht hören«, unterbrach sie mich und sah mich finster an. »Ich will das nicht hören, verstehst du? Du machst mir nichts als Ärger. Die ganze Zeit machst du mir nichts als Ärger, und jetzt bist du auch noch undankbar. Der Gert meint es nur gut. Er hat schon alles für dich geregelt.«

»Aber ich ...«

»Du tust, was er sagt!«

Die Chemischen Werke Buna gehörten zu meinem Leben wie viele Dinge, die so normal waren, dass ich sie kaum wahrnahm. Wenn man von Döllnitz über die Elster und die Aue schaute, sah man ihre Schornsteine. Egal, ob ich Kühe gehütet, Kartoffeln geerntet oder Kirschen gepflückt hatte, ob ich baden war oder paddeln, Tag für Tag hatte ich die Anlage am Horizont gesehen. Und nicht nur ihre Silhouette prägte die gesamte Gegend. Meist stiegen dicke Rauchwolken von dort in den Himmel auf, und manchmal driftete der Qualm hinunter bis in die Aue und die Dörfer. Wenn es schneite, war der Schnee grau, und wenn der Schnee schmolz, blieb eine schmutzige Schlammschicht zurück. Der Putz der Häuser wurde mit jedem Regen dunkler, auf den Flüssen trieb gelber Schaum, doch niemand scherte sich darum. Man kannte es nicht anders, und alle lebten vom Werk. Bis ins letzte Jahr war der »Buna-Ochse«, die Werkssirene, weithin zu hören gewesen, er hatte den Tag auch für die eingeteilt, die nicht dort arbeiteten. Aus unserem Dorf arbeitete fast jeder bei Buna, Opa August, Strunk und all die anderen. Wie viele es aber tatsächlich waren, sah ich zum ersten Mal an diesem Morgen, als der vollbesetzte Bus vor dem Werkstor hielt. Sie strömten aus Bussen, mit Fahrrädern oder zu Fuß von überall her auf das unüberschaubare Gelände. Es lag nur wenige Kilometer von unserem Dorf entfernt, hätte mir jedoch fremder nicht sein können. Es war eine mir gänzlich unbekannte Welt. Eine Welt aus endlosen dunklen Backsteinmauern, aus Hallen und Lagern, Maschinen und Motoren, aus Rohren und Leitungen und Silos und Schloten und Kesseln und Kaminen, eine einzige riesige, in betäubenden Lärm, erstickenden Rauch und beißenden Gestank gehüllte Maschinerie.

In Döllnitz begann jetzt gleich die Schule, mein letztes Jahr dort, und ich war auf dem Weg ins Buna-Werk. Während der gesamten Busfahrt hatte ich mich gefragt, was ich tun sollte, was ich tun konnte. Mir war nichts eingefallen. Gedankenverloren hatte ich auf meinem Platz gesessen, war schließlich ausgestiegen und im Strom der Arbeiter zum Tor geschwemmt worden. Längs der Zufahrt standen Polizisten und Wagen mit gelangweilten, rauchenden sowjetischen Soldaten. Am Schlagbaum hielt mich ein Pförtner an. Zuerst verstand ich kein Wort.

»Wo willst du hin, Junge?«, fragte er. »Bist wohl noch nicht ganz wach, was?«

»Kaderabteilung«, sagte ich, ich hatte es nicht vergessen. Er musste mir den Weg dreimal beschreiben, und dennoch geisterte ich eine Ewigkeit durch die Straßen und Gänge, über Gleise und Gräben, vorbei an Baracken und Hütten und unzähligen Menschen, die sich wie aufgezogen über das Gelände bewegten, bis ich vor einem verrußten Backsteinbau stand, in dem die Kaderabteilung, das Personalbüro des Werks, untergebracht war. Strunk hatte tatsächlich alles geregelt, Mutter hatte ihm eine Vollmacht ausgestellt. Von der Kaderabteilung wurde ich weitergeschickt in den Betrieb E34. Es war eine Werkstatt und ein Magazin, in dem es nach Metall und Ruß und Öl und Schweiß roch, geleitet von einem Mann namens Piskorski, der mich bereits erwartete und mit einem Blick auf die Uhr in Empfang nahm.

Ich hatte keinen Abschluss, hatte nichts gelernt und von nichts eine Ahnung. Ich war vierzehneinhalb Jahre alt. Vielleicht musste ich froh sein, dass mich überhaupt jemand nahm. Ich wurde als Werkshelfer beschäftigt, Piskorski stellte mich der Brigade vor. Ich schüttelte Hände von Männern jeden Alters, schwielige Hände, schmutzige Hände, große Hände. Manche brüllten mir ihren Namen regelrecht ins Ohr, andere nuschelten ihn: Kohler, Wittek, Dombrowski, Fritsche, Meyer mit EY, die meisten verstand ich beim ersten Mal nicht. Einige hatten schon am Morgen eine Fahne und alle rauchten Kette. Ich bekam einen Klaps auf die Schulter, einen Kittel und einen Spind. Dann wurde mir Arbeit zugeteilt.

Am Anfang war ich vor allem Laufbursche, ich musste für Piskorski Unterlagen und Papiere wegbringen oder für die Kollegen Material oder Werkzeug holen. Ich musste lernen, zahllose Rohre, Kabel, Drähte und Schalter zu unterscheiden und Schraubenschlüssel, Zangen, Sägen, Pfeilen und Hämmer auseinanderzuhalten. Ich musste mir einprägen, wo die einzelnen Materialien und Werkzeuge gelagert wurden. Nach und nach fand ich mich auf dem Werksgelände zurecht. Alle Abteilungen und Betriebe wurden mit Ziffernfolgen bezeichnet, E34, F72, D13, an ihnen konnte man sich orientieren. Manchmal hatte ich den Magazinfrauen zur Hand zu gehen und musste mit anfassen, wenn schwere Teile zu tragen waren oder auf einen Lastwagen verladen wurden. Oder ich sollte die Werkstatt aufräumen, Maschinen putzen, Material sortieren und den Boden fegen. In einem Regal hatten die Kollegen ein Schnapslager angelegt, davon hatte ich die Finger zu lassen.

Manche Kollegen wirkten launisch und schroff, die meisten waren jedoch hilfsbereit und wohlwollend und erkannten mich bald als ein Teil ihrer Brigade an. Besonders Meister Fritsche nahm mich unter seine Fittiche. Gleich in den ersten Tagen war mir ein Hammer aus der Hand gerutscht und ihm auf den linken Fuß gefallen. Während ich vor Schreck zusammenzuckte, verzog der kleine Mann mit den Habichtzügen, der ständig eine filterlose Zigarette zwischen den schmalen Lippen stecken hatte, keine Miene.

»Glück gehabt«, sagte er, nahm den Hammer und schlug gegen sein Bein. »Massive deutsche Eiche.«

Als er mir erzählte, dass er sein linkes Bein bei Eiseskälte in Russland verloren hatte, wurde mir klar, warum er so steif ging. Wenn Meister Fritsche jeden Morgen die Arbeiten unter den Kollegen der Brigade aufteilte, merkte er sofort, ob ich Sorgen hatte oder schlecht gelaunt war. Er nahm mich dann zur Seite und fragte, was los war, und ich konnte ihm alles erzählen. Außerdem besaß er die Gabe, mich zu ermahnen oder mir etwas einzubläuen, ohne dass ich mich bloßgestellt fühlte.

Mittlerweile fuhr ich nicht mehr mit dem Bus, sondern mit dem Fahrrad ins Werk. Eines Morgens hatte ich unterwegs einen platten Reifen.

»Wo kommst du her?«, wollte Fritsche wissen, als ich eine Viertelstunde zu spät bei ihm ankam.

»Tut mir leid, Meister«, sagte ich, »aber ich hatte einen Plattfuß.«

»Junge«, sagte Fritsche, »du musst immer so zu Hause losfahren, dass du auch dann pünktlich bist, wenn du mal eine Panne hast.«

Nie wieder kam ich zu spät. Ich gehorchte, ich war fleißig, ich lief und rackerte, für nichts war ich mir zu schade. Nichts fiel mehr runter. Ich schuftete neun, zehn Stunden am Stück, manchmal auch am Wochenende. Nach Schichtende schmerzten mir die Schultern, meine Hände waren rissig und voller Blasen. Am Monatsende jedoch hielt ich in diesen Händen meinen ersten Lohn.

Anfangs war ich nach Feierabend so erledigt, dass ich kaum noch Kraft für die Fahrt zurück nach Döllnitz hatte. Zu Hause war ich nur zum Schlafen. Nach einigen Tagen aber suchte ich den Schuldirektor auf und meldete mich offiziell bei ihm ab. Er hatte sich für mich eingesetzt und es gut mit mir gemeint. Jetzt konnte er nichts mehr für mich tun und wünschte mir nur alles Gute. Leider dauerte es Wochen, bis ich die Möglichkeit hatte, meine Freunde zu treffen und vor allem mit Irene zu sprechen. Je länger ich sie nicht sah, desto größer wurde meine Angst, sie würde mich nicht mehr mögen, jetzt, wo ich die Schule aufgegeben hatte und als Hiwi im Werk arbeitete. Sie hatte sich große Sorgen gemacht und bereits Mutter gefragt, die ihr nur einsilbig erklärt hatte, dass ich in Buna war. Irene verstand es nicht. Als ich sie endlich an einem meiner freien Wochenenden treffen konnte, musste ich ihr alles ausführlich erklären, ehe sie mir wieder vertraute.

Im Palmenbaum wurde ein Film aus dem Westen gezeigt: *Schwarzwaldmädel* mit Sonja Ziemann, Rudolf Prack und Paul Hörbiger. An drei Tagen gab es Sondervorführungen, an den ersten Abenden lag das Dorf wie ausgestorben da, vor der Wirtschaft standen die Leute Schlange. Eine Karte zu ergattern war kurzfristig kaum möglich, doch ich wollte Irene etwas bieten und sie einladen. Überall fragte ich herum, bei den Süßmilchs und anderen Freunden, es war zwecklos. Dann traf ich Hans Walldorf im Bootshaus. Er hatte die Schule abgeschlossen und ging nach Meißen, um dort Bergbau zu studieren. Davon hörte ich zum ersten Mal, und es stimmte mich traurig. Hans war für mich aus dem Kanuklub nicht wegzudenken. Als er hörte, dass ich Werkshelfer in Buna war und Irene ins Kino ausführen wollte, überließ er mir seine Karten für die Vorstellung am letzten Abend.

»Das kann ich nicht annehmen, Hans«, sagte ich.

»Meiner«, sagte er, »du hältst jetzt den Mund, nimmst die Karten und gehst mit deinem Mädel ins Kino.«

»Ernsthaft?«

»Natürlich, wenn ich es sage.«

»Aber dann bezahl ich sie dir.«

Er steckte mir die Karten in die Hemdtasche.

»Wenn ich das nächste Mal aus Meißen zu Besuch komme, kannst du dich revanchieren und lädst mich auf ein Bier ein.«

Der Saal war gerammelt voll, wir hatten Mühe, zwei Plätze nebeneinander zu finden. Der Film entpuppte sich als flotter Schwank mit Musik, den ich bald nur als buntes Flirren auf der Leinwand wahrnahm. Ein Flirren, das Irenes Hände und ihr Gesicht mal in grellem Licht aufgleißen ließ, mal in ein warmes Meer aus Farbe tauchte. Ich hatte nur Augen für sie und war selig, neben ihr zu sitzen und ihre Hand zu halten. Nach der Vorstellung lud ich sie ein auf ein Getränk im Palmenbaum. Zuerst zierte sie sich. Doch die Gastwirtschaft war gefüllt mit gut gelaunten Menschen, und in der Menge fielen wir nicht auf. Wir setzten uns in eine Ecke, ich trank Malzbier und sie Limonade. Als sie schließlich nach Hause musste, brachte ich sie nach Lochau. Keine hundert Meter vor den Baracken, in denen Irene mit ihrer Familie wohnte, spannte sich eine Eisenbahnbrücke über die Straße. Weiter südlich in der Elsteraue führte diese Strecke über die lange Brücke, auf der ich früher oft mit meinen Brüdern und den Süßmilchs gestanden hatte. Damals hatten die Bilder auf den Stahlträgern unsere Fantasie in Fahrt gebracht. Wohl tausend Mal schon war ich mit Irene unter dieser Brücke kurz vor ihrem Zuhause hergegangen, in dieser Nacht jedoch blieben wir stehen. Ohne ein Wort nahmen wir uns an die Hand und liefen hinter den Bahndamm, bis das Licht der Straßenlaterne uns nicht mehr erreichte. Irene lehnte an der Steinmauer und ich stellte mich ganz nah vor sie hin. Sie legte eine Hand auf meinen Nacken und zog mich sanft zu sich heran. Und dann küssten wir uns. Erst zaghaft und kurz, immer wieder von neuem, schließlich länger und inniger. Ich berührte ihre Hüfte und tastete mich langsam nach oben. Wie lange wir so dastanden, weiß ich nicht zu sagen, auf einmal aber kam eine große Gestalt um die Ecke und warf ihren langen Schatten.

»Irene?«, fragte die Gestalt mit tiefer, Ehrfurcht einflößender Stimme: Irenes Mutter. Dann erkannte sie mich. »Ach, du bist's, Meiner«, sagte sie milder. »Na dann macht nicht mehr so lange, ihr beiden.«

Obwohl ich schon Wochen im Werk arbeitete, wusste ich nicht, was dort im Einzelnen hergestellt wurde. Ich hatte keine Ahnung, woher der Gestank und die Rauchwolken kamen. Als Werkshelfer war ich der Laufbursche und Handlanger meiner Arbeitskollegen, die Anlagen reparierten, deren Sinn mir ein Rätsel blieb. Opa August leitete eine Brigade, die Kanäle auf dem Werksgelände reinigte, und Strunk baute Gerüste. Niemand, den ich kannte und der im Werk arbeitete, hatte mit Chemie zu tun. Ich konnte mir unter dem Begriff Chemie nicht einmal etwas vorstellen. Das änderte sich erst, als unser Brigadier den Parteiauftrag erhielt, eine Reparaturbrigade aufzubauen, für eine Produktion von erheblicher wirtschaftlicher und gesellschaftlicher Bedeutung, wie es offiziell hieß. Piskorski durfte sich aus dem ganzen Werk geeignete Mitarbeiter suchen, viele bewarben sich sogar für den Posten. Aus unserer alten Brigade nahm er genau zwei Leute mit. Meister Fritsche und mich. Ein paar der Kollegen waren neidisch.

»Der Junge ist fleißig, den kann ich gebrauchen«, sagte Piskorski vor versammelter Mannschaft.

Die neue Schlosserbrigade war ein bunt zusammengewürfelter Haufen, bei den meisten Kollegen handelte es sich um Spezialisten mit besonderen handwerklichen Fähigkeiten. Ich musste mir neue Namen merken: Siekmann, Schirner, Duschek, Geier mit EI. Im Betrieb F77/F89, für den wir verantwortlich waren, wurden äußerst wichtige Rohstoffe für den täglichen Gebrauch hergestellt, erfuhren wir. Ein hochwertiger Klebstoff für die Industrie, undenkbar ohne die Prozesse in unserem Betrieb. Warme Pullover für den Winter könne es nicht geben ohne die Produktion in diesen Hallen. Feine Sonntagshemden, die sich anfühlten wie Seide und doch für jedermann erschwinglich waren, das ermöglichte unsere Arbeit. Schwer vorstellbar, wie das alles zusammenpassen sollte. Aber der Parteisekretär erklärte es uns: Eine Reaktion von Kohlenwasserstoffen mit Blausäure ergab eine stickstoffhaltige Verbindung, eine farblose, stechend riechende Flüssigkeit, zugegebenermaßen nicht ganz ungefährlich, giftig gar, richtig, aber das habe man im Griff, damit könne man umgehen, kein Anlass zur Sorge. Schließlich war diese stinkende Suppe das Ausgangsmaterial für Polyacrylnitril und Chemiefasern, also Textilfasern, die trocken oder nass versponnen werden konnten, die Anwendungsmöglichkeiten wären, wie gesagt, unerschöpflich. Dadurch machte sich unsere Republik unabhängig von Rohstofflieferungen aus dem Ausland und war autark in der lebenswichtigen Versorgung seiner arbeitenden Bevölkerung und der blühenden Wirtschaft. Für dieses Ziel hatten die Chemiker lange getüftelt und gerechnet und experimentiert, und für die reibungslose Produktion sorgte nun unsere Brigade. Weil wir die Anlagen und Filter und Pumpen, in der die wertvolle Suppe kochte, warteten und reparierten und instand setzten, defekte Teile herausnahmen und intakte montierten und zur Not eigenhändig an der Werkbank anfertigten. Die Arbeitsbedingungen verbesserten sich, ein strikter Schichtdienst, ein Achtstundentag, eine Fünftagewoche, Vergünstigungen an Feiertagen, geregelte Urlaubszeiten. Ich war anfangs weiterhin Werkshelfer, bekam aber mehr Lohn.

Nachdem Hans Walldorf weg war, verließen auch Erich Havelmann und Gregor Kohrs den Paddelklub. Sie wechselten zum Kanurennsport und mussten mich nicht lange überreden. Ich folgte ihnen an den Osendorfer See, an den gefluteten Tagebau nördlich von Döllnitz, wo sich das Bootshaus befand. Die Rennsportgruppe hatte gerade neue Mahagoniboote bekommen, schmale Schalenboote, mit denen man im Gegensatz zu den alten Plankenbooten, die wir gewohnt waren, sehr leicht kentern konnte. Es brauchte Wochen, bis wir in diesen schnellen Kajaks das Gleichgewicht und den Kurs hielten. Bevor ich auch nur ein paar Meter geradeaus fahren konnte, lag ich viele Male im Wasser des Osendorfer Sees.

Unser Trainer hieß Harald Hanisch, er war ein junger, athletischer Mann Anfang zwanzig, der im Einer auf verschiedenen Strecken bereits fünf Mal nationaler Meister geworden war.

»Willst du das Wasser totschlagen?«, rief er mir zu. »Mit Gewalt geht hier gar nichts. Du musst eins werden mit deinem Boot.«

Es fiel mir nicht leicht, meine Kräfte richtig einzusetzen. Wie sollte ich eins werden mit einem Boot, das einen eigenen Willen zu haben schien und mich überall hintrieb, nur nicht dahin, wohin ich wollte?

Für die ersten Regatten im Frühjahr war ich noch nicht gut genug, doch im Sommer durfte ich mit zu einem Zeltlager nach Lauterbach. Harry Hanisch hatte es so gedeichselt, dass der Aufenthalt als Trainingslager galt und wir vom Kombinat unterstützt wurden. Von der GST, der Gesellschaft für Sport und Technik, bekamen wir ein Zehnmannzelt, ein Mitarbeiter des Betriebs brachte uns mit dem Lastwagen nach Rügen. Unsere Gruppe bestand aus sechs Jungen und zwei Mädchen, ich war der Jüngste. Auf dem Platz war wenig los, als wir unser

Zelt aufbauten. Links lagen die älteren Jungen, Havelmann, Kretschmar, Kohrs, Struppi, der eine Lehre als Elektriker im Buna-Werk machte, dazu einer, den ich noch nicht kannte. Rechts vorne neben dem Eingang standen unsere Koffer aufgereiht, dahinter hatte ich mein Lager, dann kamen die beiden Mädchen. Direkt neben mir Doris aus Zwintschöna, die wie ich neu im Verein war, dann Elfie aus Schkopau. In der Mitte, zwischen den beiden Reihen, wurde mit einer Decke eine Trennwand gezogen, und wenn Doris und Elfie sich umkleideten, musste ich rüber zu den anderen Jungs auf die linke Seite.

Gleich am ersten Abend gingen wir in die Dorfkneipe am Hafen. Die Jungs tranken Bier, ich sollte nur Malzbier bekommen, Harry hatte strikte Anweisungen gegeben. In der Kneipe saß eine Gruppe Matrosen, wir kamen mit einem ins Gespräch, er stammte aus Bitterfeld, ein kleiner, kompakter Kerl, der wie seine Kameraden ein Bier und einen Schnaps nach dem anderen kippte. Sie gehörten zur Grenzpolizei und fuhren Patrouillen entlang der Küste und durch den Bodden. Außerdem gab es da noch die Enkelin der Wirtin, sie war aus Dresden zu Besuch und in Begleitung von ein paar Jungs aus dem Dorf. Obwohl einer von ihnen ihr Freund zu sein schien, warf mir die Dresdnerin Blicke zu, die mich verlegen machten. Sie war sechzehn, schnappte ich auf, nur ein Jahr älter als ich. Um Punkt zehn Uhr schlug Kretschmar mir auf die Schulter.

»Ab in die Koje, Kleiner«, sagte er.

Ich protestierte.

»Keine Widerrede, Harry hat gesagt, für dich ist um zehn Feierabend.«

Missmutig trottete ich zum Zeltplatz zurück. Ich war nicht müde, mir fiel jedoch nichts Besseres ein, als mich hinzulegen. Kaum eingedöst, weckten mich Geräusche. Ich hielt die Luft an und lauschte. Es hatte angefangen zu regnen, dicke

Tropfen trommelten auf unser Zelt. Nach einer Weile taumelten zwei Gestalten herein. Ich blinzelte vorsichtig über den Rand meiner Decke. Es waren Doris und der Matrose aus Bitterfeld. Die beiden stürzten auf die Matratze neben mir. Ich tat, als würde ich schlafen, und rührte mich nicht von der Stelle. Es begann zu rascheln und zu reiben, zu kratzen und zu knirschen. Ich hörte es schlabbern und schmatzen. Ich schwitzte Blut und Wasser und presste die Augen zusammen. Ich wollte weg und ich wollte alles hören. Ich wollte, dass es aufhörte, und ich wollte, dass es nicht endete. Der Matrose schnaubte, Doris stöhnte, er japste, sie jammerte. Allzu lang ging es nicht. Er winselte, sie wimmerte. Dann fiel der Matrose zwischen mich und das Mädchen.

Ich wagte noch immer nicht, mich zu rühren, mir tat schon alles weh. Nach zehn Minuten, ich hatte jede Sekunde gezählt, fing der Matrose an zu tatschen. Schon hatte er mich am Wickel und wollte knutschen. Er hatte eine fürchterliche Fahne, aus allen Poren strömte ihm der Gestank von Bier und Schnaps und Zigaretten. Ich stieß ihn weg. Mir wurde schlecht.

»Hier bist du falsch, Mann!«

Müde glotzte er mich an.

»Ach, Kleener.«

Spaßvogel, dachte ich. Ich war einen Kopf größer als er.

Er rollte wieder rüber zu Doris, und die Vorstellung nebenan begann von neuem.

Wir setzten unsere Boote im Hafenbecken ein. Ein paar unserer Jungs hatten Freundinnen im Dorf, die sie mitnahmen. Auch das Mädchen aus Dresden und ihr Freund kamen mit. Doris' Matrose aber war nicht dabei, er hatte wohl Dienst. Es war kein Training, sondern eine gemütliche Ausfahrt. Wir paddelten vom Hafen über den Bodden, die zerklüftete Küste hoch, an einem Waldgebiet vorbei. Auf einer Landzunge machten wir Rast. Gegenüber im Meer lag die Insel Vilm. Die GST habe dort eine Segelschule eingerichtet, sagte der Junge aus dem Dorf.

»Da kannste ja fast rüberhüpfen«, meinte Struppi.

»Das ist weiter weg, als man denkt«, sagte Kretschmar.

»Ach was, ist bloß ein Katzensprung.«

»Dann schwimm doch rüber!«

»Glaubste, das schaff ich nicht?«

»Nie im Leben.«

»Was wettest du?«, meinte Struppi.

»Ach, hör auf«, sagte Kretschmar.

»Ein Flasche Eierlikör, wenn ich einmal hin- und wieder zurückschwimme.«

»Wenn du unterwegs absäufst, krieg ich die ja nie.«

Struppi zog sich aus und sprang ins Wasser. Er kraulte sofort los und wurde bald kleiner und kleiner, als würde er im Meer verschwinden.

»Das dauert doch eine Ewigkeit«, sagte das Mädchen aus Dresden.

Kretschmar und Elfie blieben am Ufer sitzen, wir anderen erkundeten den Wald. Er bestand vor allem aus alten Buchen und Eichen. Der Wald hieß die Goor, erzählte uns der Junge aus dem Dorf. Die Goor, wir lachten darüber. Wenn die Dresdnerin es sagte, klang es beinahe wie Gör. Die Göre. Wir alberten herum. Mit einem Mal ließ die Dresdnerin ihren Freund los und schaute mich an. Ohne ein Wort liefen wir los, durch den Wald, an Eichen und Buchen vorbei, wir schlugen Haken, einmal, noch einmal und quer über eine Lichtung. Hinter uns hörten wir die Rufe der anderen, »Hilde, Hilde«, aber wir liefen weiter, in eine Schonung hinein. In der Mitte der Schonung war eine Kuhle, in die wir uns atemlos hineinfallen ließen. Uns rann der Schweiß von der Stirn, vom ganzen Körper. Wir fassten uns an, wir fummelten und fingerten, wir küssten und knutschten, sie zerrte an meinem Hemd, ich zupfte an ihrer Bluse. Ich zitterte am ganzen Leib, sie zögerte.

»Ist dein erstes Mal, was?«, sagte sie und lächelte mich an. Da hörten wir die anderen, sie kamen näher. Ich spürte Hildes heiße Lippen am Ohr. »Heute Abend am Hafen.«

Am Abend bestellte Kretschmar in der Kneipe eine Flasche Eierlikör. Struppi hatte es geschafft, war aber so erledigt, dass er nach zwei Gläsern am Tresen einschlief. Die anderen tranken weiter, auch die Matrosen waren wieder da.

Gegen halb zehn sagte Hilde, ihr wäre nicht wohl, sie müsse nach Hause. Ihr Freund wollte es nicht glauben, aber sie verabschiedete sich. Punkt zehn schickte Kretschmar mich zurück ins Zelt.

Sie wartete am Hafentor. Hand in Hand gingen wir Richtung Zeltplatz, dann bogen wir auf eine Weide. Wir blieben stehen, ich schaute mich nach einer geeigneten Stelle um, da drückte mich Hilde schon an den Zaun. Sie schmeckte salzig und roch säuerlich und sie preschte sofort vor. Sie knöpfte meine Hose auf, zog sich den Rock hoch, es ging ruckzuck. Ich stand da, an den Zaun gepresst, leicht in die Knie gezwungen, und sie nahm alles in die Hand. Sie rackerte und ackerte, keuchte und schnaufte. Nach einer Weile tat mir alles weh, das Kreuz, die Knie, ich hatte Krämpfe, mein Kopf dröhnte. Sie stöhnte, ich brachte keinen Ton hervor. Sie bebte, ich konnte mich nicht rühren. Es dauerte nicht allzu lang, Hilde ließ mich los, strich ihren Rock glatt und verschwand. Danach beachtete sie mich nicht mehr, sie hatte wieder ihren Freund von der Insel und ich ein paar Tage Rückenschmerzen.

Am letzten Wochenende fand in Lauterbach ein Hafenfest statt. Schon Tage zuvor waren am Kai Laubhütten für den Ausschank aufgestellt und Boote und Schiffe und Kähne festlich geschmückt worden, es sollte eine Parade auf dem Wasser geben. Als wir am Abend vor dem Fest in die Kneipe kamen, drehte sich alles um die Vorbereitungen. Wir erfuhren, dass eine Betriebsgruppe aus Gera da wäre und dass einer von ihnen den Neptun geben sollte. Als sie hörten, dass wir Paddler waren, kam ein Mann mit buschigen Brauen an unseren Tisch. Sein Schlips saß locker und sein Scheitel war leicht zerzaust, aber angeblich war er in Gera ein hohes Tier. Er beugte sich zu uns und legte eine Hand auf die Lehne eines freien Stuhls.

»Darf ich?«

Kretschmar nickte.

Der Mann setzte sich und bestellte eine Runde. Für mich gab es wieder Malzbier. Wir stießen an.

»Hört mal her«, begann der Schlipsträger. »Wir sind extra aus Gera gekommen. Aber meine Leute fühlen sich auf dem Wasser nicht wohl. Landeier. Ihr seid doch Paddler, hab ich gehört, echte Wasserratten. Hättet ihr nicht Lust, morgen bei der Feier meine Trabanten zu sein?«

Wir sahen ihn an. Er lehnte sich lächelnd zurück.

»Ich bin der Neptun, Mensch. Der Wassergott. Und was ist Neptun ohne seine Nixen?«

»Nixen?«, wiederholte Struppi.

Der Mann zählte an den Fingern ab: »Naiade, Thalassa, Despina, Galatea, Larissa, Proteus, Triton, Nereide. Das sind die Nixen von Neptun, seine Töchter. Und so heißen auch die Trabanten des Planeten Neptun. Die seid dann ihr in euren Paddelbooten.«

»Wir sind doch keine Weiber!«, rief Struppi.

Elfie, die neben ihm saß, stieß ihm den Ellbogen in die Rippen.

»Hey, wir sind auch noch da«, sagte sie und zeigte auf sich und Doris.

»Auf jeden Fall sind es genau acht Nixen«, sagte ich, »und wir sind acht.«

Der Mann legte mir eine Hand auf die Schulter. »Da hat einer mitgezählt. Was sagt ihr?«

Am nächsten Morgen wurden unsere Boote von den Leuten aus Gera dekoriert und wir verkleidet. Zum Glück staffierten sie uns nicht als Nixen aus, sondern als Trabanten, als Monde, die den geschmückten Kahn des Neptuns begleiten sollten. Mit seinem aufgeklebten Rauschebart und der langen Perücke war der Mann nicht wiederzuerkennen, und seine buschigen Brauen passten perfekt dazu. Bei der Parade schwang er seinen Dreizack wie ein echter Wassergott. Nachdem wir in den Hafen eingefahren waren, wo schon viel Trubel war, banden wir die Boote an und kletterten zu ihm auf den Kahn. Jeder bekam ein Glas Schnaps und musste es für Neptun ins Meer kippen. Das wäre alter Seemannsbrauch. Aber wir schütteten nicht alles ins Meer, es blieb genug zum Trinken übrig. Als mir Neptun ein weiteres volles Glas zum Anstoßen reichte, schaltete sich Kretschmar ein.

»Der ist noch zu jung, der kriegt nichts.«

»Verstehe«, sagte Neptun. »Aber wer ist denn hier der Gott des Meeres, ja aller Flüssigkeiten? Ein Gläschen in Ehren darf ihm niemand verwehren.«

Zu Hause im Werk wurde ich bald zum Schlosserhelfer befördert. Ich kam in eine höhere Lohngruppe. Meister Fritsche setzte sich dafür ein, dass ich entsprechend ausgebildet wurde. Als Erstes schickte mich die Brigade zum Schweißerlehrgang, wo ich das Verbinden zweier oder mehrerer Metallteile zu einem Schweißteil lernte. Später kam das Schmelzschweißen mit Draht dran, außerdem erhielt ich eine Ausbildung im Gasschweißverfahren, das man auch autogenes Schweißen nannte. Als der Lehrgangsleiter merkte, dass ich mich geschickt anstellte, taute er auf. Er hieß Werner Bernau und kam auch aus Döllnitz.

»Junge, sag mal«, sagte er, »dich hab ich doch schon mal singen gehört, oder? Du bist doch mit den drei Mädels im Quartett aufgetreten.«

»Stimmt«, sagte ich. Im ersten Moment war es mir peinlich. »Ist schon eine Weile her.«

»Weihnachten vor einem Jahr, oder?«

»Ja, damals in der Schule.«

»Mensch, dann mach doch bei uns mit, wir brauchen frisches Blut.«

Ich schaute ihn an.

»Im Männergesangsverein, was glaubst du denn?«

Die Übungsstunden des Gesangsvereins fanden jeden Freitagabend im Palmenbaum statt. Dirigent war der Musiklehrer Deisler aus Ammendorf, der Chor hatte gut zwanzig Mitglieder, alle älter als ich. Sie nahmen mich sofort in ihrer Runde auf.

»Das ist doch dem August sein Enkel«, sagten sie. Mir wurde zum ersten Mal klar, dass ich im Dorf nur unter dem Namen meines Opas bekannt war, dem Geburtsnamen meiner Mutter. Vater schien im Dorf keine Spuren hinterlassen zu haben. Meinen Nachnamen kannte im Grunde keiner.

Ungefähr zwei Stunden lang übten wir an diesen Abenden Choräle und Volkslieder. *Wem Gott will eine Gunst erweisen, den schickt er in die weite Welt, dem will er seine Wunder weisen, in Berg und Wald und Strom und Feld.* Solche Sachen. Mir fiel es von Anfang an leicht, mich in den Chor einzugliedern, obwohl ich manchmal Geduld haben musste, bis ein Lied richtig einstudiert war. Aber wenn dann zwanzig Stimmen gemeinsam losschmetterten, aufgeteilt nach Tonlagen, und alle Einsätze stimmten, war es ein erhebendes Gefühl.

Nach den Proben saß der Chor in der Wirtschaft zusammen. Die Männer mussten ihre trockenen Kehlen ölen und tranken Bier, manche spielten Doppelkopf. Auch in dieser Runde bekam ich als Jüngster nur Malzbier. Ich lernte die einzelnen Mitglieder kennen: Eichsteiner Paule, Börnicke Helmut, Kranz Ludwig, Bernau Werner und sein Sohn, der auch Werner hieß, weshalb der Vater nur bei seinem zweiten Vornamen gerufen wurde, Rudi. Ich erfuhr, dass viele Männer aus dem Gesangsverein in der Jugend Freunde meines Onkels Wolfgang gewesen waren, der so früh verstorben war, dass ich ihn nie kennengelernt hatte, und über den ich so gut wie nichts wusste.

»Ach, der Wolfgang«, sagte Börnicke, »Gott hab ihn selig. War ein feiner Kerl. Du erinnerst mich an ihn.«

»Wirklich?«

»Ich weiß auch nicht, warum. Siehst ihm gar nicht ähnlich. Er war ein kleiner, kräftiger Kerl. Aber die Stimme. Du hast seine Stimme.«

»Was ist damals denn eigentlich passiert?«

»Hat dir das keiner erzählt?«

»Nein«, sagte ich. »Ich weiß nur, dass es ein Unfall war.«

Börnicke seufzte und schob seinen Stuhl näher heran.

»Wie waren junge Bengel«, sagte er, »etwa in deinem Alter. Im Sommer gingen wir gern zum Schwimmen an die Elster, zum Tonloch. Wenn Mädels da waren, wollte man sich natürlich produzieren. Du kennst das bestimmt.« Er lächelte und trank einen Schluck Bier. »Wir sprangen von der Brücke, Arschbomben, Krampen, Köpper, jeder versuchte, ihre Aufmerksamkeit auf sich zu ziehen. Wolfgang war ein guter Schwimmer und kannte die Badestelle genau. An dem Tag sprang er mit Anlauf über das Geländer, ein toller Seemannsköpper. Aber dann tauchte er nicht mehr auf. Erst dachten wir, der macht nur Spaß und taucht gleich noch rüber bis zum anderen Ufer.

Das konnte er nämlich gut. Der ist da mal rübergetaucht, dein Onkel, dann wieder zurück und nochmal rüber und wieder zurück. Ohne einmal hochzukommen.« Seine Stimme wurde leiser, auch die anderen hörten ihm jetzt zu. »Auf dem Grund lag eine emaillierte Badewanne«, fuhr er fort, »das wussten wir nicht. Woher auch? Die Wanne lag umgedreht im Wasser, also mit dem Standrand nach oben. Dein Onkel ist mit dem Kopf voll auf die Kante geknallt. Also pass auf, wenn du das nächste Mal einen Köpper machst, man sieht nicht, was im Wasser liegt.«

»Und dann?«

»Er hat sich den Schädel gespalten, das musst du dir mal vorstellen. Den Schädel gespalten! Kein schöner Anblick, das kann ich dir sagen. Ist noch vor Ort gestorben. Trauriger Tag, Meiner, ein sehr trauriger Tag. Wir alle haben ihn nie vergessen.« Und schon standen die Männer auf, der gesamte Chor, sie hoben die Gläser und sangen mit feuchten Augen ein Ständchen auf meinen Onkel Wolfgang. Auch mir schossen die Tränen in die Augen, und ich musste an meine Brüder denken, von denen einer auch Wolfgang heißt.

Den ganzen Sommer über traten wir bei Gartenfesten auf oder brachten Ständchen zu runden Geburtstagen und Hochzeitsjubiläen. Manchmal war es nur ein *Hoch soll er leben*, manchmal führten wir ein komplettes Programm mit Volksweisen oder bekanntem Liedgut auf. Ludwig Kranz war so musikalisch, dass er selbst Lieder für uns schrieb. Am beliebtesten war eins über das spezielle Bier, das früher in Döllnitz gebraut wurde, die Gose: *Unser Wein, das ist ja unsere Gose, unsere Gose ist so klar und rein, den einen ging sie manchmal in die Hose, den andern in den Kopf wie guter Wein.* Am Ende der Strophe mussten wir die Tonlage erhöhen und das vorletzte Wort deutlich trennen und gedehnt singen: Wie gu--ter Wein.

Zum Jahrestag der Republik hatten wir einen Auftritt im Hallenser Zoo. Es war eine Frühschoppenmatinee, gemeinsam mit dem Männerchor aus Ammendorf und einem Blasorchester, damit wir eine geballte Macht ergaben. Wir waren bestimmt sechzig Mann auf der Bühne. Vielleicht war die Macht aber zu geballt – oder wir hätten häufiger zusammen üben sollen. Denn beim Jägerchor aus dem *Freischütz* brachten wir den Dirigenten, einen amtlichen Kirchenmusikdirektor, schier zur Verzweiflung. Jedes Mal, wenn die Ammendorfer mit der ersten Zeile begannen – *Was gleicht wohl auf Erden dem Jägervergnügen* – und wir mit der zweiten Zeile antworten sollten – *Wem sprudelt der Becher des Lebens so reich?* –, verpassten wir den Einsatz. Und die Blaskapelle, die nur aus Laien bestand, kam am Anfang nicht mit. Die Leute fingen an zu lachen, der Dirigent hatte Schweißausbrüche. Als es nach drei Versuchen endlich klappte und die erste Strophe im gemeinsamen *Trallala lala, trallala lala, Trallala! Trallala* endete, wirkte er so erleichtert, als hätten wir ihm das Leben gerettet.

Ludwig Kranz begnügte sich nicht nur mit dem Singen, er war auch Dirigent der Schalmeikapelle der Feuerwehr. Nach einer Übungsstunde im Palmenbaum kam er zu mir.

»Gehst du zum Feuerwehrfest?«, fragte er.

»Weiß noch nicht«, sagte ich. Ich wusste aber, dass ein paar Paddler hingehen wollten.

»Wir spielen beim Umzug«, meinte Kranz. »Uns fehlt ein Mann. Hast du nicht Lust mitzumachen?«

»Aber ich kann doch gar nicht spielen«, erwiderte ich.

»Ach was, du brauchst das Instrument nur vor den Mund zu halten und ein bisschen die Lippen zu bewegen«, sagte er. »Das merkt keiner. Hauptsache, die Reihen sind geschlossen.«

Bei der Schalmeikapelle traf ich einige bekannte Gesichter von den Feuerwehrleuten wieder, die ich noch vom Boxkampf kannte. Sie begrüßten mich zwar sofort als Paddelheini, doch unser Auftritt damals hatte Eindruck hinterlassen. Piccolo stand kleinlaut in der Ecke, auch Walser, der Tischlersohn, wirkte wortkarg. Piccolo spielte, wie sollte es anders sein, die kleine Sopran-Schalmei, Walser eine Bariton-Schalmei.

»Welche soll ich nehmen?«, fragte ich Kranz.

Anscheinend hatte er die Instrumente entsprechend der Körpergrößen verteilt. Ich bekam eine Tenor-Schalmei, sie hatte sechzehn Schalltrichter und drei Ventile, die man zu drücken hatte, um Töne zu erzeugen. Natürlich musste man auch ins Mundstück blasen, aber bei unserem ersten Auftritt zum Feuerwehrfest tat ich nur so. Die Kapelle bestand aus zwölf Leuten, sogar ein Trommler und ein Paukist zählten dazu. Alles zusammen machte ordentlich Radau und konnte, wenn es gut lief, richtig Schwung aufnehmen. Ich marschierte mit und gab mein Bestes, die Reihen zu schließen.

Die ganze Truppe überredete mich noch abends auf dem Fest, auf Dauer mitzumachen. Dazu musste ich jedoch erst spielen lernen. Kranz hatte eine einfache Methode erfunden, wie man die Schalmei spielen konnte, ohne mühsam Noten zu lernen. Ausgehend von den drei Ventilen für die verschiedenen Töne, notierte er uns für jedes Lied eine Zahlenreihe: Zum Beispiel 1 – 1 – 2 – 3 – 3 – 1 oder 1 – 2 – 1 – 2 – 3 – 2 und so weiter. So wusste ich, in welcher Reihenfolge ich im Rhythmus der Trommeln welches Ventil zu betätigen hatte. Die richtige Luft musste natürlich auch dazukommen, ein Ton erklingt überhaupt nur, weil der Luftstrom ein Rohrplättchen in Schwingung versetzt, erklärte mir Kranz.

»Aus diesem Grund zählt die Schalmei auch zur Familie der Holzblasinstrumente«, sagte er, »obwohl sie aus Blech ist. Aber zerdrück das Ding doch nicht, Junge! Mit Gefühl, mit Gefühl! Die Schalmei ist wie eine Frau. Und wenn du so weiterbläst, hast du gleich keine Puste mehr.«

Beim Fasching des Gesangsvereins durfte ich als Jüngster in den Elferrat, ich musste kein Wort sagen und sollte nur auf dem Podium sitzen. Hans Börnicke war unser Prinz, er gab im Prinzenkostüm die beste Figur ab. Der alte Bernau und der Musiklehrer Teichmann hielten lange Reden. Ich wusste nicht, ob es daran lag, dass ich mittlerweile sechzehn war, oder daran, dass ich oben auf dem Podium saß, aber mit einem Mal stellte der Wirt mir ein richtiges Bier hin und keiner hatte Einwände.

Die Tage vorher war es eiskalt gewesen, sogar Elster und Saale waren zugefroren, außerdem hatte es ohne Unterlass geschneit. Der meiste Schnee war mittlerweile getaut und es war wieder wärmer geworden, trotzdem froren wir alle beim Umzug durchs Dorf. Ich hatte kein Geld für ein Kostüm, doch Frau Rabe, unsere Untermieterin, hatte eine Idee. Sie war nicht nur im Kegelverein, sondern bekleidete auch eine wichtige Funktion im Heimat- und Naturverein, der beim Umzug mitlief. Ich bekam eine alte Weste von Opa August, Frau Rabe machte sie enger und verzierte sie mit rotem Fahnenstoff. Zur Weste zog ich eine schwarze Hose und ein weißes Hemd an und band mir eine Fliege. Zum Schluss gab mir Frau Rabe einen Strohhut mit breiter Krempe.

»Das ist ein Sombrero«, sagte sie. »Jetzt siehst du aus wie ein Spanier. Wie ein richtig fescher Torero.«

Und sie zeigte mir, wie ich als Torero zu gehen hatte. Den Kopf erhoben, die Brust raus, das Becken etwas eingeknickt, eine Hand auf der Hüfte, die Beine steif.

»Du darfst nicht einfach gehen, du musst stolzieren«, erklärte sie. »Und außerdem bist du jetzt alt genug: Sag Irmi zu mir!«

Also stolzierte ich als Spanier hinter dem Wagen mit unserem Prinzen her. Trotz der Kälte standen überall am Wegrand Leute, die ihn bejubelten, als wäre er ein echter Regent.

Hans Börnicke und sein Prinzenstab warfen Bonbons vom Wagen, um die sich die Kinder rauften. Die Männer des Gesangsvereins wärmten sich unterwegs mit Schnaps auf, auch ich bekam welchen ab. Irene war gekommen, sie erkannte mich kaum wieder. Hans Walldorf war aus Meißen angereist. Er lachte sich tot, als er mich sah.

Abends spielten zwei Blaskapellen im Palmenbaum zum Tanz. Sie hatten sich an beiden Seiten des Saals aufgebaut, wenn die eine aufhörte, legte die andere los. Bald jagte ein Schlager den nächsten und zwischen den Kapellen bewegten sich die Tänzer. Ich hielt Irmi im Arm, sie hatte mich mehrmals aufgefordert, und mir gefiel es, mit einer richtigen Frau über das Parkett zu wirbeln. Dann ging ich von den Chorbrüdern zu den Paddlern und von den Paddlern zu den Feuerwehrleuten und mit allen trank ich ein Bier. Meinen Sombrero hatte ich verloren, meine Fliege längst gelockert. Ich gab Hans ein Bier aus, endlich konnte ich mich für die Kinokarten revanchieren. Wir redeten, er erkundigte sich nach meiner Arbeit und fragte, wie es zu Hause lief, und ich wollte wissen, wie es in Meißen war.

»Vergiss dein Mädel nicht«, sagte er nach einer Weile.

Irene saß bei ihren Freundinnen von der Akrobatikgruppe. Ich trank aus und ging zu ihr.

»Kennst du mich noch?«, fragte sie.

Ich forderte sie zum Tanz auf. Sie ließ sich nicht lange bitten. Das nächste Lied war ein schnelles Stück. Ich fand, dass wir gut harmonierten. Dann wurde die Musik langsamer, wir tanzten enger, wir schwoften wie die anderen, ich legte eine Hand auf ihren Hintern.

Als sie nach Hause musste, war die Feier noch in vollem Gang. Ich begleitete sie hinaus. Es war eisig draußen, wir konnten unsere Atemstöße sehen. Gleich vor der Tür des Palmenbaums zog ich Irene an mich und küsste sie. Sie schob mich sanft zurück.

»Du hast eine Fahne«, sagte sie.

»Na und«, erwiderte ich und lächelte sie an. »Ich bringe dich nach Hause.«

»Aber du bist doch viel zu dünn angezogen. Ich kann allein gehen.«

Ich nahm sie an der Hand und ging ein Stück mit ihr. Als wir um die Ecke der Wirtschaft waren, drückte ich sie an die Mauer. Ich küsste sie und tastete mich zu ihrem Höschen vor. Sie nahm meine Hand und hielt sie fest.

»Mir ist kalt«, sagte sie.

»Ach, komm schon«, sagte ich und machte weiter.

Da schubste sie mich weg.

»Was ist denn los?«, rief ich.

»Du bist so grob«, sagte Irene. »So geht das nicht.«

»Dann geh doch allein nach Hause.«

»Das mache ich auch«, sagte sie, drehte sich um und lief davon. Ich schaute ihr hinterher, sie war sofort vom Dunkel verschluckt. Ich begann zu frösteln, nur in Weste und Hemd. Ich überlegte, ob ich ihr folgen sollte. Doch dann ging ich zurück in den Saal.

Einen Tag vor dem 1. Mai begann eine Destillationsreihe in der Produktionshalle zu tropfen. Meister Fritsche und ich zogen uns Schutzkleidung an und bauten die Ringe und Zylinder aus Porzellan auseinander und setzten neue Dichtungen ein. Es war eine dreckige Knochenarbeit. Ich bekam einen trockenen Hals, trotz der Atemmaske kratzte es in der Kehle, und meine Augen tränten. Außerdem dauerte es länger, als wir gedacht hatten. Nach Feierabend im Waschraum ließ ich mir Wasser übers Gesicht laufen und löschte erst einmal meinen Durst.

»Treffen wir uns morgen zur Demo?«, fragte Meister Fritsche.

Ich drehte mich zu ihm um.

»Ach, Meister, nee«, sagte ich.

Ich freute mich auf einen freien Tag und wollte in Döllnitz auf den Sportplatz gehen. Meister Fritsche kramte in seiner Tasche.

»Hier hast du Freimarken für Bockwurst und Bier«, sagte er. »Die anderen kommen auch.«

Ich steckte die Marken ein. »Na gut.«

Am nächsten Morgen traf ich mich mit ein paar Kollegen in Ammendorf, von dort fuhren wir gemeinsam mit dem Rad ins Werk. Meister Fritsche und der Rest der Brigade, Siekmann, Schirmer, Duschek, Geier, alle waren da und hatten sich bereits im Kultursaal direkt am Haupttor an der Theke versammelt. Wir aßen Bockwurst und tranken Bier, danach schauten wir uns die Parade an. Kolonnen von Arbeitern marschierten am Werk vorbei. Ein paar trugen Plakate, *Es lebe der 1. Mai, Völker, hört die Signale* und so weiter, manche riefen Parolen oder sangen Lieder. Geier drehte sich weg und spuckte auf den Boden.

»Was für ein schönes Bild«, sagte Duschek und hob sein Glas. »Prost, ihr Arschgeigen.«

Als uns die Freimarken ausgegangen waren, waren die meisten blau. Wir hatten unsere Pflicht getan. Ich fuhr zurück nach Döllnitz.

Auf dem Sportplatz hatte der Fleischer Jäckel eine Gulaschkanone aufgestellt. Für ein paar Pfennige gab es einen Teller Erbsensuppe. Ich hatte schon wieder Hunger, aß eine Portion und trank ein Bier. Ich traf die Süßmilchs, Erich Havelmann und Gregor Kohrs, die Feuerwehrleute und viele andere Freunde. Am Nachmittag sahen wir uns das Fußballspiel der Lehrer der Zentralschule gegen die Turner an. Ich kannte alle von früher, aus einer Zeit, die in weiter Ferne zu liegen schien. Manche grüßten mich sogar, obwohl ich seit Ewigkeiten nicht mehr mit ihnen gesprochen hatte. Die meisten Lehrer konnten kaum laufen, geschweige denn mit dem Ball umgehen, und die Kinder lachten sich kaputt, wenn einer von ihnen auf die Klappe flog und im Matsch landete.

Zum Heimatfest in Lochau fand ein Umzug statt, an dem wir mit der Schalmeikapelle teilnahmen. Während des Marschs sah ich Irene und ihre Mutter am Straßenrand stehen. Seit dem Faschingsabend hatte ich sie nicht mehr getroffen. Jedes Wochenende war ich mit dem Chor oder der Kapelle oder dem Paddelverein unterwegs gewesen. Ich wusste nicht mehr genau, warum sie weggelaufen war, ich wusste nur, dass ich am nächsten Tag Schädelbrummen hatte. Seit dem Faschingsabend trug ich ein schlechtes Gewissen mit mir herum, und als ich sah, dass mir die beiden zuwinkten, war ich erleichtert. Ohne mit dem Spielen aufzuhören, winkte ich zurück und marschierte glücklich weiter.

Später standen wir mit den anderen Kapellen auf dem Sportplatz. Ich hielt Ausschau nach Irene. Abends sollte eine Tanzcombo spielen, doch die tauchte nicht auf. Nach einer Weile wandte sich ein Mitglied des Heimatvereins an Kranz und fragte, ob wir nicht einspringen könnten. Für solche Anlässe waren wir natürlich nicht gewappnet. Hier wollten die Leute Schlager hören und nicht die Volkslieder und Märsche, die wir bei den Umzügen spielten. Doch Kranz überlegte nicht lange. Es schien, als hätte er nur auf eine solche Gelegenheit gewartet. Zu unserer Überraschung hatte er für diesen Fall ein Repertoire an Liedern im Koffer, die nicht im Schalmeiliederbuch standen, die er aber schon in sein Zahlensystem übertragen hatte. Er verteilte die Blätter, für eine Probe blieb keine Zeit, es ging sofort los.

Die Bierbänke waren voll, die Gäste warteten bereits. Am Anfang war unser Spiel ein bisschen holprig, denn wir mussten jeden Ton ablesen, doch das war egal. Die Leute tanzten und klatschten und jubelten. Mit der Zeit wurde unsere Darbietung schmissiger, der Rhythmus lockerer. Zwei Mal wollten wir aufhören, zwei Mal applaudierten die Leute so lange, bis wir weiterspielten. Als die Bierreserven und unser Repertoire erschöpft waren, brachen die ersten Gäste auf.

Ich hatte Irene nicht mehr gesehen, doch als wir unsere Instrumente einpackten, stand sie vor mir. Sie hatte auf mich gewartet. Wir gingen ein Stück zusammen.

»Es tut mir leid«, sagte sie nach einem Moment.

Ich nahm ihre Hand.

»Nein, mir tut es leid«, sagte ich.

»Ich mag es nicht, wenn wir uns streiten.«

»Ich auch nicht.«

Ich wollte sie küssen, doch dann fiel mir ein, dass ich bestimmt eine Fahne hatte. Ich wollte nicht wieder alles falsch machen.

»Es war meine Schuld«, sagte ich.

Sie blieb stehen.

»Wir sind halt beide noch unerfahren«, sagte sie. »Da muss man vorsichtig sein.«

Ich musste sofort an die Sache in Lauterbach denken und hätte ihr am liebsten gesagt, dass ich ganz genau wusste, wie vorsichtig man sein musste. Andernfalls bekam man Rückenschmerzen.

»Was denkst du?«, fragte sie.

»Nichts.«

Sie musterte mich.

»Du bist komisch geworden.«

»Findest du?«

Allmählich ging mir das Gespräch auf die Nerven. Die eine

preschte los, als gäbe es kein Morgen, die andere zierte sich, als hätten wir alle Zeit der Welt. Wie sollte man sich da auskennen?

»Manchmal denke ich, Martin hatte doch recht«, sagte sie.

»Martin? Womit?«

»Das weißt du ganz genau. Ich sehe dich kaum noch, du bist immer unterwegs. Überall suchst du Anschluss, nur vor mir läufst du davon. Was soll ich denn da denken?«

»Ich muss jeden Tag arbeiten, ich hab doch kaum Zeit.«

»Für alles andere schon.«

Ich nahm wieder ihre Hand.

»Ich sage doch, dass es mir leidtut.«

»Aber ich merk es nicht.«

Ich seufzte.

»Du bist ganz schön zickig geworden, Mensch.«

Sie zog ihre Hand weg.

»Dann such dir doch eine, die nicht so zickig ist.«

»Irene ...«

Aber sie war schon wieder weg.

In den nächsten Wochen trainierte ich jeden freien Abend auf dem Osendorfer See für die Regatta in Bad Dürrenberg. Struppi und ich waren für die tausend Meter gemeldet, Erich gleich für mehrere Kurz- und Sprintstrecken und Gregor nur für die fünftausend Meter Langstrecke. Struppi war erfahrener und schneller als ich, doch wenn ich einen guten Tag erwischen würde, traute ich mir zu, auch aufs Podest zu fahren. Leider plagten mich seit einiger Zeit unerklärliche Bauchschmerzen. Manchmal war alles in Ordnung, dann wieder kamen die Schmerzen aus heiterem Himmel und ich hätte die Wände hochgehen können. Vielleicht war ich den Lebertran nicht gewohnt, den Harry Hanisch uns zum Muskelaufbau verabreichte, doch selbst als ich darauf verzichtete, kamen die Schmerzen wieder. Dummerweise ging es mir gerade am Tag der Regatta sehr schlecht. Harry gab mir Tabletten, aber die halfen kaum. Die Sorgen unseres Trainers wurden noch größer, als Gregor zum verabredeten Termin zu spät kam und völlig verkatert war. Er stank schon auf zehn Meter Entfernung nach Schnaps und hatte tiefe Augenringe. Uns erzählte er, er habe die ganze Nacht durchgesoffen und dabei vergessen, dass heute Regattatag wäre. Seine Mutter habe ihn geweckt und aus dem Bett geschmissen. Harry zuckte nur kurz und sagte während der Fahrt kein Wort. Nachdem wir in Bad Dürrenberg an der Regattastrecke an der Saale angekommen waren, knöpfte er sich Gregor vor.

»Pass auf, Freundchen«, sagte er bedrohlich ruhig. »Es ist mir scheißegal, wie es dir geht oder was gestern Abend los war. Wir haben lange für dieses Rennen trainiert, und wenn du heute nichts aufs Podest fährst, kannst du deine Klamotten packen und brauchst dich nie wieder blicken zu lassen. Haben wir uns verstanden?«

Alle Rennstrecken endeten unterhalb des alten Gradierwerks, kurz vor dem Saalewehr. Dort befand sich auch das Bootshaus, wo sich die Paddler versammelt hatten. Gregor hatte noch Zeit, denn die Langstrecke wurde ganz zum Schluss ausgefahren. Statt sich bis dahin aufzuwärmen, ging er zurück zum Lastwagen und legte sich hin. Zuerst musste Erich ran. Er paddelte, wie er boxte: ohne Technik, mit aller Gewalt. Beim Zweihundertmetersprint reichte es zum zweiten Platz, bei den fünfhundert Metern wurde er unglücklich Vierter. Ich quälte mich durch die Vorläufe des Tausendmeterrennens und schaffte es mit Ach und Krach in den Finallauf. Harry Hanisch lief die ganze Strecke am Ufer mit und feuerte uns an. Zuerst lag ich ganz gut im Rennen, doch dann brach ich ein. Ich wurde Vorletzter, Struppi wurde kurz vor dem Ziel eingeholt und knapp Vierter. Harry war nicht zufrieden, aller Druck lastete nun auf Gregors Schultern. Ich hätte nicht in seiner Haut stecken wollen. Schon ein Tausendmeterrennen zog sich endlos in die Länge. Bei fünftausend Metern war man fast eine halbe Stunde unterwegs, wenn man Pech hatte bei Gegenwind und Wellengang. Ich konnte mir nicht vorstellen, wie man das besoffen schaffen sollte. Einen Vorlauf gab es nicht, nur acht Kanuten hatten sich für die Langstrecke gemeldet. Wir warteten am Ziel, selbst Harry, der bei dieser Strecke sonst mit dem Fahrrad nebenherfuhr. Als die Boote in Sichtweite kamen, konnten wir es kaum glauben. Gregor lag gut im Rennen, ein paar hundert Meter vor dem Ziel war er auf dem zweiten Platz. Er wirbelte mit den Paddeln, er durchpflügte das Wasser wie ein Berserker und kämpfte sich an den Führenden heran. Auf den letzten Metern gab er noch einmal alles und schob sich vorbei. Er gewann den Lauf mit wenigen Zentimetern Vorsprung, nur um gleich hinter der Ziellinie zu kentern. Wir konnten nicht erkennen, ob er sich absichtlich hatte ins Wasser fallen lassen oder ob er vor Erschöpfung umgekippt war. Kopfüber trieb er auf das Saalewehr zu. Harry lief schon los, doch da tauchte Gregor wieder auf und klammerte sich mit letzter Kraft an sein Boot. Er ließ die Siegerehrung über sich ergehen, dann legte er sich in den Wagen und schlief sofort ein. Zu Hause in Döllnitz schleppten wir ihn zu viert in sein Zimmer, wo er drei Tage durchschlief.

Im Herbst gab es im Buna-Werk einen Aufruf an die Brigaden, Erntehelfer für das betriebseigene Gut zu stellen. Ich meldete mich sofort. Die Aussicht, zur Abwechslung an der frischen Luft zu arbeiten, gefiel mir. Da sich keiner meiner Kollegen bereit erklärte, war Piskorski froh, dass er einen Freiwilligen delegieren konnte, und genehmigte meinen Antrag.

»Mach uns alle Ehre, Meiner«, sagte er.

Das Gut bewirtschaftete riesige Ackerflächen rund um das Werk, dazu eine Obstplantage und eine Gärtnerei, in der Gemüse und Kräuter angebaut wurden. Alle Erzeugnisse waren für die Werkskantinen bestimmt und dienten der Versorgung der Arbeiter. Ich wurde zur Kartoffelernte eingeteilt, erst zum Lesen und Sortieren, eine Arbeit, die ich von früher kannte. Ich legte mich ins Zeug, meistens hatte ich meinen Sack früher voll als die anderen. Die frische Luft schien mir gutzutun, denn die Magenschmerzen waren wie weggeblasen. Die Kollegen waren größtenteils älter, manche hatten früher in der Landwirtschaft gearbeitet, andere suchten wie ich die Abwechslung vom normalen Schichtdienst. Als nach einer Woche der Kutscher krank wurde und keiner sich zutraute, den Wagen zu lenken oder mit den Gäulen klarzukommen, meldete ich mich. Anfangs widerwillig und skeptisch übergab man mir, dem Jüngsten von allen, die Leinen. Ich brauchte für die restliche Erntezeit meinen Rücken nicht mehr krumm zu machen und keinen Sack mehr zu schleppen, sondern saß stolz oben auf dem Kutschbock und kümmerte mich um die Pferde.

Nachdem die Ernte eingefahren war, lud man die Helfer zu einer Dampferfahrt von Halle nach Rothenburg und zurück ein. Ich kannte die Strecke bereits, vor Jahren war ich auf diesem Weg mit Opa August nach Rothenburg ins Krankenhaus gefahren, um Oma zu besuchen. Unterwegs, ich stand mit ein paar Kollegen, die ich während der Ernte kennengelernt hatte, bei einem Bier auf Deck zusammen, sprach mich einer der Gutsleiter an.

»Leute wie dich können wir gebrauchen«, sagte er. »Du bist schnell und du hast ein Händchen für die Pferde. Kannst du dir vorstellen, zu uns zu wechseln?«

Sein Angebot schmeichelte mir. Ich schaute hinaus über den Fluss und überlegte.

»Ich kann das deichseln«, sagte er. »Wäre kein Problem.«

Ich sah ihn an und schüttelte den Kopf. »Danke«, sagte ich, »ich weiß das wirklich zu schätzen. Aber meine Brigade hat so viel für mich getan. Ich halte meinen Kollegen die Treue.«

»Verstehe«, sagte der Gutsleiter, schlug mir auf die Schulter und ließ mich stehen.

Kaum war ich wieder im Werk, kehrten die Magenprobleme zurück. Sie schwollen an und ab, unberechenbar, besonders heftig aber nach dem Essen, dann krümmte ich mich oft vor Schmerzen. Manchmal konnte ich mich kaum auf den Beinen halten. Meister Fritsche merkte, dass es so nicht weiterging, und schickte mich auf die Krankenstation. Die Schwestern gaben mir Tabletten, aber es wurde nicht besser. Jedes Mal wenn ich aß, überfielen mich Krämpfe im Magenbereich.

An manchen Tagen praktizierte ein Arzt direkt am Haupttor gegenüber von Gaststätte und Tanzsaal. Er verschrieb mir eine Rollkur und schickte mich zurück in die Baracken der Krankenstation. Auf nüchternen Magen musste ich ein flüssiges Arzneimittel einnehmen und mich dann hinlegen, die Schwestern kontrollierten: auf den Rücken, auf den Bauch und schließlich auf die Seite, immer wieder. Bis Weihnachten lag ich auf der Krankenstation, regelmäßig verschrieb mir der Arzt eine Rollkur, aber es half nichts. Mittlerweile hatte ich Angst, überhaupt etwas zu mir zu nehmen, ich magerte mehr und mehr ab. Ich bekam Besuch, meine ganze Brigade tauchte auf, der Männergesangsverein, die Paddlerriege, die Schalmeikapelle, doch ich wollte niemanden sehen. Irene besuchte mich, wir verloren kein Wort über unseren Streit, ich hatte das Gefühl, als hätten wir überhaupt keine Worte mehr. Pünktlich zu Weihnachten sah ich draußen vor den Fenstern Schneeflocken wirbeln. Zwischen den Feiertagen war der Arzt nicht da, und als er nach Silvester wiederkam und sich mein Zustand verschlimmert hatte, überwies er mich ratlos ins Krankenhaus nach Halle.

Ich versank schon halb im Delirium, als man mich auf die Männerstation einlieferte. Ich war der jüngste Patient. Mehr Ärzte untersuchten mich, ich konnte sie kaum auseinanderhalten. Niemand wusste weiter. Sie verschrieben mir Schmerztabletten, die mich eine Weile betäubten und komische Träume bewirkten. Danach war es wie zuvor. Ein Arzt erklärte mir, dass man nun keine andere Wahl mehr habe, als zu operieren. Ich fragte mich, was man operieren wollte, wenn man nicht wusste, was ich hatte. Im Nebenzimmer lag ein alter, blinder Mann, der anstelle einer normalen Narkose Spritzen aus dem Westen bekam, doch sie schlugen bei ihm nicht an. Als er hörte, dass nebenan ein Sechzehnjähriger lag, den man operieren wollte, sagte er, sie sollten sie für mich nehmen.

Bei mir schlugen sie an. Schweißgebadet erwachte ich aus wilden Träumen und konnte mich an nichts erinnern. Ich starrte auf eine weiße Wand, auf ein dunkles Kreuz, meine Lippen, mein ganzer Mundraum wie ausgetrocknet. Mein Leib erschien mir als Ballast, unbeweglich, schmerzend, in der Mitte eingestochen, aufgesäbelt. Man erklärte mir: Es war der Blinddarm. Eine Kuriosität. Mit seiner abnormalen Überlänge hätte er den Magenausgang umschlungen, und das hatte beim Verdauen die Schmerzen verursacht. Eine Schwester sagte, mein Blinddarm sei abgeholt worden und liege jetzt in der Uniklinik in einem Glas.

Ich hatte eine zwölf Zentimeter lange Narbe vom Nabel abwärts. Eine Woche musste ich auf dem Rücken liegen, mit einem Sandsäckchen auf der Narbe. Das sollte die Heilung befördern. Wenn ich wegdöste, kehrten die Träume wieder, düstere Geschichten aus vergangenen Zeiten von Schwertkampf und Wundkrampf. Ich wachte auf, die Laken nass vom Schweiß, sie mussten täglich gewechselt werden. »Mein Gott, schwitzt der Junge«, sagten die Schwestern. Es waren Nonnen, alles alte Damen, die mich bemutterten. Ich sollte essen, verspürte aber keinen Hunger. Als der Sandsack weg war, kam eine Schwester rein, bestimmt über achtzig Jahre alt.

»Na, junger Mann, hatten wir schon Stuhl?«, fragte sie.

»Nein.«

»Fünf Tage kein Stuhl?«

Sie ging raus und kehrte mit einer Metallschüssel in der einen Hand und einer riesigen Spritze in der anderen zurück.

»Bleib liegen, mein Kleener«, sagte sie. Sie hob die Bettdecke hoch, schmierte etwas Creme auf das dicke Rohr der Spritze und rammte sie mir dann schwungvoll hinten rein. Mir klappte die Kinnlade runter.

»Liegen bleiben«, sagte sie und schaute mir tief in die Augen. »Liegen bleiben, liegen bleiben, jetzt kannst du.« Schnell zog sie die Spritze raus und schob mir die Schüssel unter den Hintern. Genauso schnell war das Geschäft erledigt. »Geht doch«, sagte sie lächelnd und ließ mich erleichtert allein.

Hans Walldorf kam den ganzen Weg aus Meißen mit dem Fahrrad. Er erzählte mir, dass er das Bergbau-Studium abbrechen und auf Kältetechnik umsteigen wolle. Er würde bald nach Merseburg ziehen, dann wäre er wieder in der Nähe. Auch Irene besuchte mich mehrmals, sie gab nicht auf, wir gaben uns Mühe, aber es funkte nicht mehr. Ich hatte wieder Hunger. Ich wartete auf das Essen und die tägliche Visite. Ich wagte die ersten Schritte, erst im Zimmer, dann durch die Flure, vornübergebeugt, eine Hand auf der Narbe, wie ein alter Mann. Ich betrachtete mich im Spiegel: Krakenarme, Hühnerbrust, aufgeblähter Bauch. Doch ich war auf dem Weg der Besserung.

Eine Zeitlang durfte ich nicht schwer heben. Das Buna-Werk schickte mich zur Kur in den Harz, in ein Erholungsheim in Schierke. Das Zimmer teilte ich mit einem Rentner aus Halle. Erwin hatte seit der Gründung des Werks in Buna gearbeitet und war kürzlich wegen Geschwüren am Magen operiert worden. Gemeinsam wanderten wir auf den Brocken. Immer langsam, langsam, ruhig atmen, einen kleinen Schritt vor den anderen, vornübergebeugt, eine Hand auf der Narbe. Regelmäßig legten wir Pausen ein und verschnauften. Wir hatten das gleiche Tempo, die gleiche Ausdauer, wir hatten Zeit. Und wir erwischten einen guten Tag. Als wir oben auf der Kuppe ankamen, sagte Erwin, meist wäre der Brocken von Wolken verhangen. An solchen Tagen des Jahres quäle man sich hoch und stehe dann im Nieselregen, um rein gar nichts zu sehen außer dunklen Wolken. Es sei äußerst selten, betonte er, hier oben mit einem solch prächtigen Blick belohnt zu werden. Ringsum lag meterhoch der Schnee, auf dem Gipfel pfiff eisiger Wind, doch auf der westlichen Seite war es ruhiger, ein paar Flecken waren sogar schneefrei und die Sonne schien. Wir legten uns in einer Kuhle auf das blanke Heidekraut, ließen uns von der Sonne bescheinen und genossen die unendliche Aussicht gen Westen.

»Man könnte meinen, die Sonne winkt uns von drüben rüber«, sagte Erwin.

»Die Sonne wandert nun mal in den Westen«, sagte ich.

»Haste auch wieder recht. Drüben geht se unter, aber bei uns hier, da geht se auf.«

»Jawoll, Genosse.«

Erwin lachte und hielt sich die Narbe.

Nach ein paar Wochen in Schierke hatte er sich einen Kurschatten angelacht. Eines Abends drückte er mir einen Fünfer in die Hand. »Meiner«, sagte er, »willste nicht mal ins Kino heute?«

Ich verstand, nahm das Geld und zog meine Jacke an.

»Viel Spaß, Erwin!«

»Gönn dir ruhig noch ein Bier danach«, rief er mir hinterher. »Vor um elfe musste nicht zurück sein.«

Bald fuhr ich wieder jeden Morgen mit dem Rad zur Arbeit. Ich kam zu Kräften und arbeitete tagein, tagaus. Piskorski erhielt den Auftrag, eine neue Brigade zusammenzustellen, die erste Jugendbrigade im Buna-Werk. Er hatte mich dafür bereits ins Auge gefasst, doch zunächst arbeitete ich weiter mit Meister Fritsche und den anderen Kollegen. Ich konnte jetzt schweißen und viele Arbeiten selbstständig ausführen. Unsere Brigade hielt die Produktion in Gang und erfüllte das Soll, wir bekamen Prämien. Zum 1. Mai trafen wir uns im Kultursaal, tranken Bier und aßen Bockwurst und schauten uns die Parade an.

Zu Himmelfahrt zog ich mit dem Gesangsverein von Dorf zu Dorf. Wir hatten Auftritte bei den ersten Gartenfesten des Jahres und bei Geburtstagsfeiern. Unsere Schalmeikapelle wurde zu einem Kongress der Feuerwehren nach Halle eingeladen und spielte vor vollbesetztem Saal. Hin und wieder pumpten wir einen Keller aus, aber löschen mussten wir nur unseren Durst.

Im Sommer klapperten wir mit der Kanurennsportgruppe die Regatten ab. Wir waren in Brieskow-Finkenheerd, wir paddelten auf dem Schweriner See, wo ich ein Vorlaufrennen gewann und im Finale aufs Podest fuhr. Wir reisten ins Vogtland an die Bleilochtalsperre, wo wir bei einem Rennen mit Mannschaftskanadiern Dritter von drei Booten wurden.

Nach dem Training gingen wir nun häufig in den Hirsch und spielten Billard. Der Palmenbaum war meistens überfüllt, auch alle anderen Kneipen waren jeden Abend brechend voll. Die Wirtin im Hirsch war an die hundert Jahre alt, mit ihrer Kittelschürze saß sie in der Ecke und kriegte kaum das Bier gezapft.

Einmal in der Woche trafen sich im Hirsch die Heimat- und Naturfreunde, bei denen Frau Rabe, unsere Irmi, mitmischte. Sie sagte, dass sie jemanden für die Tanzgruppe bräuchten. Also begleitete ich sie an manchen Abenden, bis es mir zu viel wurde. Der Tag der Republik stand an, dafür musste ich üben mit dem Gesangsverein und der Schalmeikapelle. Außerdem war bald Abpaddeln am Osendorfer See, manchmal bekam ich gar nicht alles unter einen Hut.

Im November verkündete mir Mutter, sie und Strunk hätten geheiratet. Still und leise, ohne großes Theater. Wenn sie nicht seinen Namen angenommen hätte, wäre es wahrscheinlich niemandem aufgefallen und sie hätte es mir vielleicht nie erzählt. Kurz zuvor hatte sie die Arbeit in der Brikettfabrik aufgegeben und eine Stelle im Döllnitzer Kinderheim angetreten. Jeden zweiten Tag schob sie nun zwölf Stunden Nachtwache, von abends um sechs bis morgens um sechs. Sie hatte sich schon lange verkrochen und war jedem aus dem Weg gegangen. Ich hatte gedacht, sie hätte Angst gehabt, im Dorf schief angeguckt zu werden, weil sie von ihrem Mann verlassen worden war, zwei ihrer Kinder verloren hatte und nun in wilder Ehe mit einem neuen Mann lebte. Doch nach der Heirat erfuhr ich von Opa August, dass Strunk sie seit langem gedrängt hatte, die Stellung zu wechseln. Offenbar hatte er verhindern wollen, dass sie mit fremden Männern in Kontakt kam. Seit er bei uns wohnte, hatte er sie von der Außenwelt abgeschirmt. Mutter ließ alles mit sich machen, mittlerweile glaubte ich, dass es ihr gefiel. Ihr Leben drehte sich nur um Strunk, alles andere, vor allem die Vergangenheit, spielte keine Rolle. Sie hatte sich schon meinem Vater untergeordnet, nun war sie Strunk hörig geworden. Und während Mutter auf Nachtschicht war, konnte Strunk jede zweite Nacht tun und lassen, was er wollte.

Als ich eines Nachts vom Kanutraining nach Hause kam und Strunk aus Irmis Zimmer kommen sah, dachte ich mir noch nicht viel. Dass er sofort wegschaute, als er mich wahrnahm, war völlig normal. Wir gingen uns seit Ewigkeiten aus dem Weg und wechselten kein Wort mehr miteinander. Doch wenige Wochen später musste ich mitten in der Nacht pinkeln und erwischte ihn dabei, wie er in Irmis Zimmer schlich. Bei der nächsten Gelegenheit stellte ich Irmi zur Rede. Ich dachte, wir hätten über die Jahre ein gutes Verhältnis entwickelt.

»Ach, Meiner«, sagte sie und wich meinem Blick aus. »Frag doch nicht solche Sachen.«

Ich musste weg, raus aus dem Haus, das einmal mein Zuhause war. Viele Lehrlinge oder alleinstehende Arbeiter des Buna-Werks wohnten im Ledigenheim. Ich war alt genug, warum sollte ich mich nicht um ein Zimmer bewerben? Nach der Arbeit fuhr ich mit dem Rad nach Merseburg und sah mir das Heim an. Es lag zentral in der Stadt, ein paar massive Baracken in einem kleinen Park unweit der Saale, direkt neben einem Wohnviertel. Nicht schlecht, dachte ich, da lässt sich leben. Der Weg zur Arbeit wäre kurz, und auch nach Döllnitz zur Feuerwehr oder in den Hirsch wäre es nicht weit. Nur die Strecke zum Bootshaus am Osendorfer See würde länger sein, aber das war nicht schlimm. Im Werk stellte ich gleich am nächsten Morgen einen Antrag. Es könnte eine Weile dauern, bis ein Zimmer frei würde, sagte man mir, aber auf ein paar Tage mehr oder weniger kam es nicht mehr an.

Tags drauf schlenderte Piskorski durch die Werkstatt und blieb neben mir stehen.

»Du willst ins Bullenkloster?«

»Ich will zu Hause raus, auf eigenen Füßen stehen. Und zur Arbeit ist es auch kürzer.«

»Verstehe«, sagte er nickend. »Verstehe. Hör mal, Meiner. Ich habe dir doch von der Jugendbrigade erzählt. Das geht jetzt los, und ich will, dass du dabei bist.«

»Danke, Meister.«

»Nee, wirklich, du bist fleißig, ich halte große Stücke auf dich. Aber pass mal auf, das ist noch nicht alles: Wäre das nicht ein Ding, wenn die Jugendbrigade einen von ihren Leuten an die bewaffneten Organe delegiert? Verstehst du? Ist dir klar, was das bedeutet? Das wäre gut für uns und auch gut für dich. Vor allem für dich!«

»Für mich?«

»Ja, klar, überleg doch mal, du bei den bewaffneten, Meiner!«

Es kam völlig überraschend. Bewaffnete Organe. Der Gedanke war mir noch nie gekommen. Es gab keine Wehrpflicht, mit der Armee hatte ich wenig im Sinn. Wollte ich in Reih und Glied marschieren?

»Ich weiß nicht.«

»Junge, was willst du im Bullenkloster?«, sagte Piskorski und legte mir eine Hand auf die Schulter. »Geh zur Bereitschaftspolizei, dann brauchst du dich um nichts mehr zu scheren, dann bist du allen Kummer los und von zu Hause weg. Dann kannst du deinem Stiefvater den Marsch blasen. Du bist genau im richtigen Alter. Bei den bewaffneten Organen bist du abgesichert, für deine Zukunft kann es auch nicht schaden. Das macht sich gut im Lebenslauf. Danach kommst du wieder zu uns zurück, und dann bist du wer. Wie hört sich das an?«

Vielleicht hat er recht, dachte ich. Ich würde wegkommen von zu Hause, es wäre ein Neuanfang, ich könnte mir etwas aufbauen. Es konnte nur besser werden.

»Und da verdienst du auch nicht schlecht. Das ist was Reelles, glaube mir.« Er schlug mir auf die Schulter und ließ mich stehen.

In der Mittagspause setzte sich Kollege Geier zu mir.

»Bereitschaftspolizei?« Er spuckte das Wort fast aus. Ich wich erschrocken zurück. »Spinnt der Piskorski? Oder spinnst du jetzt?« Geier deutete mit einem Arm nach draußen. »Hast du vergessen, wer damals auf uns losgegangen ist? Draußen auf der Straße? Genau da draußen? Nur weil wir ein bisschen mehr Lohn wollten? Oder menschlichere Arbeitsnormen? Oder weil wir einfach mal sagen wollten, was Sache ist? Hast du das komplett ausgeblendet, oder was?«

Im ersten Moment wusste ich nicht, was er meinte. Ich roch nur, dass er schon mittags eine Fahne hatte.

»Na, wer war denn das? Die Bereitschaftspolizei, Mann!«

Geier war lauter geworden und hatte sich quer über den Tisch gebeugt, als wollte er mich anspringen. Zum Glück kam Meister Fritsche dazu. »Red keinen Stuss, Geier«, fuhr er ihn an, leise, aber bestimmt. »Der Junge war doch damals noch gar nicht dabei.« Fritsche trat mit seinem Holzbein gegen Geiers Stuhl. »Los, an die Arbeit.«

Geier schnaubte und verharrte einen Moment. Dann nahm er seinen Teller, stand auf und ging. Fritsche setzte sich neben mich.

»Hör nicht auf den, Meiner«, sagte er. »Piskorski hat recht. Das ist eine gute Sache für dich. Aus dir kann was werden.«

»Was hat Geier gemeint?«, fragte ich. »Die Unruhen damals? Wann war das?«

Fritsche winkte ab. »Das ist lange vorbei.«

»Ja, aber ich kann mich noch gut an die Soldaten und die Panzer in den Straßen erinnern. Was hat er gemeint mit der Bereitschaftspolizei?«

»Geier sollte sich um seine eigenen Angelegenheiten kümmern.« Fritsche rieb sich die Augen. »Vergiss das, Meiner. Das waren andere Zeiten damals. Ist Jahre her und hat mit dir nicht das Geringste zu tun. Denk jetzt mal an dich und mach das

Richtige. Schau nach vorn, Junge. Oder willst du hier versauern? Wenn Piskorski dich an die bewaffneten Organe delegiert, dann ist das eine Auszeichnung. Außerdem, was hast du zu verlieren?«

6

Wenige Tage vor meinem achtzehnten Geburtstag betrat ich an einem kalten Wintermorgen das Haus der Pioniere in Halle. Das Büro der Kreisleitung des Ministeriums des Innern befand sich im ersten Stock. Im Treppenhaus traf ich einen Bekannten aus dem Buna-Werk, den ich beim Ernteeinsatz kennengelernt hatte. Er wollte sich zur Grenzpolizei melden.

»Sei doch nicht blöde, Meiner«, meinte Eckholt, nachdem ich ihm erzählt hatte, dass ich zur Bereitschaftspolizei delegiert worden war. »Komm mit, komm mit an die Grenze.«

Die Einheiten dort unterstanden wie die Bereitschaftspolizei dem Ministerium des Innern. Aber meine Bewerbung war bereits eingereicht.

»Weißt du überhaupt, wo du landen wirst?«

Ich zuckte mit den Achseln.

»In Leipzig«, sagte Eckholt. »In einer Kaserne. Da hockt die Bereitschaft.« Er sah mich fragend an. »Was willst du da, Mann? In der Kaserne? Da kommst du doch vom Regen in die Traufe.« Eckholt schüttelte den Kopf. »Überleg mal! Komm mit mir mit, wir beide gehen an die Grenze. Da sind wir den ganzen Tag an der frischen Luft, wie damals bei der Ernte. Da hast du deine Ruhe, da kann dir keiner was.«

Grenzpatrouille an frischer Luft hörte sich wirklich besser an, als kaserniert in Leipzig zu hocken. Meiner Brigade konnte es im Grunde egal sein, solange ich mich für ein bewaffnetes Organ verpflichtete. Hatten die Grenzer nicht sogar einen besseren Ruf als die von der Bereitschaft? An der Grenze zu dienen galt als ehrenhaft. Solche Geschichten, wie sie Geier erzählt hatte, hörte man von dort nicht. Wenn ich an der Grenze diente, würde ich nie in die Verlegenheit geraten, gegen die Leute auf der Straße vorgehen zu müssen. Außerdem, wenn schon weg, dann so weit weg wie möglich. Und da Eckholt dabei war, kannte ich auch gleich jemanden in der Truppe.

Ich machte mich auf und klopfte an eine Bürotür. Nach einem Moment wurde ich reingebeten. Der Uniformierte hinter dem Schreibtisch schaute auf und sah mich fragend an.

»Entschuldigung«, begann ich, »aber können wir meine Bewerbung noch ändern?«

»Wollen Sie etwa einen Rückzieher machen?«

»Nein, nein, im Gegenteil. Ich würde lieber zu den bewaffneten Einheiten der Deutschen Grenzpolizei als zur Bereitschaftspolizei gehen. Ist das noch möglich?«

»Woher der Sinneswandel?«

Mit der frischen Luft konnte ich ihm kaum kommen.

»Also, ich will etwas Sinnvolles tun und unseren Staat und seine Grenze schützen.«

»Halten Sie die Bereitschaftspolizei nicht für sinnvoll?«

»Doch, doch, natürlich«, antwortete ich schnell. »Ich möchte mich nur noch mehr einbringen und ich, ich glaube, meinem Staat noch besser dienen zu können ... an der Grenze.«

Der Uniformierte blätterte durch ein paar Papiere, schaute auf und sah mich an.

»Haben Sie nicht Verwandtschaft drüben?«

»Drüben?« Im ersten Moment wusste ich nicht, was er meinte.

»Sie haben doch Westverwandtschaft, richtig?«

Verflucht, daran hatte ich nicht gedacht. Ich hatte schon seit Ewigkeiten nicht an die Großeltern, meinen Onkel und meine Tante gedacht, die es nach dem Krieg nach Braunschweig verschlagen hatte. Ein schlechtes Gewissen kam in mir auf. Viele

Jahre waren vergangen, seit ich sie in Heringen besucht hatte. Ich war noch ein Kind gewesen. Doch es ging überhaupt nicht um die Großeltern und um Tante und Onkel.

»Ihr Vater ist im Sommer 1954 mit seiner Familie nach Westdeutschland übergesiedelt«, sagte der Mann. »Das ist eine strafbare Handlung. Er hat sich weder bei der Volkspolizei abgemeldet noch seinen Personalausweis abgegeben.«

Das hörte ich zum ersten Mal.

»Mein Vater?«, entgegnete ich verdutzt. »Nach Westdeutschland übergesiedelt? Mit seiner Familie? Aber ... Ist mir doch egal, wo der ist. Der hat meine Mutter und mich schon vor Jahren sitzen gelassen und nicht mal Alimente gezahlt. Nicht einen Pfennig. Die ganze Zeit nicht. Ich hab nie wieder von ihm gehört. Was soll ich denn jetzt hier mit Westverwandtschaft? Nee, das hat keine Bedeutung für mich, überhaupt keine.« Ich räusperte mich und senkte die Stimme. »Mir geht es vor allem darum, die Grenze zu bewachen und unseren Staat zu schützen«, wiederholte ich.

Er musterte mich. Ich dachte, es würde noch eine weitere Befragung folgen oder eine Eignungsprüfung stattfinden, doch das war alles. Offenbar hatte ich das Richtige gesagt. Oder kaum jemand wollte an die Grenze, und er war froh, dass sich überhaupt einer meldete. Ein paar Blätter wurden ausgetauscht, ein paar Eingaben und ein paar Ablagen gemacht, hier ein Wort dazugeschrieben, dort eins weggestrichen, und schon war ich Anwärter der Deutschen Grenzpolizei.

Einen Tag später waren Eckholt und ich unterwegs nach Oschersleben. Von dort ging es mit anderen Neulingen gleich weiter ins wenige Kilometer entfernte Ausbildungslager in Barneberg. Die Kaserne bestand aus einer massiven Baracke für ungefähr fünfzig Anwärter, ein wenig abseits davon befand sich das Schulungsgebäude. Hinter den Gebäuden erstreckte sich der Übungsplatz mit Eskaladierwand, Sprunggrube, Kletterturm und allem, was zur Grundausbildung eines Soldaten gehörte. Noch am selben Tag wurden wir eingekleidet und auf die Zimmer der Baracke verteilt.

Vormittags fanden theoretische Schulungen statt. Laut Ausbilder hatte sich die Aufgabenstellung der Deutschen Grenzpolizei in den letzten Jahren verändert, sie sei vielschichtiger geworden. Abgesehen von der Sicherung der Grenzen sollten wir nun auch einbrechende bewaffnete Gruppen des Gegners niederschlagen und eingedrungene gegnerische Kräfte im Zusammenwirken mit anderen bewaffneten Organen vernichten. Zu diesem Zwecke erhielten wir eine ausführliche Unterweisung aller militärischen Erfordernisse, vorrangig in Waffenkunde. Vor allem aber mussten wir ermüdende Vorträge über uns ergehen lassen, ohne einzuschlafen. Später sollten wir nämlich alles wiederholen:

»Seit Jahren laufen die Bestrebungen der Westmächte, Westdeutschland in ein Aufmarschgebiet gegen die sozialistischen Staaten zu verwandeln. Die Wiederaufrüstung der westdeutschen Söldnerarmee wird unter den Bedingungen einer atomaren Kriegsführung vorangetrieben, die Aufweichtätigkeit mit allen Mitteln und in allen Formen gegen die Länder des sozialistischen Lagers betrieben. Die westdeutschen Revanchepolitiker scheuen nicht davor zurück, kriminelle Elemente gegen unsere friedliebende Bevölkerung als Diversanten und Saboteure einzusetzen. Der Imperialismus versucht ständig, friedliche Staaten zu provozieren. Die dringendste Aufgabe der sozialistischen Länder ist es daher, der kriegslüsternen Tätigkeit des Imperialismus Einhalt zu gebieten und den Frieden zu sichern. Der Schutz der sozialistischen Staaten setzt aber gleichzeitig voraus, daß schlagkräftige Instrumente bestehen, die jeder Provokation einen vernichtenden Gegenschlag beibringen. Eines dieser Instrumente ist die Deutsche Grenzpolizei. Sie steht in schwerem, aufopferungsvollem Dienst unmittelbar dem Feind gegenüber.«

Nach diesen Stunden verlangte es mir alle Kräfte ab, draußen in der Winterkälte zu exerzieren oder Schießübungen mit Karabiner oder Pistole abzuhalten. Meistens bekam ich erst bei den Gewaltmärschen wieder einen klaren Kopf, wenn es mit oder ohne Gepäck bis zu vierzig Kilometer durch die Landschaft ging. Wer sich bei den Übungen und Märschen nicht ganz blöd anstellte, bekam nach einiger Zeit jeden zweiten oder dritten Tag Ausgang. Allerdings durfte man den Ort nicht verlassen, und Barneberg war ein kleines Nest, in dem es nur eine Kneipe mit Kinosaal gab. Als ich das erste Mal mit Eckholt und anderen Kameraden auf ein Bier dort einkehrte, lernte ich Heidi kennen, ein Mädchen aus dem Ort.

Beim nächsten Ausgang traf ich mich mit ihr, sie hatte meine Einladung zum Kinobesuch angenommen. Welcher Film lief, war egal, Hauptsache, wir konnten eine Zeitlang unbeobachtet sein. Leider war die Vorstellung viel zu kurz. Nachdem wir aus dem dunklen Saal in die volle Kneipe kamen, zog ich Heidi an mich.

»Du, warte schon mal draußen«, flüsterte ich ihr zu, »ich hole nur schnell meinen Mantel.«

Aber da hatte ich zu viel versprochen. Fünfunddreißig Grenzpolizisten hatten Ausgang und tranken in der Kneipe oder waren mit ihrem Mädchen im Kino gewesen, es gab aber nur eine Garderobe, an die jeder seinen Uniformmantel gehängt hatte. Fünfunddreißig Mäntel, die sich nur durch ein kleines Namensschild am Aufhänger unterschieden. Während Heidi schon draußen war, begann ich meine Suche. Ich wühlte durch die Mäntel, suchte immer fieberhafter, und als ich meinen endlich gefunden hatte und hinauslief, war von Heidi nichts zu sehen. Eine große Unruhe kam in mir auf, ich lief die

Straße rauf und runter, doch sie war verschwunden. Am liebsten hätte ich laut geschrien. Ich wusste, dass sie zeitig zu Hause sein musste und uns höchstens zehn Minuten geblieben wären. Mit einem Mal übermannte mich tiefe Trauer, Heidi bedeutete mir in diesem Augenblick die Welt, obwohl ich sie kaum kannte, ihr gerade erst im dunklen Kinosaal zaghaft nähergekommen war und zu Hause Irene wartete. Irene? Die hatte ich seit Ewigkeiten nicht gesehen, aber gerade jetzt musste ich an sie denken. Zu meiner Trauer gesellten sich Wut und ein schlechtes Gewissen.

Nach einer Weile ging ich zurück in die Kneipe und hängte meinen Mantel wieder zwischen die fünfunddreißig anderen. An einem Tisch saß Eckholt mit dem kleinen Fritz aus dem Harz und ein paar anderen Kameraden und winkte mich heran.

»Was ist los?«, fragte er grinsend. »Siehst aus, als wär die Welt untergegangen.«

Ich setzte mich zu ihnen und erzählte von meinem Kummer. Fritz und Eckholt schlugen mir auf die Schulter.

»Komm, trinken wir erst einmal einen Grenzer«, sagte Eckholt und hielt seine Hand mit drei erhobenen Fingern Richtung Theke.

Der »Grenzer« war die Spezialität des Wirtes von Barneberg, eine Erfindung, um die Polizisten möglichst schnell abzufüllen. Hundert Gramm Schnaps, *sto gram*, wie die Russen, aber fünf verschiedene Sorten auf einmal, Kräuter und Wodka und Weinbrand, alles, was die Theke zu bieten hatte.

Den ersten tranken wir auf Ex, Eckholt bestellte sofort die zweite Runde. »Auf einem Bein kann man nicht stehen.« Den zweiten kippten wir genauso runter. »Einer geht noch«, befand Eckholt und hob erneut die Hand.

Ich schwärmte abwechselnd von Heidi und von Irene, ich wurde weinerlich. Ich malte mir aus, was ich alles verpasst hatte, ob nun mit der einen oder der anderen, wahrscheinlich malte ich es auch Eckholt und Fritz und den anderen aus.

»Ach, vergiss die Weiber, trink lieber noch einen«, sagte Fritz.

Nach dem fünften oder sechsten »Grenzer« sah ich Eckholt und Fritz nur noch lachen. Ich nahm nichts anderes mehr wahr als das laute Gelächter im Saal und ein ebenso lautes Rauschen im Kopf. Und als sie mich vom Stuhl hievten und raus auf die Straße schleppten, gab mir die kühle, frische Luft den Rest. Entweder waren wir die Letzten in der Kneipe gewesen oder die Kameraden hatten sich geschickter bei der Suche an der Garderobe angestellt, jedenfalls kam ich mit Mantel und ihrer Hilfe zurück in die Kaserne. Dass die »Grenzer« mich völlig erledigt hatten, ließ sich jedoch nicht verbergen, selbst am nächsten Morgen nicht, als weitere Schulungen anstanden. Immerhin bekam ich keinen Arrest aufgebrummt, ich musste nur mehrere Nächte Wache am Schlagbaum schieben.

Nach einem Vierteljahr endete die Grundausbildung. In der letzten Stunde stellte man uns die einzelnen Kompanien des Bereiches Oschersleben vor. Uns frisch ausgebildeten Grenzpolizisten stand die Wahl frei. Jeder Standort wurde angepriesen wie ein Urlaubsort. Marienborn war uns allen zu heiß, Käffer wie Aderstedt oder Gunsleben oder Hötensleben klangen selbst in der blumigen Beschreibung ihres angeblichen Kulturlebens sterbenslangweilig, als es jedoch um Pabstorf ging, wurden wir hellhörig. In Pabstorf, berichtete der Ausbilder, gäbe es eine Tanzgruppe, da würden wir die Mädchen aus dem Dorf kennenlernen können. Der kleine Fritz aus dem Harz beugte sich zu mir.

»Meiner«, zischte er, »wir gehen nach Pabstorf!«

Vorher wurden wir offiziell vereidigt und mussten eine eidesstattliche Verpflichtung unterschreiben.

Ich verpflichte mich, begann der Text auf dem mit Eichenlaub verzierten Blatt, *in der Erkenntnis, daß die Deutsche Grenzpolizei ein zuverlässiges Bollwerk der demokratischen Entwicklung sowohl in der Deutschen Demokratischen Republik als auch im Kampf um ein einheitliches, demokratisches Deutschland darstellt, an Eides statt, der werktätigen Bevölkerung ergeben zu sein, die ehrenvollen Pflichten eines Angehörigen der Deutschen Grenzpolizei ehrlich zu erfüllen, entsprechend der demokratischen Gesetzlichkeit die öffentliche Ordnung, die Rechte der Bürger, ihr persönliches und Volkseigentum zu schützen.*

Damit war ich einverstanden. Es war aber nicht alles. *Ich bin mir bewußt*, ging es weiter, *daß eine Verletzung dieser Verpflichtung eine strenge Bestrafung zur Folge hat. Ich verpflichte mich, vom Tage der Unterzeichnung ab in der Deutschen Grenzpolizei nicht weniger als drei Jahre zu dienen.*

Ich schluckte.

»Amen«, sagte Fritz leise.

Dann unterschrieben wir.

Nach der Vereidigung bekam ich den ersten Heimaturlaub. Zu Hause zog ich sofort die Uniform aus, obwohl Frau Kern der Meinung war, ich würde schneidig darin aussehen. Opa August ging es nicht gut, er war in der kurzen Zeit, die ich weg gewesen war, um Jahre gealtert. Seine Schwester, Tante Vera, war gestorben, vielleicht hatte ihm auch das zugesetzt. Bei Mutter ließ ich mich kaum blicken, Strunk sah ich glücklicherweise überhaupt nicht. Irmi war mit ihrem Sohn Peter weggezogen, es gab eine neue Untermieterin.

Im Hirsch, beim Billard mit den alten Freunden, erfuhr ich, dass Struppi, der Kumpel vom Kanurennsport, der damals bis zur Insel Vilm geschwommen war, im Werk an eine falsche Schwelle gestoßen und an Stromschlag gestorben war. Ich konnte es nicht fassen, er war kaum älter als ich gewesen.

Einmal traf ich mich noch mit Irene, wir spazierten hinaus in die Aue, die ich seit meiner Kindheit kannte, wie früher, doch anders als damals kamen wir nun beinahe ohne ein Wort am Rande eines Kartoffelackers zum ersten Mal richtig zur Sache. Wir liebten uns so heiß und innig, als wäre es das Einzige, was wir noch zu tun hatten.

7

Als frisch vereidigter Soldat der Deutschen Grenzpolizei musste ich mich zunächst wieder in Barneberg melden. Dort wurden Fritz und ich mit einem Haufen Kameraden auf einen Lastwagen verfrachtet und der Reihe nach zu den einzelnen Standorten gebracht. Zuerst kamen wir nach Hötensleben, wo ein Teil ausstieg, dann ging es weiter nach Pabstorf.

Der Lkw hielt mitten im Ort, am Anger neben dem Dorfteich. Schräg gegenüber von Friedhof und Kirche lag hinter einem Schlagbaum die kleine Kaserne. Vor dem Treppenaufgang der Hauptbaracke wartete schon eine Traube Grenzer. Alle rauchten und schauten neugierig rüber, als Fritz und ich mit unseren Rucksäcken von der Ladefläche stiegen. Während der Wagen zum nächsten Standort weiterrumpelte, begaffte man uns wie Frischfleisch.

»Was bringen die uns denn da?«, rief ein kräftiger Kerl. »Einen Lulatsch und einen Zwerg. Schaut euch die beiden Gurken an.«

Unter tosendem Gelächter trotteten wir an unseren neuen Kameraden vorbei und versuchten, Haltung zu bewahren. In der zentralen Holzbaracke befanden sich die Schreibstuben und die Unterkünfte für die Truppe, im Keller die Küche. Links gab es einen massiven Steinanbau mit der Waffenkammer und den Arrestzellen. In einiger Entfernung standen die Häuser der Offiziere. Hinter den Gebäuden lag ein kleiner Bolzplatz.

In der Wache wurden wir vom Kompaniechef, einem miesepetrigen Hauptmann, und vom Politoffizier, einem schmierigen Unterleutnant, in Empfang genommen. Nachdem man uns eine Stube zugewiesen hatte, packten wir unsere Sachen aus und atmeten durch. Dann sprang die Tür auf und das Großmaul von der Raucherinsel kam rein.

»Nur damit das klar ist«, dröhnte er, »ich bin der Stubenälteste, alles tanzt hier nach meiner Pfeife.«

Gleich in der ersten Woche stand ein Gepäckmarsch auf dem Programm. Sechs Kilometer bis zum Nachbarort und sechs zurück mit fünfundzwanzig Kilo auf dem Rücken. Um die Sache spannender zu machen oder die Konkurrenz zu stärken, sollte die Stubenbesatzung, die geschlossen als Erste zurückkehrte, drei Tage Sonderausgang bekommen.

Sechs Mann waren in unserer Gruppe, und der Erste, der beim Marsch schlappmachte, war unser Stubenkalfaktor. Fritz, der zwar klein, aber ungemein zäh war, zögerte nicht lange, lud sich den Rucksack des Großmauls auf und hatte nun fünfzig Kilo zu schleppen. Trotzdem kehrten wir als Erste nach Pabstorf zurück und gewannen den Marsch. Damit verstummten schon einmal die Ersten.

Kurz darauf fand anlässlich der Feier zum 1. Mai ein Sportfest statt. Fritz und ich lagen bei allen Disziplinen vorne, egal ob beim 100-Meter-Lauf, beim Kugelstoßen oder Weitsprung. Tatsächlich gewannen wir die meisten Wettkämpfe, wahrscheinlich hätten wir auch ein Sackhüpfen gewonnen, denn die meisten Kameraden waren satt und träge. Danach herrschte Ruhe, zumindest für eine Weile.

Unseren Sonderausgang nutzten wir dazu, das angepriesene Kulturleben von Pabstorf zu erkunden. Im Saal der Dorfwirtschaft traf sich zweimal in der Woche die örtliche Tanzgruppe. Für das verschlafene Nest war das eine ganze Menge, tagsüber auf der Straße waren die Mädchen nie zu sehen. Nur ein paar Burschen aus dem Dorf waren dabei, sie musterten uns misstrauisch, aber auch eingeschüchtert. Die meisten Männer waren Grenzer wie wir, einer spielte ab und zu Akkordeon. Eine ältere Dame stellte Fritz und mich förmlich als neue Mitglieder der bewaffneten Organe zur Grenzsicherung vor, als junge Männer, die heldenhaft und fern der Heimat unserem Staat dienten. Dann setzten wir uns in eine Stuhlreihe am Rand des Saales und schauten erst einmal zu. Wenn nicht das Akkordeon für die Begleitung sorgte, kam die Musik vom Band, eine steife Volksmusik, und genauso steif wirkten auch die Darbietungen. Meine Güte, dachte ich, mit meinem Gesangsverein oder der Schalmeikapelle hätten wir Schwung in den Laden gebracht.

Ein Mädchen fiel mir gleich auf. Während die anderen zu Boden schauten und unbeholfen umhertapsten, tanzte sie mit Anmut. Ab und zu warf sie mir Blicke zu. Es waren offene Blicke, leicht verlegen zwar, aber keine Spur unsicher. Sie hatte eine kerzengerade Haltung und zeigte selbst bei den lahmsten Liedern ein anmutiges Rhythmusgefühl. Ich hätte ihr stundenlang zuschauen können, und in einer Musikpause kam sie zu mir.

»Mochte der Herr Grenzpolizist nur Maulaffen feilhalten oder kann er auch tanzen?«, fragte sie und streckte eine Hand aus. Auf ihren Wangen hatten sich kleine Grübchen gebildet, doch dann, als hätte sie sich zu weit vorgewagt, wurde ihr Blick wieder ernst.

»Das will ich wohl meinen«, entgegnete ich, stand zackig auf und nahm ihre Hand, ehe sie es sich anders überlegte.

Als ich mit ihr zwischen den anderen mitten im Saal stand, wurden meine Knie weich. Ihr kastanienbraunes, schulterlanges und leicht gewelltes Haar duftete frisch und anziehend, durch ihr seidiges Kleid spürte ich jeden Wirbel ihres festen Rückens. Meine Hände begannen zu schwitzen. Bis das nächste Lied ertönte, schien eine Ewigkeit zu vergehen. Und als es endlich losging, wusste ich überhaupt nicht, wie ich mich bewegen sollte. Ich hatte den Mund zu voll genommen. Sie registrierte meine Unbeholfenheit lächelnd, aber nicht so, dass es spöttisch wirkte. Sie führte mich sanft, doch bestimmt. Nach einer Weile gelang es mir sogar, mich auf die Schritte zu konzentrieren und sie nicht nur anzustarren.

»Das war doch recht ordentlich«, meinte sie, nachdem das Stück vorbei war. Ich hätte nicht sagen können, zu welchem Lied wir getanzt hatten.

»Und darf man fragen, wie Sie heißen?«, sagte ich mit trockener Kehle.

»Ich bin Gerlinde«, antwortete sie. »Und selbst?«

Ich nannte meinen Namen und lächelte sie an.

Wir tanzten noch einen Tanz und noch einen. Einmal wollte ich applaudieren, wie ich es vom Kapellentanz gewohnt war, doch da nahm sie sanft meine Hände und drückte sie leicht tadelnd nach unten. Fritz hatte mittlerweile auch eine Partnerin gefunden, sie war fast einen Kopf größer als er.

Am Ende des Abends versprachen wir, zum nächsten Tanzabend wiederzukommen. Als gerade niemand hinsah, gab ich Gerlinde voller Übermut einen Kuss auf die Wange. Sie lächelte mich an, ich wurde glühend rot, sie wandte sich verlegen ab. Lässt sich doch gar nicht so übel an in Pabstorf, dachte ich.

Im Dienst aber fühlte ich mich mehr und mehr von allen Seiten getriezt und gegängelt. Der Respekt, den wir uns beim Marsch und beim Sportfest verschafft hatten, schien bald nichts mehr zu gelten. Fritz kam besser damit klar, doch ich verstand den Umgangston in der Kompanie nicht, ich verstand den Humor nicht, ich verstand gar nichts. Es ging schon damit los, dass wir einfachen Muschkoten bei den Küchenbullen betteln konnten, wie wir wollten, der Fraß, den man uns täglich vorsetzte, blieb trotzdem gleich. Nicht mal satt wurden wir davon. Gleichzeitig mussten wir regelmäßig miterleben, welche Köstlichkeiten da zum Hauptmann oder Politoffizier rübergeschleppt wurden. Es wurde geschachert und geschoben, was das Zeug hielt. Jeder machte mit und suchte seinen Vorteil. Als Neuling und einfacher Muschkote stand man ganz unten in der Hierarchie und hatte nichts zu bieten. Aber das war nicht das Schlimmste.

Kurz nach dem ersten Tanzabend fand ein interner Schießwettbewerb statt. Ich hatte mich während der Ausbildung in Barneberg als recht guter Schütze erwiesen und ging deshalb auch diesen Wettstreit zuversichtlich an. Nach ein paar Übungen sollten wir mit dem Karabiner auf die Scheibe schießen. Ich traf mit dem ersten Schuss die Zehn, ich traf auch mit dem zweiten Schuss die Zehn, doch als ich zum dritten Mal anlegen wollte, trat der Unterleutnant, der kleine Politoffizier, an mich heran und nahm mir die Waffe ab. Ich schaute ihn verwirrt an.

»Brauchst nicht mehr zu schießen, ist erledigt«, sagte er, drehte sich um und verschwand mit dem Gewehr.

»So ein Pech«, meinte mein Stubenkalfaktor, »beim dritten Mal in die Zehn hättest du das goldene Abzeichen gekriegt.«

Mir war nicht klar, ob er es mitfühlend meinte oder hämisch, so erging es mir die ganze Zeit in Pabstorf. Ich verstand die Welt nicht mehr. Ich hätte ein Schießabzeichen machen können, ich hätte mich auszeichnen und mein Ansehen verbessern können. Wenn man schon bei den bewaffneten Organen war, dann wäre ein Schießabzeichen in Gold doch etwas wert gewesen.

Die einzige Ausnahme war Feldwebel Dost, der Dienstälteste der Kompanie. Wie ich hörte, war er ein eigensinniger Typ, manche behaupteten sogar, er würde ab und zu auf die andere Seite gehen, um mit den Grenzschützern drüben Kaffee zu trinken, aber das hielt ich für Unsinn. Wie sollte das möglich sein? Mir gegenüber war er zwar genauso wortkarg wie die anderen, er wirkte jedoch vor allem dienstmüde und nicht unfreundlich. Wahrscheinlich war er schon im Krieg dabei gewesen.

Einmal hatten wir unter seiner Leitung einen Einsatz während der Kampagne und mussten in der Zuckerfabrik in Aderstedt Säcke schleppen und auf Lastwagen verladen. Zuweilen musste ich ihn auf Kontrollgängen ins Hinterland begleiten, zum Beispiel nach Gunsleben zum Bahnhof. Die Bahnlinie, die früher weitergeführt hatte nach Jerxheim und von dort noch weiter, endete in dem kleinen Kaff. Unsere Aufgabe war die Kontrolle der Ankommenden, wir sollten überprüfen, ob es sich um Einheimische handelte oder ob Fremde darunter waren und ob diese gültige Passierscheine besaßen. Meistens trank Dost am Bahnhof noch ein, zwei Bierchen. Mir genehmigte er keins.

»Du bist im Dienst, Meiner«, sagte er und schaute mich betrübt an. »Oder willst du Scherereien?«

Abwesend nippte er an seinem Glas, und ich wartete, bis er ausgetrunken hatte. Dann marschierten wir am schienenlosen Bahndamm Richtung Grenze bis zur Brückenruine und kontrollierten die Posten, ehe es wieder zurückging in die Kaserne.

Vor allem bestand unser Dienst jedoch aus Wachzeiten vor der Kaserne und Patrouillengängen entlang der Grenze. Man wusste vorher nie, mit welchen Kollegen man Streife gehen sollte. Erst direkt vor dem Einsatz wurde man einem Dienstälteren zugewiesen. Zu zweit ging es dann los, meist redete der andere während des gesamten Weges kein Wort mit mir. Aber ich spürte, dass er mich die ganze Zeit beobachtete und jeden meiner Schritte registrierte. Als verstärkte Kontrollmaßnahme wurden manchmal zwei Paare gleichzeitig losgeschickt, was jedoch oft das Gegenteil bewirkte, denn zu viert kam es viel häufiger zu Gesprächen. Man achtete weniger auf den Einzelnen, die Stimmung wurde lockerer. Aber das kam selten vor. Ich begann, meine Freunde und mein vertrautes Umfeld zu vermissen. Was hatte ich in dieser Einöde verloren, dachte ich, auf diesen ausgetretenen Wegen, auf denen es nach wenigen Metern nicht mehr weiterging?

Nördlich von Pabstorf begann das Große Bruch, ein Feuchtgebiet zwischen den Flüssen Oker und Bode. Dieses Urstromtal dehnt sich gut vierzig Kilometer von West nach Ost aus und galt in Urzeiten als undurchdringlich. Im Mittelalter hatte man die Niederung mühsam entwässert und urbar gemacht, so dass sie ein paar Jahrhunderte fruchtbares Acker- und Weideland gewesen war. Jetzt aber war es Sperrgebiet und abgeriegelt. Die Grenze verlief genau zwischen den beiden parallelen Entwässerungsgräben, dem Triftgraben im Norden und dem Großen Graben im Süden, wo unser Reich endete. Im Winter litt man unter der kalten Feuchte, und sobald die Temperaturen stiegen, wurde es entsetzlich schwül, ein Paradies für Mücken. Weiter östlich knickte die Grenze in einem Neunziggradwinkel nach Norden ab, hier folgte ihr Verlauf der Schöninger Aue. Über diesen Bach führte früher die Eisenbahnbrücke nach Jerxheim, die man nach dem Krieg gesprengt hatte. Bald kannte ich die Gegend und unsere vorgeschriebenen Wege in- und auswendig.

Aus Langeweile begann ich, mehr zu lesen denn je. Zweimal im Monat kam ein Buchwagen in die Kaserne. Im Sortiment waren Bücher, die ich noch in keiner Buchhandlung gefunden hatte. Vor allem Reisebeschreibungen weckten mein Interesse. Mit der Zeit legte ich in meinem Spind eine ansehnliche Sammlung von Büchern und Bildbänden an.

Wenn wir Ausgang hatten, gingen Fritz und ich weiterhin regelmäßig zur Tanzgruppe. Der kleine Fritz kam seiner langen Ulrike näher, ich freundete mich mit Gerlinde an. Meine Tanzschritte wurden sicherer und unser Tanz harmonischer. Der Musikstil störte mich nicht mehr, ich genoss es einfach, mich mit ihr durch den Saal zu bewegen und sie danach, was sie mir schon bald erlaubte, durchs Dorf nach Hause zu bringen. Der Sommer hatte begonnen, die Abende wurden länger. Mit ihr konnte ich reden, sie hörte mir zu, und bald erzählte ich ihr nicht nur von mir, sondern auch von meinen Problemen im Dienst. Sie sagte, dass sie mich verstehen könne, war aber der Meinung, ich müsse nur durchhalten. So wäre das mit allen Dingen im Leben. »Man muss überall Geduld haben. Geschenkt wird einem nirgends etwas«, sagte sie.

Wenn sie das sagte, hörte es sich richtig und wahr an. Ich dachte dann, dass sie recht hatte, dass so das Leben eben war und ich mich nur zusammenreißen müsste. Ich wollte nicht als Weichling vor ihr stehen. Doch im Dienst war alles wieder anders.

Jede freie Minute verbrachte ich mit Gerlinde. Sie war von einem ruhigen Wesen, hatte aber eine klare Meinung und eine genaue Vorstellung vom Leben. Jeden Morgen fuhr sie mit dem Bus nach Halberstadt, wo sie eine Lehre als Verkäuferin machte, der sie sich mit großem Eifer widmete. Sie hatte ein sanftes Naturell, schien jedoch genau zu wissen, was sie wollte. Manchmal war sie mir fast zu perfekt, und ich fragte mich, was sie an mir fand. Offenbar sah sie etwas in meiner Person, was ich selbst noch nicht entdeckt hatte.

Sie lud mich nach Hause ein, auf einen kleinen Hof am Rande von Pabstorf. Sie hatte keine Geschwister, aber ich lernte ihre Mutter kennen, die ein hohes Amt in der Gemeinde bekleidete. Sie empfing mich so herzlich und höflich, dass Gerlinde nur in hohen Tönen von mir gesprochen haben konnte. Bei ihr zu Hause schien alles in bester Ordnung zu sein, obwohl ihre Eltern geschieden waren wie meine. Ihr Vater wohnte ein paar Häuser weiter, doch Gerlinde hatte offenbar keine Probleme mit ihm, hier gab es keinen Streit, keine Schläge. Bei ihr zu Hause fühlte ich mich aufgehoben, man lud mich zum Essen ein und behandelte mich wie einen Teil der Familie. Ich war gerne dort, auch wenn wir kaum allein miteinander waren und ich bald mehr wollte. Auf den Nachhausewegen hatten wir Händchen gehalten und uns geküsst, mehr war aber noch nicht passiert. Jedes Mal, wenn ich zurück in die Kaserne musste und mich von ihr verabschiedete und sie ihren schönen Körper an mich schmiegte, ging ich verzweifelter. Und jedes Mal, wenn ich sie wiedersah, war ich resignierter.

Alles, was mir an ihr gefiel, sprach bald gegen mich. Ich fühlte mich unzulänglich und wurde von Tag zu Tag sprachloser. In der Kompanie war ich ein Fremdkörper und bei Gerlinde kam ich nicht zum Zug. Sie war ein Versprechen, das nie eingehalten wurde, eine Versuchung ohne Erfüllung, und dennoch zog es mich zu ihr hin. Den Dienst verrichtete ich mechanisch, egal, was ich tat, ich hatte kein Gefühl dafür. Ich kam mir vor wie die Fehlbesetzung meines Lebens.

Als hätte Gerlinde meine innere Unruhe gespürt, waren wir eines Abends allein in ihrer Küche. Nachdem wir Abendbrot gegessen hatten, sagte sie, ihre Mutter würde erst in einer Stunde zurück sein. Wir saßen auf dem Sofa, auf dem sonst ihre Mutter saß, und sie begann sich mir zu nähern wie noch nie. Doch ich war gehemmt. Keine ihrer Beteuerungen konnte mir Sicherheit geben. Ich befürchtete, ihre Mutter könne reinplatzen, jeden Moment. Gerlinde wollte sich mir hingeben, aber all die Harmonie und all der Rhythmus, der sich in unseren Tänzen entwickelt hatte, waren verflogen. Ich war aufgeregt und stellte mich an wie beim ersten Mal und machte mich bald aus dem Staub.

Kurz darauf rief mich der Kompaniechef in die Schreibstube und erklärte, dass er mich zu einem Schießwettbewerb der Grenzkompanien nach Oschersleben beordere.

»Warum ausgerechnet ich?«

»Wollen Sie sich etwa drücken?«

»Nein.«

»Sie schießen doch so gut«, sagte er. »Jetzt machen Sie unserer Kompanie mal alle Ehre.«

Bis dahin hatte ich keinen Schuss mehr abgegeben, ich hatte Routinedienst geschoben und keine Schießübung mehr gehabt. Ohne Vorbereitung musste ich bereits am nächsten Tag nach Oschersleben. Zu dem Wettbewerb waren nur Spezialisten gekommen, hauptamtliche Waffenexperten, Scharfschützen, die den ganzen Tag Schießübungen machten. Ich wusste, dass ich dort nichts zu suchen hatte, ich lief rum wie ein Scharlatan, der den anderen etwas vorgaukelte. Aber ich versuchte, mein Bestes zu geben.

Als ich mit einem siebten und einem elften Platz aus Oschersleben nach Pabstorf zurückkehrte, machten der Kompaniechef und der Politoffizier lange Gesichter.

»Da hatten wir mehr erwartet«, sagten sie.

»Dann hätten Sie mich schießen lassen sollen«, entgegnete ich verärgert. »Mit ein bisschen Übung hätte ich sicher mehr Erfolg gehabt.«

»Wollen Sie uns erklären, wie man eine Grenzkompanie zu führen hat?«

»Ich habe bei meiner Vereidigung unterschrieben, mich im Dienst zu vervollkommnen.« Das war mir in dem Moment wieder eingefallen. »Und das konnte ich ohne Schießübung nicht.«

»Es ist also unser Fehler, dass Sie versagt haben?«

Ich wusste, dass ich gut schießen konnte, und deswegen tat es besonders weh, so runtergemacht zu werden. Ich riss mich zusammen und verstummte, doch es half nichts. Mir wurde der Ausgang gestrichen, zu den Patrouillengängen bekam ich Wachdienst aufgebrummt.

In den einsamen Nächten am Schlagbaum starrte ich Löcher in den Sternenhimmel. Es war bereits August und wurde schon wieder früher dunkel. Mir dämmerte mehr und mehr, dass ich einen großen Fehler gemacht hatte. Ich hätte nicht auf Fritz oder Eckholt hören dürfen, dachte ich, wahrscheinlich nicht mal auf meinen Brigadier. Gleichzeitig hatte ich zu keinem Zeitpunkt eine bessere Idee gehabt. Während ich dastand, mit dem Karabiner auf dem Rücken, dazu verdammt, meinen Posten nicht zu verlassen, nicht einen Meter, und die Sterne betrachtete, wurde mir klar, dass ich aus der Situation nicht mehr rauskam. Ich hatte den Eid unterschrieben und mich für mindestens drei Jahre verpflichtet. Dabei hatte ich schon jetzt die Schnauze voll.

Am dritten Abend sah ich Gerlinde am Dorfteich entlanggehen und sich dem Wachhäuschen nähern. Ich hatte mich nicht mehr bei ihr gemeldet, und sie konnte nicht wissen, dass mir der Ausgang gestrichen worden war und ich Strafdienst zu leisten hatte. Gerlinde war gerade mit dem Bus aus Halberstadt gekommen und auf dem Nachhauseweg, doch der führte sie sonst nicht an unserer Kaserne vorbei. Ich ging ihr ein paar Schritte entgegen, damit uns nicht jeder vom Gelände sehen konnte. Wir standen einander gegenüber, verunsicherter als am ersten Tag. Sie sah so anziehend aus. Ich gab mir einen Ruck und küsste sie.

»Bist du böse auf mich?«, fragte sie.

»Wie kommst du darauf?«

»Du bist so hastig gegangen, und dann habe ich nichts mehr

von dir gehört. Seit Tagen schon. Meine Mutter hat auch schon gefragt, was los ist.«

Ich erzählte ihr von dem Schießwettbewerb und der meiner Meinung nach ungerechten Behandlung durch den Kompaniechef.

»Vielleicht musst du auch einfach mal lernen, denn Mund zu halten«, sagte sie. »Man kommt doch nicht weiter, wenn man immer gegen Windmühlen ankämpft.«

»Aber es war nicht meine Schuld«, entgegnete ich verärgert. »Ich habe mich ja noch zurückgehalten.«

»Wir wollen uns nicht streiten.« Sie sah mich fast flehentlich an.

Ich war hin- und hergerissen zwischen der Wut auf meine Situation und der Sehnsucht nach Gerlinde. Sie versuchte, mich in den Arm zu nehmen, was ihr bei dem Karabiner auf meinem Rücken nicht gelang. Das Licht der Scheinwerfer, das in diesem Moment näher kam, bemerkte ich nicht. Erst als der Wagen vor dem Schlagbaum hielt, die Hupe ertönte und mich einer der Insassen anbrüllte, wurde ich wieder wach. Ein ganzer Wagen voll mit hohen Tieren, Offiziere aus Oschersleben, wie sich bald herausstellte.

Gerlinde ließ mich erschrocken los, sie machte ein paar Schritte rückwärts und verschwand mit gesenktem Kopf in einem großen Bogen am Dorfteich vorbei in der Dunkelheit. Ich stolperte zurück zum Wachhäuschen und hob zitternd den Schlagbaum. Der Wagen fuhr aufs Kasernengelände, und keine Viertelstunde später wurde ich abgelöst, um mich beim Kompaniechef zu melden.

Früh um vier Uhr am nächsten Morgen musste ich auf Patrouille. Ich hatte die ganze Nacht gegrübelt. Am Abend hatte mich der Kompaniechef zusammengefaltet, doch weder er noch der Politoffizier wussten, was sie mit mir anstellen sollten. Strafdienst hatte ich ja bereits, alles lief also auf Arrest hinaus. Fürs Erste ließen sie mich jedoch gehen, sie waren mit ihrem hohen Besuch aus Oschersleben beschäftigt.

In der Dämmerung marschierten wir los. Nicht zu zweit, sondern, was selten vorkam, zu viert. Meiner Patrouille wurde eine zweite als Kontrolle zugeordnet. Keiner von den drei anderen sprach mich auf das Ereignis des Vorabends an. Anfangs war jeder mit sich selbst beschäftigt, allmählich aber entwickelten sich Gespräche während des Rundgangs. Als wir an die Stelle kamen, an der die Grenze in einem Winkel von neunzig Grad nach Norden abknickte, wollten die drei anderen eine Zigarettenpause machen. Nebelschwaden stiegen auf. Ich sagte, ich müsste mal in die Büsche.

»Lass dein Gewehr hier, das stört eh nur«, sagte einer.

Ich lehnte den Karabiner an einen Baum. Die anderen steckten sich Zigaretten an und setzten ihr Gespräch fort. Ich hatte nicht zugehört, schon die ganze Zeit nicht. Ich bog auf den schmalen Pfad, der bis zum ersten Graben führte. Als ich so weit entfernt war, dass ich die Kameraden gerade noch hören konnte, schaute ich mich um. Das Gestrüpp und der Nebel verdeckten jede Sicht. Ich lief los. Nach gut hundert Metern erreichte ich den Großen Graben. Ohne innezuhalten, sprang ich hinein. Das Wasser war kalt, in der Mitte reichte es mir bis zum Hals. Am anderen Ufer angekommen, zwängte ich mich unter dem Stacheldraht hindurch und kletterte die Böschung hinauf. Ich lief über eine kleine Anhöhe und gelangte nach wenigen Metern an einen weiteren Graben. Das musste der Triftgraben sein. Gegenüber sah ich eine Mündung: die Schöninger Aue. Ich durchquerte den Graben und verschnaufte kurz am anderen Ufer. Kein Laut war zu hören. Dann watete ich bis zur Hüfte im Wasser parallel zur Grenze die Aue hinauf nach Norden. Ich wollte von der Ecke wegkommen und nicht gleich über die offene Wiese laufen. Der Nebel begann sich zu lichten. Als nach ungefähr hundert Metern eine flachere Uferstelle kam, stieg ich aus dem Wasser und rannte querfeldein nach Nordwesten und folgte dem Bahndamm. Nach etwa fünfhundert Metern traf ich auf ein altes Stellwerk. Niemand war zu sehen, nichts war zu hören. Ich ging weiter, ohne mich umzudrehen oder umzuschauen. Der Bahndamm verbreiterte sich, ich schien mich dem Bahnhof zu nähern. Von weitem sah ich zwei Grenzschützer, die mir entgegenkamen. Ich blieb stehen und holte Luft. Ich war völlig durchnässt und begann zu frösteln. Die beiden Männer blieben ebenfalls stehen und schauten verdutzt.

»Wo kommst du denn her?«, rief der eine.

»Aus Pabstorf.«

»Und wo willst du hin?«

Ich hatte keine Ahnung, wohin ich wollte. Aber ich sagte: »Nach Jerxheim.«

»Dann bist du richtig.«

8

Gegen fünf Uhr früh erreichte ich in Begleitung der beiden Grenzschützer den Bahnhof von Jerxheim. Er lag ungefähr zwei Kilometer südlich vom Ort, fast in Sichtweite zur Grenze. Sie brachten mich in ihre Dienststelle direkt am Bahnhof. Im Hochparterre lag eine Schreibstube, gegenüber ein Aufenthaltsraum. Der eine von beiden ging in die Schreibstube, der andere führte mich in den Aufenthaltsraum. Er setzte Kaffee auf und gab mir ein Handtuch.

»Du musst raus aus den nassen Klamotten, Junge«, sagte er. Vom Alter her hätte er mein Vater sein können. Er musterte mich von oben bis unten. »Ich hol dir was Trockenes. Schon gefrühstückt?«

Ich schüttelte den Kopf. Er ließ mich allein. Ich hörte eine Treppe knarren. Unschlüssig blieb ich sitzen und trocknete mir das Gesicht ab. Es war vor allem verschwitzt. Nach einer Weile kehrte der Mann zurück. Er stellte einen Teller mit belegten Stullen vor mich auf den Tisch, reichte mir dann eine Uniformhose und ein frisches Hemd.

»Zieh dich um«, sagte er. »Die Klamotten müssten dir passen.«

Ich stand auf, zog mir die nasse Hose aus, faltete sie zusammen, wie ich es gelernt hatte, und wusste nicht, wohin damit. Der Grenzschützer nahm sie mir ab und legte sie auf einen Stuhl in der Ecke. Ich schlüpfte in die trockene Hose und zog Jacke und Hemd aus. Nachdem ich das frische Hemd übergestreift und zugeknöpft hatte, musste der Mann lachen. Die Hosenbeine waren mir zu kurz und die Hemdärmel zu lang.

»Ist ja nur fürs Erste«, sagte er und schenkte zwei Becher Kaffee ein. Einen stellte er neben den Teller mit den Stullen. »Jetzt stärk dich erst mal.«

Ich setzte mich wieder, die Hose kniff im Schritt, und begann zu essen.

»Hast es geschafft, was?«, sagte er und nahm neben mir Platz.

Ich nickte nur, ich wollte nicht mit vollem Mund sprechen.

»Schon gut, iss nur.«

Ich spülte den Bissen mit einem Schluck Kaffee runter. Ich wollte etwas Nettes sagen, aber da trat der zweite Grenzschützer in den Raum. Er war jünger als der andere. Die beiden sahen einander an, sagten aber nichts. Dann nahm sich auch der Jüngere einen Kaffee, zog einen Stuhl heran und setzte sich zu uns. Die beiden schauten mir beim Essen zu.

Als ich fertig war, wusste ich nicht mehr, was ich hatte sagen wollen.

»Satt geworden?«, fragte der Ältere.

»Danke«, sagte ich.

»Noch einen Kaffee?«

Ich nickte und bedankte mich erneut.

Er schenkte mir Kaffee nach, räumte dann den Teller ab, verschwand und kehrte gleich darauf wieder zurück. Dieses Mal blieb er in der Tür stehen.

»Wie heißt du eigentlich?«, wollte sein jüngerer Kollege wissen.

Ich sagte meinen Namen.

Die beiden nannten mir ihre. Der Ältere erzählte, er würde oben im Haus wohnen. Seine Frau hätte die Stullen gemacht. Ich sagte, wie gut sie mir geschmeckt hatten. Er schaute aus dem Fenster und meinte, es würde draußen nieseln. Dann fiel ihm auch nichts mehr ein.

Wir schwiegen. Mir war kalt ohne Jacke.

Der Jüngere schaute auf die Uhr.

»Dauert nicht mehr lange«, sagte er.

Ich nickte schon wieder, obwohl ich nicht wusste, was er damit meinte.

Etwa zwei Stunden nachdem die beiden Grenzschützer mich aufgelesen hatten, hielt ein dunkler Wagen vor dem Bahnhof von Jerxheim. Durch das Fenster des Aufenthaltsraumes sah ich einen Mann in Zivil aussteigen. Mit einer Aktentasche in der rechten Hand kam er auf das Haus zu. Aus dem Nieseln war Regen geworden.

»Na also«, sagte der jüngere Grenzschützer und klatschte in die Hände.

Der Mann aus dem Wagen kam herein.

»Guten Morgen allerseits«, sagte er und schaute in die Runde. Er wechselte die Aktentasche von der rechten in die linke Hand und begrüßte mich. Ich stand auf. Wir schüttelten einander die Hände.

»Willkommen«, sagte der Mann und lächelte mich freundlich an. Er trug einen zweireihigen dunkelblauen Anzug. »Setzen Sie sich nur. Ich komme gleich zu Ihnen.«

Gemeinsam mit den beiden Grenzschützern verließ er den Raum, die Tür wurde geschlossen. Ich setzte mich wieder hin und wartete. Mit einem Mal kam ich mir vor wie bei einem Arztbesuch. Die Frage war nur, wegen welcher Krankheit ich gekommen war.

Es dauerte nicht lange, und der Mann mit der Aktentasche kehrte allein zurück. Er machte die Tür hinter sich zu und setzte sich mir gegenüber.

»So, wie geht's denn?«, fragte er, holte ein paar Papiere aus seiner Tasche und breitete sie vor sich aus. »Scheußliches Wetter, was? Der Sommer ist wohl schon wieder vorbei.«

Ich schaute aus dem Fenster. Der Regen hatte aufgehört. Nur von den Bäumen tröpfelte es noch.

»Zigarette?« Er hielt mir eine Schachtel hin.

Ich schüttelte den Kopf. »Danke, ich rauche nicht.«

Er steckte die Schachtel wieder ein, ohne sich selbst eine zu nehmen. »Also, ich muss Ihnen zunächst ein paar Fragen stellen. Das verstehen Sie, oder?« Er lächelte mich freundlich an und nahm einen Kugelschreiber in die Hand. »Sie sind?«, fragte er.

Ich nannte ihm meinen Namen.

»Sie sind Mitglied der Grenzpolizei, richtig?«

Ich bejahte.

»Ihr Dienstgrad?«

»Einfacher Soldat.«

Ich rutschte auf meinem Stuhl umher.

»Sie müssen keine Angst haben«, sagte er. »Das sind alles Routinefragen. Danach werden Sie in ein Auffanglager gebracht und alles geht seinen Gang.«

Dann stellte er Fragen zu meiner Grundausbildung, zu meiner Kompanie, ihrer Ausrüstung und Bewaffnung und zum Dienstalltag. Anfangs antwortete ich etwas widerwillig. Falsche Angaben wollte ich aber auch nicht machen. Jedes Mal, wenn ich ihm eine Frage beantwortet hatte, schaute er nickend in seine Unterlagen, so als würden dort alle meine Antworten schon stehen. Allmählich schob ich meine Zweifel beiseite. Ich schien ihm nichts Neues zu berichten, dennoch wirkte er interessiert an meinen Aussagen. Zum Schluss wollte er persönliche Dinge von mir wissen und machte sich ein paar Aufzeichnungen.

»Haben Sie jemandem von Ihrer Flucht erzählt?«

Ich schüttelte den Kopf.

»Nein, niemandem.«

»Ihrer Familie auch nicht? Oder Freunden?«

»Nein. Ich habe es niemandem erzählt. Ich bin heute Morgen einfach los, ich weiß auch nicht, ich ...«

»Verstehe«, sagte er. »Wo kommen Sie her, sagten Sie?«

Ich hatte es ihm noch nicht gesagt, er hatte mich auch noch nicht gefragt.

»Aus Döllnitz. Bei Halle.«

»Und Ihre Familie lebt dort?«

»Meine Mutter und mein Stiefvater. Und mein Opa August.«

»Und Ihr leiblicher Vater? Haben Sie Geschwister?«

»Zwei Brüder. Mein Vater ist mit ihnen ausgezogen, vor Jahren schon. Meine Eltern sind geschieden.«

»Und wohin ist Ihr Vater gezogen?«

Seit dem Gespräch im Haus der Pioniere in Halle hatte ich keinen Gedanken mehr daran verschwendet, was mir der Mann vom Ministerium des Innern gesagt hatte.

»Ich hatte seit seinem Auszug keinen Kontakt mehr zu meinem Vater. Er hat nie Alimente gezahlt, es gab keine Briefe, nichts«, erzählte ich dem Mann. »Ich habe aber gehört, er soll in den Westen umgesiedelt sein.«

»Und wohin?

»Das weiß ich nicht. Aber meine Großeltern väterlicherseits und mein Onkel und meine Tante sind kurz nach dem Krieg nach Braunschweig gekommen. Aber von denen habe ich auch ewig nichts gehört.«

»Braunschweig? Haben Sie eine Adresse dort?«

»Nein.«

»Sie können mir aber die genauen Namen von Ihrem Vater und Ihren Großeltern nennen?«

Ich sagte sie ihm.

»Sehr gut.« Er machte sich Notizen. »Wir kümmern uns darum. Sonst noch etwas, was Sie mir sagen wollen?«

Ich zuckte mit den Achseln. Ich wusste es wirklich nicht.

»Machen Sie sich keine Gedanken«, sagte der Mann und

schaute durchs Fenster. Die Sonne war wieder rausgekommen. Ein kleiner Militärbus fuhr auf das Gelände und hielt an. Niemand stieg aus. »Das wird schon alles.«

Zwei Grenzschützer brachten mich weg. Die beiden sprachen während der Fahrt kaum ein Wort, auch nicht untereinander. Vielleicht war es ihnen nicht erlaubt, mit mir zu reden, vielleicht hatten sie einfach keine Lust dazu. Mir ging es nicht anders. Ich war im Westen, doch diese Tatsache ließ mich seltsam kalt. Statt Freude kam in mir vielmehr eine unangenehme Unruhe auf. Möglicherweise lag es daran, dass ich mich, obwohl es noch nicht mal Mittag war, todmüde fühlte. Ich schaute hinaus auf die Landschaft. Von Jerxheim ging es bergan, bald kamen wir durch eine Kleinstadt. *Schöppenstedt*, stand auf dem Ortsschild. Der Verkehr war dichter als bei uns, aber sonst bemerkte ich auf den ersten Blick wenig Unterschiede. Die Straße führte an einem dicht bewaldeten Höhenzug vorbei, das musste der Elm sein. Die gesamte Gegend war hügelig. Auf den Feldern sah ich Bauern bei der Ernte und musste an Opa August und unsere Arbeit auf dem Feld in meiner Kindheit denken. Nach einigen Kilometern durchquerten wir die Außenbezirke einer größeren Stadt. Braunschweig. Der Verkehr nahm noch mehr zu. Einmal sah ich auch eine Militärkolonne, es waren weder Russen noch Amerikaner. Wir passierten einen Kanal, auf dem Frachtschiffe unterwegs waren. Die Gegend wurde flacher, wir fuhren durch eine weitere Stadt. Hier schien es heftiger geregnet zu haben als in Jerxheim. Am Himmel zogen graue Wolken entlang. Ich hätte nicht sagen können, in welche Richtung wir unterwegs waren. Dann führte die Straße schnurgerade durch einen dunklen Kiefernwald, die Bäume rauschten vorbei, mir fielen die Augen zu, und ich döste weg. Ich wachte erst wieder auf, als mich der Beifahrer anstupste.

»Wir sind da«, sagte er.

Wir befanden uns erneut in einer Stadt. Links am Straßenrand ein schmales, längliches Schild: *Notaufnahmelager Uelzen-Bohldamm*. Wir bogen in die Einfahrt. Nach kurzem Warten wurde der Schlagbaum hochgezogen. Das Gelände sah aus wie eine Kaserne. Ein matschiger Weg führte durch flache, weißverkleidete Baracken, vor denen Leute standen oder saßen. Ehe der Weg an einer Bahnlinie endete, zweigten wir ab und hielten hinter den Baracken vor einem zweigeschossigen Backsteinbau.

Vor genau einem halben Jahr war ich mit Eckholt aus Halle nach Oschersleben gekommen und hatte die Grundausbildung begonnen. Das wurde mir bei der Registrierung im Lager klar. In der Schreibstube nahm ein Mitarbeiter meine Personalien auf. Außerdem wollte er genau wissen, was ich gelernt und wo ich gearbeitet hatte. Er interessierte sich sehr für die Herstellung von Chemiefasern, doch darüber wusste ich ihm nicht viel zu erzählen. Ich war ja nur Werkshelfer gewesen. Er wollte wissen, ob ich Zeugnisse oder Zertifikate über meine Ausbildungen hätte. Ich schüttelte den Kopf. Meine Papiere lagen in Pabstorf im Spind, mein Ausweis, der Schweißerpass, auch meine Bücher. Ich fragte mich, was mit meinen Sachen geschehen würde. Der Mann schrieb sich trotzdem alles auf und erklärte mir, was als Nächstes zu tun war. Danach musste ich sofort zur medizinischen Untersuchung, es ging vor allem um Tuberkulose und Geschlechtskrankheiten. Ich erzählte dem Arzt von meinen Luftröhrenhilusdrüsen und den Kuraufenthalten in der Kindheit. Er machte sich ein paar Notizen und horchte mich ab. Alles schien in Ordnung zu sein, auch was die Geschlechtskrankheiten anging. Nach den Untersuchungen durfte ich zum Essen in den großen Speisesaal. Es gab einen reichhaltigen Eintopf mit Wurst, zum Nachtisch Pudding und Obst. Alles schmeckte so gut, dass ich die Frauen hinter dem Buffet lobte, als ich das Geschirr zurückbrachte. Nach dem Essen erfolgte die Einkleidung durch die Caritas. Ich gab die Uniformhose ab und bekam zum zweiten Mal an diesem Tag neue Kleider. Die neue Hose passte besser, war dafür mehrfach geflickt und hatte einen kratzigen Stoff. Aber mehr Auswahl in meiner Größe gab es nicht. Schließlich wurde ich in einer der Baracken in einem Zimmer mit Etagenbetten untergebracht, das für zehn Personen ausgelegt war. Nur eine Matratze war frei. Das gesamte Lager war überfüllt und allein mit Republikflüchtlingen belegt, die über die grüne Grenze oder Berlin gekommen waren. Die meisten blieben ein paar Wochen hier, hörte ich, bevor sie irgendwo in der neuen Heimat eine Wohnung und Arbeit vermittelt bekamen.

Nach zwei Tagen erhielt ich wieder Besuch von dem Herrn, der mich schon in Jerxheim befragt hatte. Er organisierte uns zwei Becher Kaffee, dann gingen wir in einen kleinen Aufenthaltsraum und setzten uns. Wieder hielt er mir eine Schachtel Zigaretten hin, erneut lehnte ich dankend ab.

»Wie geht es Ihnen?«, fragte er und steckte die Schachtel kommentarlos weg. »Kommen Sie zurecht?«

»Kein Problem«, sagte ich. »Es ist nur ein bisschen voll.«

»Ja, das kann ich mir vorstellen«, sagte er. »In den letzten Monaten sind wir wieder überrannt worden. Sie sind nicht der Einzige, der rübergekommen ist.« Er lächelte sein einnehmendes Lächeln. »Aber es geht leider nicht anders, und es dauert ja auch nicht mehr lange.« Er trank einen Schluck Kaffee und breitete ein paar Papiere vor sich aus. »Bis dahin würde ich gerne noch etwas mehr über Ihre Flucht erfahren. Erzählen Sie mir doch mal, wie das abgelaufen ist.« Er sah mich aufmunternd an.

Ich schilderte ihm, wie wir zu viert auf Patrouille gegangen waren und die Kollegen ihre Rauchpause eingelegt hatten, was mir die Möglichkeit bot, unbemerkt zu verschwinden, und wie ich dann durch die Gräben des Großen Bruchs gewatet war.

»Und wann haben Sie diesen Plan gefasst?«

»Ich hatte keinen Plan. Man konnte vorher nie wissen, ob man zu viert oder nur zu zweit losgeschickt wurde.«

»Wie wurden die Patrouillengänge denn normalerweise gehandhabt?«

Ich erzählte es ihm. Wie schon in Jerxheim wollte er wissen, mit welcher Bewaffnung und mit welchen Fahrzeugen die Patrouillen ausgerüstet waren und wo genau die Wege entlangführten. Ich beschrieb ihm alles noch einmal.

»Gut«, sagte er und hakte ein paar Punkte auf seinen Papieren ab. Er lächelte. »Seit wann hatten Sie mit dem Gedanken gespielt, eine Gelegenheit zur Flucht zu nutzen?«

Ich zuckte die Achseln.

»Keine Ahnung. Ich weiß es wirklich nicht. Vielleicht kurz vorher.«

»Kurz vorher?«

»Ja, am Abend davor, in der Nacht.«

»Sie meinen, Ihre Flucht war also eine ganz spontane Entscheidung?«

»So würde ich es auch wieder nicht sagen. Aber ich hatte vorher jedenfalls nichts geplant. Ich habe nicht einmal meine Papiere aus dem Spind mitgenommen.« Mit einem Mal musste ich an Gerlinde denken. Ich schloss die Augen und sah vor mir, wie sie in der Nacht am Dorfteich entlang in der Dunkelheit verschwand.

»Alles in Ordnung?«, fragte der Mann.

Ich rieb mir die Augen und trank einen Schluck Kaffee.

»Ja, Entschuldigung, alles in Ordnung.«

»Wir sind gleich fertig für heute«, sagte er und machte sich Notizen. »Sie hatten also nichts geplant. War Ihnen vielleicht der Gedanke gekommen, in den Westen zu Ihrer Verwandtschaft zu gehen?«

»Nein. Wie gesagt, ich habe seit Jahren nichts von den Großeltern oder meiner Tante gehört. Und wo mein Vater sich aufhält, weiß ich ja gar nicht. Außerdem kann der mir sowieso gestohlen bleiben.«

»Aber irgendetwas muss Sie doch zur Flucht bewegt haben.«

»Ich weiß auch nicht, ich kam mit den Leuten in der Kompanie nicht klar, verstehen Sie. Ich bin immer gut mit allen Leuten ausgekommen, bei der Arbeit, im Gesangsverein, im Kanuklub, überall. Aber in Pabstorf habe ich nichts mehr verstanden.«

»Kamen Sie mit der militärischen Struktur nicht klar?«, fragte er lächelnd. »Das ist in Ihrem Alter nicht ungewöhnlich. Da muss man sich erst dran gewöhnen.«

»Kann sein. Aber das hat mir nie etwas ausgemacht. Ich meine, im Buna-Werk muss man auch machen, was einem gesagt wird. Ich habe immer hart gearbeitet. Nein, es waren die Leute in Pabstorf. Ich hatte einfach die Schnauze voll, ich hielt es dort nicht mehr aus.« Ich war es leid, mich ständig zu rechtfertigen. Aber der Mann war nett, und ich wollte nicht, dass er ein schlechtes Bild von mir bekam. Ich erzählte vom Schießwettbewerb und vom Vorfall beim Wachdienst. Von den Schiebereien in der Küche und der Eintönigkeit des Dienstes. Und wie ich den Gedanken nicht mehr ertragen hatte, mindestens für drei Jahre verpflichtet zu sein. Doch schon während ich redete, erschienen mir all die Vorfälle, von denen ich ihm erzählte, belanglos. In diesem Moment kam mir alles, was ich noch vor wenigen Tagen furchtbar schlimm gefunden und was mich so bedrückt hatte, unbedeutend und nebensächlich vor.

»Ich dachte, ich warte auf den richtigen Moment und haue ab«, sagte ich und schaute zum Fenster.

»Verstehe«, sagte er und lächelte mich kumpelhaft an. »Und um dieser Situation zu entkommen, gab es im Grunde keine andere Möglichkeit, als in den Westen zu fliehen.«

Nach drei weiteren Tagen kündigte mir ein Lagermitarbeiter noch einmal Besuch an. Wieder wartete ich in dem kleinen Aufenthaltsraum. Die Tage waren so ereignislos gewesen, dass ich jede Abwechslung begrüßte. Andererseits fragte ich mich, was der immer freundlich blickende Mann wohl noch wissen wollte oder ob ich ihm die gleichen Fragen zum dritten Mal beantworten sollte. Doch als dann die Tür aufging, marschierte eine ältere Frau herein. Es dauerte einen Moment, bis ich sie erkannte: Tante Herta, gefolgt von meiner Großmutter. Beide im Sonntagsstaat, mit Handtasche, Hut und Regenschirm.

Ich stand auf. In meinen Caritas-Klamotten kam ich mir schäbig vor. Meine Knie zitterten. Ich hatte die beiden seit Jahren nicht gesehen; als ich sie das letzte Mal in Heringen besucht hatte, war ich noch ein Kind gewesen. Und ich hatte wohl auch kaum noch Ähnlichkeit mit dem kleinen Jungen, den die beiden in ihrer Erinnerung bewahrt hatten, denn sie blieben stehen und starrten mich mit großen Augen an. Oma legte eine Hand vor den Mund. Meine Tante bekam feuchte Augen.

»Junge!«, rief sie und kam mit kräftigen Schritten auf mich zu. Beide heulten, als sie mich nacheinander in den Arm nahmen und drückten, erst die Tante, dann meine Großmutter, und da musste ich auch heulen.

»Mein Junge! Mein Junge!«, schluchzten sie im Chor, und eine ganze Weile standen wir nur so da, heulend, umarmt, bebend. Ich hatte nie ein besonders inniges Verhältnis zu den beiden gehabt, gerade zu Großmutter nicht, an die ich mich nur als herrische und kühle Frau erinnerte. Sie war mir keine Oma gewesen wie Oma Erna in Döllnitz, die uns Kinder umsorgt hatte, doch jetzt, in ihren Armen, fühlte ich mich zum ersten Mal seit langer Zeit wieder aufgehoben.

»Junge, lass dich mal ansehen«, sagte Tante Herta, die als Erste wieder zu sich kam. Sie wischte sich die Tränen aus den Augen und betrachtete mich. »So ein großer, junger Mann. Aber so schrecklich dünn. Hast wahrscheinlich die ganze Zeit nichts Vernünftiges zu essen gekriegt da drüben. Wird Zeit, dass du dich mal richtig satt isst!« Sie kramte in ihrer Handtasche und holte ein Päckchen hervor, das sie auf den Tisch legte und auspackte. Streuselkuchen. »Setz dich, Junge, und iss was.«

Ich rieb mir die Augen, setzte mich und aß den Kuchen.

»Aber das Gesicht, wie der Vater, nicht wahr, Mutter?«

Meine Großmutter nestelte mit einem Taschentuch herum und nickte. Worte fand sie immer noch nicht. Sie war alt geworden, sie wirkte geschrumpft und gebrechlich.

»Dein Vater und deine Brüder sind auch in Braunschweig, das weißt du doch, oder?«

»Nein, woher?«, sagte ich stockend.

»Dein Vater konnte nicht mitkommen, er lässt dich aber schön grüßen«, sagte die Tante. »Deine Brüder auch. Mein Gott, wir sind alle so aufgeregt. Dass du jetzt endlich hier bist, Junge. Du musst ja eine Menge durchgemacht haben, bei den Zuständen da.«

Und dann erzählte sie mir, dass Richard eine Lehre begonnen hatte und Wolfgang sich ganz gut in der Schule machte, dass auch mein Cousin Jens bald eine Lehre anfangen werde und ich die kleine Bärbel bestimmt nicht wiedererkennen würde, so habe sie sich gemausert, und dass sie alle es auch nicht leicht gehabt hätten, dass für mich bald aber alles gut werde.

»So, jetzt reicht es«, sagte meine Großmutter schließlich. »Du kommst natürlich zu uns nach Braunschweig.«

Sie übernahm wieder das Kommando. Die beiden verabschiedeten sich.

Ich musste noch ein paar Tage im Lager bleiben, ehe ich rausdurfte. Dennoch dachte ich nach dem Besuch von Oma und Tante zum ersten Mal, dass richtig war, was ich getan hatte: Jetzt ging es voran, jetzt wurde alles gut. Ich war bei der Familie.

9

Anfangs glaubte ich zu träumen. Als ich wach wurde und die Augen öffnete, sah ich Lichter über die Wände flackern. Ich hörte Gehupe und Gezeter. Sirenen ertönten. Neben mir am Fenster stand jemand, das Gesicht von einem blauen Schein beleuchtet.

»Guck mal«, sagte mein Cousin Jens und wedelte mit dem Arm. »Da hat's richtig gekracht.«

»Wie spät ist es denn?«

»Keine Ahnung. Guck dir das an!«

Ich rieb mir die Augen und erinnerte mich. Ich lag auf dem Sofa in Jens' Zimmer in der Wohnung von Tante Herta. Jens und ich hatten am Abend Bier getrunken. Wir waren in einer Kneipe gewesen, an einem Platz nicht weit von Tante Hertas Wohnung. Die Kneipe nannte sich Bar. Ein Schlauch mit Hockern an der Theke, vor denen junge Männer in engen Anzügen und junge Frauen in weiten Röcken standen. Am Ende, neben der Tür zum Klo, gab es einen Musikautomaten. Die Musik war so laut, dass man kaum reden konnte. Eine Musik, die mir gleich in die Beine ging. Rock'n'Roll, hatte Jens dazu gesagt. Ein paar Frauen tanzten, obwohl überhaupt kein Platz zum Tanzen war. Wir saßen an der Theke und tranken klares Bier aus tulpenförmigen Gläsern. Jens schien nicht viel zu vertragen, schon nach zwei Gläsern bekam er glasige Augen und hatte Probleme beim Sprechen. Wir tranken trotzdem noch eins und sahen den Frauen beim Tanzen zu. Was ich sah, gefiel mir, doch ich hatte noch die Caritas-Hose an und blieb deshalb lieber an der Theke sitzen. Beim Zuschauen musste ich an Gerlinde und unsere Tanzabende denken.

Ich stand auf, stellte mich neben Jens und sah aus dem Fenster. Die Wohnung lag im vierten Stock, von hier aus hatten wir einen guten Blick über die Parkanlage und die vierspurige Ringstraße. Selbst zu dieser späten Stunde herrschte reger Verkehr. An der Kreuzung waren zwei Wagen ineinandergekracht. Der eine hatte wohl abbiegen und der andere geradeaus fahren wollen. Polizisten regelten die Lage. Blaulichter von Krankenwagen schwirrten über die Fassaden. Schaulustige standen auf den Gehwegen. Zwei Sanitäter kümmerten sich um eine am Boden liegende Gestalt. Eine andere wurde auf einer Trage abtransportiert. Wir schauten uns das eine Weile an, dann wurde es uns langweilig. Ich legte mich wieder aufs Sofa, Jens ging zurück in sein Bett.

»Gute Nacht«, sagte er.

»Gute Nacht.«

Wenige Tage zuvor hatten sie mich aus Uelzen abgeholt. Ich hatte einen vorläufigen Personalausweis bekommen sowie die Auflage, mich in Braunschweig behördlich zu melden. Wieder waren nur meine Tante und Oma gekommen, Herta chauffierte, sie hatte schon damals in Heringen einen Führerschein gehabt, Oma dirigierte. Ein paar Nächte schlief ich auf dem Sofa bei Jens, nebenan hatte Bärbel ihr Zimmer, ich erkannte sie tatsächlich kaum wieder. Sie ging noch zur Schule und mir meist aus dem Weg. Oma und Opa wohnten im gleichen Haus unter dem Dach, doch während sie manchmal runterkam, um nach dem Rechten zu sehen, bekam ich meinen Großvater nicht zu Gesicht. Aus einem unerfindlichen Grund durfte ich auch nicht zu ihm hoch, um ihn zu begrüßen.

Nach ein paar Tagen zog ich zu Vater um. Er wohnte nicht weit entfernt von Tante Herta am Ufer der Oker. Vater und meine Brüder begrüßten mich knapp, er gab mir die Hand, Richard und Wolfgang schauten mich nur entgeistert an, beinahe wie damals, als wir uns zum letzten Mal gesehen hatten, zu Hause in der Küche. Wir wussten nicht, was wir sagen sollten. Außerdem sollten wir sofort wieder los. Mit dem Handwagen ging es ein paar Straßen weiter zu Bekannten von Vater. Während Richard und ich ein Sofa aus der Wohnung die Treppe runtertragen und auf den Wagen laden mussten, stand Wolfgang uns die ganze Zeit im Weg. Vater wurde redselig.

»Das ist mein Ältester«, erklärte er seinen Bekannten. »Von drüben. Der ist jetzt auch endlich zu mir gekommen. Komm her, Junge, sag Guten Tag!«

Obwohl ich das längst getan hatte, gab ich dem Mann nun die Hand. Er musterte mich, als hätte ich sein Sofa geklaut.

Es war für mich bestimmt. Richard und ich zogen den Handwagen durch die Straßen und wuchteten das Ding dann durchs Treppenhaus hinauf in die Wohnung meines Vaters. In Richards Zimmer räumten wir eine Ecke dafür frei. Er machte keinen glücklichen Eindruck. Und als wir fertig waren, reichte mir Vater eine Hose.

»So kannst du ja nicht weiter rumlaufen.«

Es war eine abgetragene Hose von ihm, ein bisschen zu kurz und fleckig im Schritt. In den nächsten Tagen, als Richard zur Arbeit war und Wolfgang in die Schule ging, nahm Vater mich mit in die Innenstadt. Offenbar hatte er frei. Wir besuchten seine Stammbuchhandlung und seinen bevorzugten Schallplattenladen. In jedem Geschäft wurde er mit Handschlag begrüßt, er stellte mich den Leuten vor, jedes Mal stolz und mit den gleichen Sätzen.

»Das ist mein Ältester«, sagte er. »Der hat seine Mutter verlassen und ist zu mir gekommen.« Manchmal sagte er auch: »Der weiß jetzt endlich, wo er hingehört.«

In der alten Hose hatte ich mich schäbig gefühlt, in Vaters

Hosen schämte ich mich. Die von der Caritas hatte er gleich weggeschmissen. Schließlich musste ich mit ihm zu dem Elektrikermeister gehen, bei dem Richard in die Lehre ging. Der Meister war Vorsitzender im örtlichen Bund der Vertriebenen. Auch der Buchhändler und die Leute aus dem Plattenladen waren Mitglieder. Als Großmutter damals nach dem Krieg mit der ganzen Sippe nach Braunschweig gekommen war, so erfuhr ich, hatte sie alle Orden meines Großvaters und meines Onkels, die sie vor den Russen und den Amerikanern versteckt hatte, in einen Karton gepackt und war damit zum Bund der Vertriebenen gegangen. Dem Vorsitzenden hatte sie klargemacht, wie sich ihr Mann und ihr Sohn und ihr Schwiegersohn für das Vaterland aufgeopfert hatten, und um Hilfe in der neuen Heimat gebeten. Durch diese Verbindung hatte die Familie Wohnung und Arbeit erhalten und später auch Vater, als er dazukam. Und so hatte auch Richard seine Lehrstelle bekommen. Sogar für mich war bereits alles arrangiert.

»Morgen fängst du an.«

Ich nickte.

»Jetzt bedank dich ordentlich!«, sagte Vater.

In Braunschweig wurde ein neuer Bahnhof gebaut. Der alte, ein Kopfbahnhof, war am Rande der Altstadt gelegen und im Krieg beschädigt worden. Außerdem genügte er den Ansprüchen der Zeit nicht mehr. Überall in der Stadt wurde renoviert und gebaut, die gesamte Strecke von der Innenstadt bis zum neuen Bahnhof wurde umgestaltet. Der Meister hatte eine Menge zu tun, Richard war auf einer anderen Baustelle beschäftigt und musste noch früher raus als ich. Tante Herta lieh mir ihr Rad, damit ich jeden Morgen um sechs zur Arbeit kam. Ich wurde im Rohbau des Stellwerks des neuen Bahnhofs eingesetzt und hatte dort alle möglichen Handlangerdienste zu erledigen. Die meisten Gesellen und Lehrlinge waren anständig zu mir, aber warm wurde ich mit ihnen nicht. Immerhin merkten sie bald, dass ich keine zwei linken Hände hatte. Am Ende bestand meine Hauptaufgabe darin, Schlenze zu machen, in denen Elektriker später Kabel verlegten. Ein modernes Stellwerk benötigte offenbar viele Kabel. Tagein, tagaus hackte ich Rinnen in die frisch gemauerten Wände eines Bahnhofs, an dem noch lange kein Zug hielt.

Als ich mich halbwegs auf der Baustelle eingearbeitet hatte, kam nach Feierabend wieder der Mann, der mich in Jerxheim und in Uelzen befragt hatte. Er sprach kurz mit Vater und erkundigte sich dann bei mir nach meinem Befinden. Ich sagte ihm, alles ginge seinen Gang. Dieses Mal stellte er keine weiteren Fragen, und noch immer kannte ich seinen Namen nicht. Als er wieder weg war, sagte Vater, der Mann sei vom BND, vom Bundesnachrichtendienst, und dass er den Kontakt zur Familie hergestellt hätte. Vater sagte auch, ich sollte nicht vergessen, dass ich nie so schnell aus dem Auffanglager rausgekommen wäre, wenn er mir nicht eine Bleibe und eine Arbeit verschafft hätte.

An den meisten Tagen sah ich Vater und meine Brüder kaum. Manchmal aßen wir gemeinsam Abendbrot, doch das war auch schon alles. Vater schloss sich im Wohnzimmer ein und hörte Musik oder las. Oft verschwand er ohne ein Wort. Wolfgang war tagsüber in der Schule und musste abends früh ins Bett. Richard ging, wenn er nicht arbeiten musste, seine eigenen Wege und fragte nie, ob ich mitkommen wollte. Schon nach kurzer Zeit hatten wir Streit. Wir lagen abends in unseren Betten, und ich wollte, obwohl ich müde war, endlich mit ihm reden.

»Arbeitet der Alte gar nicht mehr?«, fragte ich, weil ich gerade gehört hatte, dass unser Vater wieder gegangen war.

»Was?«

»Hat Vater keine Arbeit mehr?«

»Der ist jetzt Frührentner«, sagte Richard.

»Was heißt das?«

Er stöhnte. »Der kriegt vom Staat eine Pension als Kriegsversehrter.«

»Schön für ihn. Hat er eine neue Frau?«

»Ja.«

»Und?«

»Ich kenn sie nicht«, sagte Richard gereizt. »Die wohnt woanders. Gute Nacht!«

»Ist er jetzt bei ihr?«

»Du nervst. Außerdem muss ich morgen früh raus.«

»Ich doch auch.«

»Ich hab bald Gesellenprüfung.«

»Sehr gut.«

Da richtete sich Richard ruckartig im Bett auf und beugte sich zu mir rüber. »Du tauchst hier so einfach auf und alles dreht sich nur noch um dich, oder was?«, fauchte er. »Glaubst wohl, alles tanzt jetzt nach deiner Pfeife.«

»Wie kommst du denn darauf?«

»Lass mich in Ruhe, Mann.« Er ließ sich wieder ins Bett fallen und drehte sich zur Wand.

Meistens kam ich abends so erschöpft von der Baustelle nach Hause, dass ich keine Kraft mehr für Gespräche fand und sofort einschlief. Meine Arme waren bleischwer, die Nase vom Ziegelstaub verstopft. Da ich auch an meinem ersten Wochenende arbeiten musste, gab es nichts als Arbeit, Essen und Schlaf. Keinerlei Abwechslung, weder auf dem Bau noch zu Hause. Ich hatte keinen Pfennig in der Tasche und hätte auch keinen Schwung gehabt, ihn auszugeben. Ich war harte Arbeit gewohnt, doch ich litt unter diesem Trott und fühlte mich einsam.

Bis eines Abends Post für mich auf dem Wohnzimmertisch lag. Ich konnte mir nicht vorstellen, wer mir hätte schreiben sollen. Der Brief war an mich mit der Anschrift meines Vaters adressiert. Auf dem Umschlag waren so viele Stempel, dass ich den Absender nicht entziffern konnte. Als ich aber die ersten Zeilen in aufrechter, sauberer Schulschrift las, war ich wie vom Donner gerührt: ein Brief von Gerlinde.

Was hast Du nur getan, schrieb sie. *Welchen Schreck hast Du mir u. Mutti versetzt. Vielleicht warst Du einfach nur sehr durcheinander im Kopf, nach allem, was gewesen ist. Doch es ist nie zu spät, um alles wiedergutzumachen. Komm zurück, ich bitte Dich. Wenn Du Reue zeigst u. geständig bist, brauchst Du nichts Schlimmes zu befürchten. Deine Sachen aus Deinem Spind sind mir übergeben worden, Du kannst sie bei mir abholen. Ich warte auf Dich, es grüßen Mutti u. Deine Gerlinde.*

Erst als ich den Brief ein zweites Mal gelesen hatte, fragte ich mich, woher sie die Adresse kannte. Vaters Adresse, die ich bis vor wenigen Tagen selbst nicht gekannt hatte.

Ich versteckte den Brief, ich wollte nicht, dass Vater ihn in die Hände bekam. Ich erzählte niemandem davon, doch auf der Baustelle beim Schlenzhacken ging mir ständig durch den Kopf, was Gerlinde geschrieben hatte. Vielleicht sollte ich meine Papiere bei ihr abholen, dachte ich, meinen Ausweis und meinen Schweißerpass, und dann wieder hierher zurückkommen. Vielleicht könnte ich so eine bessere Arbeit finden. Möglicherweise eine Ausbildung beginnen. Das malte ich mir in den schönsten Farben aus während der eintönigen Arbeit. Etwas Eigenes aufbauen, von vorne anfangen. Vielleicht würde Gerlinde sogar mitkommen.

Die Zeit ging schneller rum mit diesen Gedanken, und mit einem Mal war ein Monat vorbei und es gab den ersten Lohn. Es war ein Freitag, wir durften bereits mittags gehen. Nach Feierabend bekam jeder Mitarbeiter seine Lohntüte ausgehändigt, nur ich nicht. Der Meister sah mich mitleidig an und zuckte die Achseln. Meinen Lohn hatte sich Vater bereits beim Treffen des Vertriebenenbundes abgeholt. Als ich nach Hause kam, wartete er auf mich vor seiner Bücherwand. Mit seiner gesunden Hand fächerte er das Geld auf dem Wohnzimmertisch auf. 156 Mark hatte ich verdient. Er zählte die Scheine ab, legte 150 Mark auf eine Seite und drückte mir die restlichen Münzen in die Hand.

Ich schaute auf die sechs Mark.

»Ich habe jetzt schließlich drei zu ernähren«, sagte er. »Ich brauche das Geld. Außerdem habe ich ein Sofa für dich gekauft, die Ausgabe muss ich auch erst wieder reinkriegen.«

Ich blickte auf die sechs Mark in meiner Hand und sah an mir herab auf die zerschlissene, befleckte Hose. Ich steckte die Münzen in die Hosentasche, drehte mich um und verließ die Wohnung.

Unten schwang ich mich aufs Rad und fuhr los. Ich trat in die Pedale und jagte die Straße runter. An der Kreuzung bog ich nach links ab, überquerte die Oker Richtung Innenstadt. Ich haderte einen Augenblick, doch schließlich ließ ich die Altstadt rechts liegen und raste weiter. An der Ringstraße angekommen, sah ich ein Hinweisschild. Ich hielt nur kurz, um mich zu orientieren, dann folgte ich der Straße Richtung Helmstedt. Nach ein paar Kilometern führte sie unter der Bahnlinie hindurch. Von weitem sah ich die Baustelle des neuen Bahnhofs und des Stellwerks. Ich fuhr schnell weiter und kam in ein Industriegebiet, rechts lag der Güterbahnhof, und nach einer Weile hatte ich die Stadt hinter mir gelassen. Ich prügelte in die Pedale, dass Tante Hertas altes Damenrad nur so klapperte. Ich schaute weder links noch rechts und folgte der Landstraße weiter Richtung Osten. Ich fuhr und fuhr und fuhr, ohne langsamer zu werden. Die Bäume am Wegrand schwirrten vorbei, die Autos, die Dörfer, alles blieb hinter mir. Ich wusste nicht, wie lange ich schon unterwegs war, nur auf das Fahren konzentriert, auf den gleichmäßigen Tritt meiner Beine, als ich Königslutter erreichte und das Hinweisschild nach Schöppenstedt sah. Durch diesen Ort war ich gekommen, als mich die zwei schweigsamen Grenzschützer ins Lager nach Uelzen gebracht hatten. Ohne anzuhalten, bog ich nach rechts ab. Hinter Königslutter ging es sofort bergan in den Elm. Dichter Wald umgab die Straße. Ich trat noch härter in die Pedale, um ja nicht langsamer zu werden. Das Rad klapperte immer bedrohlicher, und als mich die Kraft verlassen wollte, sagte ich mir, dass ich diese Plackerei nicht besser verdient hatte. »Du verdammter Idiot, du Trottel«, rief ich laut aus. Wie hatte ich nur auf die Idee kommen können, dass es mir hier besser gehen würde? Dass alles besser wäre, wenn ich den einen Arsch zu Hause verließ? Ich hatte es nicht besser verdient. Ich quälte mich den Berg hinauf, Hauptsache, weg von hier, weit weg. »Sechs Mark, du Hornochse, sechs Mark!« Ich hätte auf Gerlinde hören sollen.

Dass ich endlich oben war, bemerkte ich nur, weil es sich leichter trat. Meine Oberschenkel brannten, die Waden pochten, im Schädel hämmerte es. Ich pfiff aus dem letzten Loch, doch es war mir egal. Und nun führte die Straße hinab, in engen Serpentinen ging es durch dunklen Wald. Ich beugte mich über den Lenker, schnappte nach Luft und rauschte den Berg runter. Die Bremsen des alten Rades griffen kaum noch, wild schlingerte ich durch die Kurven. In Windeseile ließ ich den Elm hinter mir und erreichte Schöppenstedt. Autos hupten, ich achtete nicht darauf. Schon sah ich den Abzweig Jerxheim. Da musst du hin, dachte ich nur, da musst du hin. Die Straße führte weiter bergab, aber nicht mehr so steil. Hin und wieder gab es eine Bodenwelle und ich musste noch einmal kräftig treten. Mit dem letzten Schwung rollte ich in Jerxheim ein, es wurde schon schummerig. Die Lichter in den Häusern brannten, vor einer Wirtschaft hielt ich an. Ich lehnte das Rad an die Mauer und trat ein. Die Leute drinnen schauten mich an, mich in meiner fleckigen Hose, nassgeschwitzt, noch Staub von der Baustelle im wirren Haar, ein Fremder. Ich setzte mich an einen freien Tisch und bestellte Kartoffelsalat mit Schnitzel, dazu ein Bier und dann noch eins, alles, was ich für meine sechs Mark bekam. Am Ende, als ich mich gestärkt hatte, blieben sogar noch ein paar Pfennige übrig: Ich ließ sie als Trinkgeld liegen.

Ich nahm das Rad und rollte die letzten Kilometer runter bis zum Bahnhof Jerxheim. Mittlerweile war es dunkel geworden. Erst folgte ich dem Bahndamm nach Osten, dann stieg ich ab, lehnte das Rad an einen Baum und ließ es einfach stehen. Zu Fuß marschierte ich quer über die Wiesen ins Große Bruch. Nach einigen Metern versetzte es mir einen Schlag: Ich war direkt in einen elektrischen Zaun gelaufen. In der Finsternis sah ich Kühe auf der Weide stehen, ihre weißen Flecken im Fell leuchteten beinahe. Vorsichtig kletterte ich über den Zaun und lief an den Rindviechern vorbei. Als ich an den Breiten Graben kam, traute ich meinen Augen kaum: Am Ufer lag ein Floß. Ein Floß, ich konnte es nicht fassen. Als hätte es jemand genau an dieser Stelle für mich festgemacht. Oder als hätte mich jemand genau an diese Stelle geführt. Wäre ich nur ein Stückchen weiter gegangen, hätte ich es nie gefunden. Sogar eine Stake war dabei. War das ein Omen? War es endlich wieder das Zeichen zum Guten? Sollte meine Hose dieses Mal etwa trocken bleiben? Fast hätte ich gelacht. Ich brauchte mich nur einmal abzustoßen, schon war ich drüben.

Als ich das Floß vertäut hatte, versuchte ich mich zu orientieren. Trotz der Dunkelheit war mir ziemlich schnell klar, wo ich mich befand. An dieser Stelle war der Breite Graben das einzige Hindernis, und das hatte ich bereits überwunden. Ein

Gefühl, als wäre ich nie weggewesen. Ich kannte die Wege der Patrouillen noch genau, ich wusste, wann und wo die Grenzer Streife gingen, und ich wusste, wohin ich gehen musste.

Zwischen zwei Postenwegen stahl ich mich von der Grenze weg. Zuerst ging ich nach Süden über die Wiesen, dann näherte ich mich auf Feldwegen in einem weiten Bogen den westlichen Ausläufern von Pabstorf. An einem Ackerrain schlich ich im Schutz eines Wäldchens auf die ersten Häuser zu. Ich hockte mich hinter einen Busch und sondierte die Lage. Ich war an der richtigen Stelle. Links und rechts vor mir endeten zwei Gassen am Waldrand, die parallel hinunter zur Hauptstraße führten. In der linken wohnte Gerlinde. Fünf Häuser und Gärten lagen von meiner Position aus vor dem Hof ihrer Mutter. Weit und breit war kein Mensch zu sehen. Schmale Wolkenbänder zogen über den Nachthimmel und verdeckten den Mond. Ich gab mir einen Ruck und huschte im Schatten der Zäune die Gasse entlang. Als ich den Hof erreicht hatte, kauerte ich mich unter den Torbogen der Einfahrt und beobachtete das Haus. Alles war ruhig und still. Ich atmete tief durch und drückte den Klingelknopf. Das Licht ging an, die Tür wurde geöffnet. Gerlindes Mutter schaute hinaus.

»Oh Gott, Junge«, rief sie, als sie mich erkannte. Dann legte sie eine Hand vor den Mund, wedelte mit dem Arm und hauchte: »Komm rein, komm schnell rein, damit dich keiner sieht.«

Ich huschte ins Haus. Gerlindes Mutter schaute draußen noch einmal die Gasse entlang, verschloss die Tür und führte mich ins Wohnzimmer. Gerlinde kam angelaufen, hielt einen Augenblick inne und fiel mir dann weinend um den Hals.

»Was hast du bloß gemacht?«, schluchzte sie. »Was hast du bloß gemacht?«

Mir war nicht ganz klar, was sie meinte, meine Flucht vor einem Monat oder meine Rückkehr an diesem Abend.

»Lass ihn doch erst mal Luft holen«, sagte ihre Mutter.

Gerlinde ließ mich los und schaute mich schniefend an.

»Ich hab Scheiße gebaut«, sagte ich. »Ich weiß. Aber jetzt bin ich erst mal hier.«

»Wo kommst du denn jetzt her?«, fragte Gerlinde.

»Von meinem Vater, aus Braunschweig.«

»Und wie?«

»Mit dem Rad.«

Sie sahen mich entgeistert an.

»Mit dem Rad?«, fragte Gerlinde. »Einfach so? Hast du gar nichts mitgenommen?«

»Lass ihn doch erst mal, Kind«, unterbrach ihre Mutter sie und wandte sich an mich. »Komm, Junge, setz dich. Du hast bestimmt Hunger. Ich mach dir Abendbrot.«

Im Hinausgehen strich sie ihrer Tochter übers Haar.

Ich setzte mich aufs Sofa.

»Und wie geht es jetzt weiter?«, fragte Gerlinde und nahm in einem der Sessel Platz.

»Ich weiß es doch auch nicht.« Ich holte tief Luft. Es war warm in der Stube, fast stickig. Auf dem Sofa spürte ich, wie schwer meine Beine waren. »Jetzt bin ich erst mal hier«, sagte ich erneut. »Ich wollte mal sehen, ob ... ich dachte, dass ich ... Ich weiß auch noch nicht, wie es weitergehen soll.« Ich sah sie an und versuchte ein Lächeln. Aber ich kam mir schäbig vor. Sie wirkte aufgelöst und beunruhigt, und ich war schuld daran.

Nach einer Weile kam ihre Mutter zurück und stellte mir einen Teller mit Wurststullen und ein Glas Limonade hin. »Iss erst mal was, Junge«, sagte sie und ließ uns wieder allein.

Obwohl ich gerade erst in Jerxheim gegessen hatte, war ich schon wieder hungrig.

»Wo sind denn die Sachen aus meinem Spind?«, fiel mir beim Kauen ein.

Gerlinde schniefte in ein Taschentuch, schob es sich dann in den Ärmel ihrer Bluse und ging hinaus.

Sie kehrte mit einem Schuhkarton zurück und stellte ihn auf den Tisch.

»Das ist alles?«, fragte ich.

»Alles, was sie uns gebracht haben«, sagte Gerlinde und setzte sich wieder.

Im Karton waren drei Bücher, ein paar Hefte, Waschzeug und mein Rasierer, etwas Krimskrams, mehr nicht. Bestimmt viermal so viele Bücher hatte ich besessen, darunter ein paar schöne Bildbände. Den Spind hatten meine Kameraden geräubert, so viel war klar. Am schlimmsten aber war, dass all meine Unterlagen und Papiere fehlten.

»Waren keine Papiere und Ausweise dabei?«, fragte ich Gerlinde. »Mein Schweißerpass und so weiter?«

»Ich weiß es nicht«, sagte Gerlinde. Ihr kamen schon wieder die Tränen. »Sie haben uns einfach diesen Karton gebracht. Ich habe doch nicht in deinen Sachen geschnüffelt. Glaubst du etwa, ich hätte ...?«

»Nein«, sagte ich schnell. Ich rutschte zu ihr und nahm sie in den Arm. »Nein, ich glaube gar nichts.« Ich küsste sie auf die Wange.

»Sind die Papiere jetzt so wichtig?«, fragte sie.

»Was glaubst du denn?« Ich rieb mir die Augen. »Ach, ich weiß es auch nicht. Ich weiß im Moment gar nichts mehr.« Ich lehnte mich wieder zurück aufs Sofa.

»Und du bist tatsächlich den ganzen Weg mit dem Rad gekommen?«, wollte sie nach kurzer Stille wissen.

»Ja«, sagte ich und erzählte ihr von der Fahrradfahrt. Aber die Tour, von der ich ihr erzählte, war eine ganz andere als die, die mich hierhergebracht hatte. Die mich so ermüdet und erschöpft hatte, dass ich im Erzählen auf dem Sofa zusammensackte und schließlich einschlief.

Die Standuhr in der Ecke des Wohnzimmers tickte. Sie hatte die ganze Zeit getickt, aber jetzt erst nahm ich es wahr. Doch nicht die Uhr hatte mich geweckt. Ich musste aufs Klo. Ich schaute mich um. Ich war allein, ich war zugedeckt, mein Kopf lag auf einem Kissen. Es war kurz nach fünf. Die Zeiger auf dem goldenen Zifferblatt zogen ruckartig ihre Kreise. Ich schlug die Decke zurück, stand auf und ging in die Diele. Niemand war zu sehen, alle schienen noch zu schlafen. Ich ging weiter und trat durch die Hintertür hinaus auf den Hof. Es stank nach Jauche und Mist, kein Laut war zu hören, alles wirkte gedämpft durch den Nebel, der wie so oft über dem Großen Bruch lag. Hastig, vom morgendlichen Bedürfnis getrieben, lief ich rüber zum Plumpsklo, einem grob gezimmerten Verschlag am Ende des Hofs. In der Tür befand sich ein ausgesägtes Loch in Form eines Herzens, das war mir bei früheren Besuchen nie aufgefallen. Ich schloss die Tür hinter mir, zog die ausgeleierte Hose runter, setzte mich auf die Holzbrille und ging meinem Geschäft nach. Es war frisch draußen, vom Boden stieg eine kühle Feuchte auf, ich beeilte mich. Als ich fertig war, das Wasser aus dem bereitstehenden Eimer in den dunklen Schacht geschüttet hatte und schließlich die Tür aufschob, die Hand noch am Gürtel, hielt ich entsetzt inne.

Ich hatte keinen Mucks gehört, keine Schritte, nicht das Hoftor, nichts. Drei Mann standen direkt vor mir, jeder mit einer durchgeladenen, auf mich gerichteten Kalaschnikow. Die Blicke unergründlich. Hinter ihnen, an der Ecke zur Hofeinfahrt, lehnte mit verschränkten Armen der kleine Unterleutnant, der Politoffizier der Kompanie von Pabstorf.

»Haben wir dich endlich wieder«, sagte er.

10

Grinsend zog der Unterleutnant Handschellen unter seinem Jackenschoß hervor. Er stieß sich von der Wand ab und kam auf mich zu. Automatisch verschränkte ich die Hände. Genüsslich legte er mir die Handschellen an. Seine Leute hängten sich ihre Waffen um, ehemalige Kameraden von mir, die ich jetzt erkannte, auch wenn mir ihre Namen nicht einfielen. Sie sagten kein Wort. Ohne Aufforderung, so als hätten sie diese Prozedur tausend Mal geübt, traten zwei neben mich, einer hinter mich. Der Unterleutnant marschierte vorneweg, durch die Hofeinfahrt auf die Straße, wir folgten. Weder Gerlinde noch ihre Mutter waren zu sehen. Vom Haus her war kein Laut zu hören. In den Gassen hing allein der Nebel, wir begegneten keiner Seele auf unserem Weg durchs Dorf. Als wir aber an den Anger kamen, sah ich gleich, dass sich schon zu dieser frühen Stunde bestimmt zwanzig Mann vor dem Haupteingang der Kaserne versammelt hatten. Die halbe Kompanie schien in der Raucherecke zu stehen. Manche grinsten, als wir näherkamen, andere wichen meinem Blick aus. Ich senkte den Kopf.

Ich wurde an der Waffenkammer vorbei zu den Arrestzellen geführt. Keine war belegt, ich war der erste und einzige Häftling. Der Unterleutnant schloss eine Tür auf und nahm mir die Handschellen ab. Er sah mich an, er grinste nicht mehr, mit einem Nicken deutete er in die Zelle. Ich trat hinein. Die schwere Tür schlug hinter mir zu. Ich starrte die grauen Steinwände an, ein modriger Geruch ging von ihnen aus. Erst als mir die Knie zu zittern begannen, setzte ich mich auf die Holzpritsche. Alle paar Minuten war vom Gang her ein Kichern zu vernehmen, ein paar Wortfetzen. Vielleicht bildete ich es mir nur ein, aber alles, was bis zu mir gelangte, klang hämisch, gehässig. Hin und wieder schaute jemand durch den Spion in meine Zelle. Nach einer Weile wurde es still. Erst um die Mittagszeit ging die Tür wieder auf und Feldwebel Dost kam mit einem Tablett herein.

»Junge, was hast du dir da eingebrockt«, sagte er und stellte das Tablett mit einem Suppenteller und einem Wasserbecher auf den Holzschemel. Dabei sah er mich betrübt, ja beinahe enttäuscht an, ehe er kopfschüttelnd verschwand.

Ich schaute auf die verschlossene Tür. In diesem Moment begriff ich, in welche Scheiße ich mich geritten hatte, wie ernst meine Lage war. Das ließ sich nicht wiedergutmachen.

Nach einer Nacht in der Arrestzelle wurde ich früh am nächsten Morgen geweckt. Zwei Soldaten kamen rein und legten mir Handschellen an. Wortlos führten sie mich raus zu einem Kleinbus. Kaum war ich eingestiegen, fuhr er los. Die Fenster waren verhängt, ich konnte nicht sehen, wohin wir unterwegs waren. Aber die Fahrt dauerte nicht lange, und als ich wieder aussteigen durfte, erkannte ich die Kaserne von Oschersleben, wo ich zum Schießwettbewerb gewesen war. Man führte mich in einen kahlen Raum und übergab mich zwei Wachmännern.

»Ausziehen!«, befahl der eine.

Im ersten Moment konnte ich es nicht glauben.

»Los, ausziehen!«, brüllte nun der andere.

Als ich nackt vor den beiden stand, musterten sie mich von oben bis unten.

»Heben Sie vorne hoch!«

Ich gehorchte.

»Umdrehen!«

Ich drehte mich um.

»Reißen Sie mal hinten auseinander!«

Ich wusste nicht gleich, was er meinte.

»Vorbeugen, Mensch, mit beiden Händen den Arsch auseinander!«

Dann musste ich mich wieder anziehen und wurde in eine Sammelzelle gebracht, die bestimmt mit zwölf Mann belegt war. Niemand schaute auf, jeder versuchte, sich so weit wie möglich von den anderen abzuwenden. Drei Tage blieb ich dort, zwei Nächte, in denen ich keinen Schlaf fand und mich immer wieder fragte, wo Gerlinde gewesen war an jenem Morgen. Ich hatte mich nicht mal von ihr verabschieden können. Am dritten Tag ging es mit einem Bus weiter. Erneut in Handschellen wurde ich in eine Einzelkabine gebracht, die so eng war, dass ich nur gerade sitzen und mich nicht bewegen konnte. Durch einen schmalen Schlitz hoch oben in der Außenwand sah ich einen wolkenlosen Himmel. Nach ungefähr einer Stunde endete die Fahrt auf einem ummauerten Gefängnishof. Keine Ahnung, wo ich mich befand, ich wagte es nicht, die Wachleute zu fragen. In einem kahlen Raum im Erdgeschoss musste ich mich wieder ausziehen und vorne hochheben und hinten auseinanderreißen. Meine Klamotten wurden mir abgenommen, die Hose von Vater, ich erhielt dunkelblaue Gefängniskleidung, eine Decke. Zwei Tage später wurde ich mit anderen Gefangenen zum Bahnhof gefahren und in einen Zug verfrachtet. Es war ein Gefängnistransporter, der Waggon hatte einen Mittelgang, an den Seiten befanden sich kleine Zellen. Alles war aus Blech, oben, unten, vorne, hinten. Es war finster in der Zelle, an der Seite gab es weit oben einen schmalen, abgeblendeten Schlitz, durch den ein wenig Licht drang. Wieder konnte ich nur sitzen, und wenn ich pinkeln wollte, musste ich mich melden und wurde zur Toilette eskortiert. Die Klogänge waren die einzige Bewegung auf der stundenlangen Fahrt. Unterwegs blieb der Zug häufig stehen, manchmal für lange Zeit, dann ging ein kräftiges Rucken durch den ganzen Waggon, als würde er an einen anderen Zug gekoppelt werden. Oben im Schlitz sah ich es dunkel werden. Mitten in der Nacht hielten wir endgültig an. Als ich abgeführt wurde, sah ich im Augenwinkel ein Schild am Bahnsteig: *Rostock*.

Für eine Nacht kam ich in eine Sammelzelle. Meine Beine waren taub, der Kopf dröhnte. Ich war hundemüde, konnte jedoch nicht einschlafen. Meine Gedanken kreisten ständig um dieselbe Frage: Wie hatte ich nur so dämlich sein können? Warum hatte ich Hornochse nicht ein bisschen Grips eingeschaltet? Gerlindes Worte fielen mir ein: Was hast du bloß gemacht? Mir war nicht klar gewesen, was sie gemeint hatte, meine Flucht oder meine Rückkehr, und auch jetzt wusste ich nicht, was schlimmer war. Mir fiel keine Antwort ein.

Als früh am nächsten Morgen Frühstück verteilt wurde, war ich froh, dass die Nacht vorbei war. Jeder Häftling erhielt eine Ration Schwarzbrot und etwas Marmelade. Dann wurden die Gefangenen sortiert, ich wurde zurück zum Bahnhof gefahren und in einen weiteren Zug gebracht. Erneut saß ich den ganzen Tag in einer engen Blechzelle, ohne zu wissen, wohin es ging. Ich roch die kühle Luft und sah, dass Wolken am Himmel standen. Wie in Rostock konnte ich erst nach Stunden bei der Ankunft am dunklen Bahnsteig erkennen, wo ich mich befand: *Berlin-Lichtenberg*. Mit dem Bus ging es weiter, wieder hatte ich hatte keine Ahnung, wohin, und mittlerweile war es mir fast egal.

Bis zur Ankunft auf einem Gefängnishof. Mauern so hoch, dass ich kaum den Himmel sah, Stacheldraht und Maschenzäune überall. Zum ersten Mal stieg Panik in mir auf. Was, wenn ich hier nie wieder rauskam? Wenn man mich hier vergaß?

Nach der Leibesvisitation führte man mich durch einen Gang zu einer schweren Eisentür. Tür auf, Tür zu. Die Treppe nach oben ein einziger Drahtverhau, ein Käfig. Oben eine weitere Tür. Aufgeschlossen, durch, abgeschlossen. Wir gelangten auf einen Zellentrakt. Von Geländer zu Geländer war Maschendraht gespannt. Vor einer Tür blieben wir stehen. Sie wurde aufgeschlossen, ich trat in die Zelle. Die Tür fiel zu und wurde, ratsch, ratsch, ratsch, abgeschlossen. Ich war allein. Dreh jetzt bloß nicht durch!, musste ich mir immer wieder sagen.

Einmal am Tag kam ein Wachmann mit einem Rollwagen vorbei. Neben der Tür hatte ich strammzustehen. Auf dem Wagen standen Teller mit Spinat, Kartoffeln und Ei, andere mit Graupensuppe. Am ersten Tag griff ich automatisch nach Spinat und Ei.

»Finger weg!«, brüllte der Wachmann. »Für dich ist die Suppe.«

Einmal am Tag wurde ich runter in den Hof geführt, wo ich gemeinsam mit anderen Häftlingen zehn Minuten lang im Kreis gehen durfte. Es war verboten, miteinander zu sprechen, trotzdem erfuhr ich bald, dass wir uns im Militärgefängnis in Königs Wusterhausen befanden. Bei den meisten Mithäftlingen handelte es sich um Armeeangehörige, die für Dienstverstöße ihren Arrest absaßen. Wahrscheinlich war das bessere Essen für die Offiziere bestimmt. Ein kleiner Hoffnungsschimmer flammte in mir auf: Vielleicht war es damit getan, ein Arrest auf bestimmte Zeit für meine Dummheit. Schließlich war ich von allein zurückgekehrt. Doch allmählich schwand auch diese Hoffnung wieder. Vor meinem Fenster wurde es dunkel und wieder hell, ich zählte die Tage, ich bemühte mich, mit der Zeit Schritt zu halten. Aber oft starrte ich nur die Zellenwand an, und da niemand mit mir redete und mir niemand sagte, was weiter passieren würde, liefen meine Gedanken ins Leere. Manchmal lag ich tagsüber da und schaute zu, wie die Wolken hinter den Gitterstäben vorbeizogen. Dann döste ich weg, ich hatte das Gefühl, auf einem Floß über endloses Wasser zu treiben, bis ich am Ende untertauchte und immer tiefer sank. Ich wachte erschrocken auf, ich hatte tatsächlich unsere Ziege Lore vor mir gesehen. Wie damals auf der Weide beim Hüten schien sie mich anzuglotzen, als wollte sie mit mir meckern, dabei war sie schon lange tot. Die Panik kehrte zurück, besonders in den Nächten. Ich hörte Geräusche, wusste nicht, woher sie kamen, jeder Laut wurde lauter und lauter, ich konnte nicht mehr schlafen. Ich lag nur da und wartete, ohne zu wissen, worauf.

Mindestens zwei Wochen vergingen so. Als ich eines Tages vor meine Zellentür treten musste, legte man mir Handschellen an und führte mich durch den Drahtverhau nach unten. Im Hof stand schon ein Bus mit abgedunkelten Scheiben bereit. Die Fahrt dauerte schätzungsweise eine Stunde, ehe wir im Hof eines weiteren Gefängnisses anhielten. Beim Aussteigen wurde mir der Kopf nach unten gedrückt, ich wurde in das Gebäude geführt und durchsucht. Ausziehen! Hochheben! Umdrehen! Vorbeugen! Auseinanderreißen! Die Zelle befand sich im Erdgeschoss, ein enger Holzverschlag, im Grunde nur ein Pritschenbett mit angeschrägtem Kopfteil. Darauf zwei Decken, eine zum Unterlegen, eine zum Zudecken. Davor konnte ich diagonal genau drei Schritte gehen. In der schweren Eisentür war in der Mitte eine Klappe, auf Augenhöhe ein Spion. Neben der Tür stand ein Blechkübel, doch es gab keinen Stuhl, keinen Tisch. Durch Glasziegel oben an der äußeren Wand sah ich, wie hell es draußen war.

Am Morgen wurde mir das Frühstück durch die Klappe in der Tür gereicht: Zwei Scheiben Schwarzbrot, ein Klecks Marmelade, dazu ein Becher Muckefuck. Gleich danach baute sich ein schwergewichtiger Wachmann vor meiner Tür auf. Er trug eine Uniform, die ich weder von Armee noch Polizei kannte, aber seine geflochtenen Schulterklappen waren mit so vielen Sternen bestückt, dass es nur ein Offizier sein konnte.

»Aufstehen!«, befahl er mir.

Ich stand kerzengerade, ehe er ausgesprochen hatte. Etwas war anders geworden in diesem Gefängnis, nicht nur die Uniformen. Der Ton des Mannes wirkte bedrohlich, obwohl er nicht einmal laut wurde. In seinem Blick lagen eisige Kälte und eine Spur von Spott. Der Mann strahlte eine raubtierhafte Selbstsicherheit aus, eine nur mühsam gezügelte Brutalität, die mich zutiefst einschüchterte. Vor ihm kam ich mir noch abgemagerter, schwächer und schäbiger vor. Mir war klar, dass sich nach dem Leerlauf der letzten Wochen nun etwas tun würde. Einerseits war ich froh, andererseits bekam ich unsägliche Angst.

»Raustreten!«

Ich trat vor die Zelle. Er legte mir Handschellen an. Dann führte er mich einen Gang entlang, der dunkler und dunkler wurde. Der Gang war aber nicht zu Ende, es ging rechts um die Ecke durch einen weiteren, dunklen Gang und wieder rechtsherum. Wir begegneten keinem anderen Menschen. Vor einer der vielen Türen hielt der Wachmann an.

»Stehenbleiben!«

Er öffnete die Tür, packte mich am Arm und schob mich ins Zimmer. Durch ein vergittertes Fenster drang Sonnenlicht und blendete mich, so dass ich das Gesicht des Uniformierten hinter dem kargen Schreibtisch erst kaum erkennen konnte. Ich sah nur, dass auch er eine Menge Sterne auf den Schulterstücken hatte. Anderthalb Meter vor dem Tisch war ein Hocker mit einer Kette am Boden befestigt. Der Wachmann führte mich dorthin und drückte mich nach unten, bis ich saß. Erst als er sich neben die gepolsterte Tür gestellt hatte, wandte der Offizier hinter dem Tisch seinen teilnahmslosen Blick von mir, nahm einen Stift in die Hand und schaute auf die Unterlagen vor sich.

»Name?«

Es dauerte eine Weile, bis ich meinen Namen hervorbrachte. Ich merkte, wie mir die gefesselten Hände auf dem Schoß erzitterten, ich konnte nichts dagegen tun. Der Mann hakte eine Stelle in seinen Unterlagen ab und fragte nach meinem Geburtsdatum und meinem Geburtsort. Ich antwortete. Als er meine Adresse wissen wollte und ich sie ihm sagte, schaute er mich zum ersten Mal wieder an.

»Adresse?«, fragte er erneut.

Ich wiederholte die Anschrift in Döllnitz.

»Ihre letzte Adresse«, sagte er. Seine Stimme war keine Spur lauter geworden. Die Miene hatte sich nicht verändert. Vom Alter her hätte er mein Vater sein können. Er war so glatt rasiert, dass seine Wangen glänzten. Obwohl ich die ganzen Wochen darauf gewartet hatte, dass jemand mit mir sprach und mich befragte, war ich nun völlig unvorbereitet.

»Braunschweig«, sagte ich.

»Vollständig«, sagte der Mann.

Mir lag der Name der Straße, in der Vater wohnte, auf der Zunge, doch ich konnte ihn nicht fassen. Ich versuchte, mich darauf zu konzentrieren, und wurde immer unruhiger. Im Geiste ging ich das ganze Alphabet durch, bis ich den Namen endlich hatte. Als ich ihn laut sagte, spürte ich große Erleichterung. Der Mann machte einen Haken in seine Unterlagen.

»Ausbildung, Beruf?«

Ich erzählte ihm, weshalb ich die Schule nicht zu Ende hatte machen können und was ich im Buna-Werk gelernt hatte.

»Also kein Abschluss, keine Ausbildung«, sagte der Mann, machte einen weiteren Haken und sah mich an. »Dann erzählen Sie mal: Warum haben Sie unsere Republik verlassen und verraten?«

Meine Erleichterung war sofort wieder weg. Die Zunge wurde mir schwer. »Das ... das wollte ich nicht, ich ... ich habe nicht ...«

»Sie sind also grundlos hier?«

»Nein, nein, ich ...« Nun war ich vollends durcheinander.

»Es ist besser für Sie, wenn Sie offen sprechen und nichts vertuschen.« Der Mann lehnte sich zurück und klopfte mit dem Stift auf die Schreibtischkante. Er beobachtete mich, und da bekam ich erst recht keinen Ton mehr hervor. Meine Hände schwitzten, mein Mund war wie ausgetrocknet. Der Mann kippte nach vorn und legte seine Hände auf die Schreibtischplatte.

»Berichten Sie mir von Ihrer Flucht. Fangen Sie ganz von vorne an.«

Ich wusste nicht mehr, wo ganz vorne war. Womit alles begonnen hatte. Aber ich wollte nicht verstockt wirken. Ich berichtete ihm, dass mich mein Brigadier zu den bewaffneten Organen delegiert hatte. Das hätte er nicht getan, wenn er nicht zufrieden mit mir gewesen wäre, erinnerte ich mich. Ich sagte, dass ich nichts anderes im Sinn gehabt hätte, als meinem Land zu dienen. Ich wollte meinem Land so sehr dienen, dass ich mich sogar gegen die Bereitschaftspolizei und für die Grenzpolizei entschieden hatte. Ich erzählte von der Ausbildung in Barneberg und meiner Zeit in der Kompanie in Pabstorf. Der Offizier machte sich Notizen, hin und wieder stellte er eine Frage. Fast so wie der Mann vom BND. Und genauso wie bei der Befragung in Jerxheim erschien mir alles, was ich getan hatte, noch ungereimter und dümmer, während ich es aussprach. Als ich an die Stelle kam, wo ich mich durchs Unterholz davongemacht hatte, gab der Vernehmer dem Wächter an der Tür ein Zeichen. Ich wurde zurück in meine Zelle geführt. Wieder sah ich niemanden. Nach dem Mittag brachte man mich über einen Hof in einen etwa acht mal zwölf Meter großen, gut sechs Meter hohen Verschlag, in dem ich mir die Beine vertreten und frische Luft schnappen durfte. Ich war allein. Nieselregen tröpfelte mir auf den Kopf. Wenn ich hochschaute, sah ich Maschendraht vor dem bewölkten Himmel. Es war kalt geworden.

Nachmittags wurde ich erneut dem Offizier vorgeführt. Kaum hatte ich auf dem fest verankerten Hocker in dem kleinen Raum Platz genommen, ging das Verhör weiter, als wäre es nie unterbrochen worden.

»Wer von Ihren Kameraden wusste von Ihrem Fluchtplan?«

»Keiner, das habe ich doch schon gesagt.«

»Beantworten Sie einfach meine Fragen.«

»Keiner wusste von meiner Flucht. Ich hatte ja gar keinen Plan.«

»Sondern?«

»Es war unüberlegt. Ich bin einfach weg. Ich weiß nicht, warum. Es war dumm, es war ein Fehler. Deshalb konnte es doch auch keiner wissen.«

»Nachdem Sie Ihre Kameraden im Stich ließen, was haben Sie mit Ihrer Waffe gemacht?«

»Ich habe sie einfach dort stehen gelassen. Ich habe sie nicht mitgenommen. Ich wollte nur kurz austreten. Meine Kollegen sagten noch, lass die Waffe hier, die stört eh nur. Ich bin ohne Waffe weg.«

»Wo genau haben Sie illegal die Grenzanlagen übertreten?«

Ich erzählte ihm, wo ich durch die Gräben gewatet und wie ich dann an den Eisenbahndamm gekommen war. Er wollte weitere Einzelheiten wissen, und ich versuchte, ihn mit meinen Antworten zufriedenzustellen. Während ich redete und der Mann sich Notizen machte, kam mir in den Sinn, wie lange und ausführlich ich bereits über eine Flucht hatte sprechen müssen, die nur wenige Minuten gedauert hatte, wie viele Worte ich schon hatte finden müssen für eine Tat, die völlig spontan und vor allem unüberlegt geschehen war. Je mehr ich darüber sprach, desto weniger schien das alles mit mir zu tun zu haben. Auf jeden Fall schien es in einer weit entfernten Vergangenheit zu liegen, in einer anderen, mir mittlerweile völlig fremden Welt. Meine Welt hatte sich auf diesen engen Raum beschränkt, in dem ich saß.

»Wer hat Sie befragt im Westen?«, wollte der Offizier wissen.

»Keine Ahnung, da kam ein Mann, aber ich weiß nicht, wer das war oder wie er hieß.«

»Welche Fragen hat er Ihnen gestellt?«

Ich wollte mich nicht in Lügen verstricken. Am besten blieb ich bei der Wahrheit. Würde man mich beim Lügen erwischen, stünde es sicher noch schlechter für mich.

»Er hat sich für meine Grundausbildung interessiert, für den Alltag in der Grenzkompanie, ganz unwichtige Dinge im Grunde«, sagte ich.

»Was wichtig ist oder nicht, entscheiden wir«, entgegnete der Mann. »Was haben Sie ihm gesagt?«

»Ich habe nichts verraten, er wusste alles schon.«

»Woher wollen Sie das wissen?«

»Er hat nur genickt und in seinen Unterlagen nachgeschaut. Da stand alles schon drin.«

»Was denn zum Beispiel?«

»Na, wie viele Leute wir in Pabstorf sind, welche Waffen wir haben und so weiter. Wo unsere Postenwege langführen.«

»Und das haben Sie ihm erzählt?«

»Ja, aber wie gesagt, das wusste er schon.«

»Weil Diversanten wie Sie es ihm verraten haben.«

»Nein, nein, ich wusste doch von nichts, als einfacher Soldat. Was hätte ich denn verraten können?«

Der Offizier sah auf und gab dem Wachmann ein Zeichen. Es war nur ein kurzes Nicken. Auf dem Weg in meine Zelle konnte ich kaum noch gehen, so weich waren meine Knie. Aber für diesen Tag war Schluss.

Am nächsten Tag wurde das Verhör fortgesetzt, erneut in zwei Schichten, am Vormittag und am Nachmittag. Der Offizier ging nicht mehr auf die Befragung durch den BND ein. Nun interessierten ihn Einzelheiten über das Auffanglager in Uelzen, er wollte, dass ich ihm Namen von Leuten nannte, mit denen ich in Kontakt gekommen war.

»Ich kenne keine Namen, wirklich nicht. Jeder hat dort mit sich zu tun.«

»Denken Sie nach. Wir sprechen hier über Leute, die sich strafbar gemacht haben. Es wäre besser für Sie, wenn Sie andere Republikflüchtlinge nicht auch noch schützen würden.«

»Ehrlich, ich habe keine Namen erfahren. Wenn überhaupt, dann habe ich hier oder dort ein paar Vornamen aufgeschnappt.«

Er hielt seinen Stift ein paar Zentimeter über seine Papiere und blickte mich an. »Ja?«

Ich hatte improvisiert, nur um etwas zu sagen. Aber wem konnte es schon schaden, wenn ich mir einen Namen ausdachte? Hauptsache, er war zufrieden. »Ein Rudi war da oder ein Werner«, sagte ich. »Mehr weiß ich nicht.«

»Werner Grundmann?«

Vor Schreck blieb mir der Atem weg. Ich musste husten.

»Was? Keine Ahnung. Den Namen hab ich noch nie gehört.«

Er sah mich durchdringend an, ließ es aber dabei bewenden. Jetzt wollte er wissen, wo ich nach dem Aufenthalt im Lager in Uelzen gewesen war. Wo ich gearbeitet hatte. Was mein Vater machte. Was mit meinen Brüdern war.

»Was soll mit ihnen sein?«, fragte ich verdutzt.

»Richard und Wolfgang, richtig? Siebzehn und dreizehn Jahre alt. Der Richard sieht Ihnen sehr ähnlich, Wolfgang hingegen, na ja, der kommt wohl eher auf die Mutter.«

Der Mann von der Staatssicherheit lächelte mich an. Er wusste offenbar alles. Er kannte die Namen und Geburtsdaten meiner Brüder. Er wusste sogar, wie sie aussahen. Was wusste er noch? So wie er von meinen Brüdern sprach, klang es wie eine Drohung. Ich wollte es nicht, aber mir kamen die Tränen. Ich sah Richard und Wolfgang vor mir, wie sie in unserer Küche gesessen und mich mit leeren Blicken angestarrt hatten, und wie Mutter sie zurück zu Vater geschickt und ich nichts mehr hatte tun können.

»Wer hat sie zurückgeschickt?«, fragte der Mann unvermittelt.

»Wer mich ... was?« Ich wusste überhaupt nicht mehr, was los war. »Niemand hat mich zurückgeschickt. Weshalb sollte mich jemand zurückschicken?«

»Warum sind Sie dann zurückgekehrt?«

Ich wischte mir die Augen.

»Weil alles, was ich getan hatte, ein Fehler war. Weil ich eingesehen habe, dass es eine Dummheit war, mein Land zu verlassen. Es war unüberlegt und dumm. Ich hätte das nie tun dürfen. Niemals. Ich habe es bereut, deshalb bin ich zurückgekehrt. Es tut mir leid.«

»Wie sind Sie über die Grenze zurückgekommen?«

»Da lag ein Floß.«

»Ein Floß?«

Ich konnte es selbst kaum noch glauben. Hatte ich das nur geträumt?

»Ja, wenn ich es doch sage«, sagte ich. »Da lag ein Floß! Am Ufer! Wirklich! Ein Floß!«

Er sah an mir vorbei, nickte kurz, und schon spürte ich die Hand des Wächters auf meiner Schulter.

Abends in der Zelle fühlte ich mich hundeelend. Ich schämte mich. Ich schämte mich für alles, was ich getan und gesagt hatte, für alles, was ich war. Aber ich hatte den Eindruck, dass nun alle Fragen beantwortet waren. Ich hatte alles eingestanden, ich hatte Reue gezeigt, sogar mehr als das. Am Ende des

Verhörs war der Offizier ein wenig weicher geworden, oder? Was konnte ich noch sagen? Was konnte er noch wissen wollen? Es war alles gesagt.

Doch mein Eindruck hatte mich getäuscht. Am nächsten Morgen wurde ich wieder ins Verhörzimmer geführt und derselbe Offizier begann sein Verhör von vorn. Er stellte mir die gleichen Fragen wie am ersten Tag. Ja, ich merkte bald, dass es sogar haargenau dieselben Fragen waren, in derselben Reihenfolge. Der Mann wirkte völlig ungerührt.

»Warum haben Sie unseren Arbeiter-und-Bauern-Staat verlassen und verraten?«, fragte er erneut. »Wer von Ihren Kameraden wusste von Ihrem Fluchtplan? Warum haben Sie Ihre Kameraden im Stich gelassen? Was haben Sie mit der Waffe gemacht, die Ihnen anvertraut wurde? Welche Geheimnisse haben Sie den feindlichen Mächten verraten? Wer hat Sie zurückgeschickt? Warum sind Sie zurückgekommen?« Nur nach dem Floß fragte er mich nicht mehr.

Wieder und wieder dieselben Fragen. Mal laut, mal leise, mal ruhig, mal anklagend. Zweimal am Tag, jeweils vormittags und nachmittags wurde ich auf den Hocker gesetzt und musste auf Fragen reagieren, auf die mir keine Antworten mehr einfielen. Oder ich sollte Namen nennen, die es nicht gab oder die ich nicht kannte. Zwischendurch brachte man mich jeden Mittag für fünfzehn Minuten in den Käfig. Ich ging meine Runden und sah gelbe und rote Blätter zu Boden trudeln. Es waren die einzigen Minuten, in denen ich frische Luft einatmete, es war die einzige Bewegungsmöglichkeit, die ich hatte, ehe ich wieder in Handschellen auf dem Hocker saß. Ich begann, das Nicken des Offiziers herbeizusehnen, dieses kleine Zeichen an den Wachtmeister, mich abzuführen. Zwei Tage dauerte ein Durchlauf, von der Flucht bis zur Rückkehr, dann begann die Tortur von vorn. Und mit jedem Mal wurde es schlimmer.

Der Vernehmer hatte seine Notizen vor sich liegen. Er wusste genau, was ich bereits von mir gegeben hatte. Er wusste alles von mir. Mehr und mehr verspürte ich den Druck, peinlich genau darauf zu achten, immer das Gleiche zu sagen, ja keinen anderen, falschen Satz zu verwenden. Wenn ich jetzt etwas anderes sage, befürchtete ich jeden Morgen, dann denkt der Mann, ich hätte gestern gelogen. Oder ich lüge jetzt. Aber meistens konnte ich mich gar nicht mehr daran erinnern, was genau ich gesagt hatte. Und dann kam mir der Gedanke, dass es vielleicht gerade verdächtig wirken könnte, wenn ich mich ständig Wort für Wort wiederholte. Klang das nicht wie auswendig gelernt, wie eine erdachte Geschichte? Ich war völlig verwirrt.

Ich versuchte, Reue zu zeigen, und klammerte mich an jeden Strohhalm, an jede Aussage, die mich besser dastehen ließ. Ich versuchte mit allen Mitteln, alles, was ich getan hatte, positiv darzustellen. Der Offizier machte mir mehr oder weniger auch weis: Wenn du zugibst und bereust, wird alles besser für dich. Genau das Gleiche hatte mir Gerlinde geschrieben, fiel mir ein. Woher nur hatte sie Vaters Adresse gehabt? Ein schrecklicher Verdacht kam in mir auf: Könnte ihr Brief eine Finte gewesen sein? Gerlindes Bitte, ich möge zurückkehren, eine Falle? Ihre Beteuerung, mir würde nichts geschehen, eine Lüge? Aber warum nur? Warum hätte sie das tun sollen? Wir hatten uns doch gern. Hatte man sie vielleicht dazu gezwungen? Ihre Mutter war ein hohes Tier in der Gemeinde. Doch auch sie hatte es immer gut mit mir gemeint, oder? Ich wollte diese Gedanken nicht weiterverfolgen, sie machten mich verrückt, aber ich wurde sie nicht mehr los.

Wenigstens gelang es mir, im Verhör nie wieder einen Namen zu nennen, auch keinen ausgedachten Vornamen, und dazu musste ich ja nicht einmal lügen. Doch nach jedem Verhör ging mir durch den Kopf, was ich gerade gesagt hatte, und meistens hätte ich am liebsten alles gleich wieder zurückgenommen. Nicht weil es falsch war, sondern weil es falsch klang. Ich hätte mich anders ausdrücken sollen, dachte ich und nahm mir fürs nächste Mal vor, bessere Worte zu finden. Aber dann glaubte der Offizier vielleicht, dass ich abwiche von meiner Geschichte. Die ganze ziellose Grübelei raubte mir die letzte Kraft. Nach ungefähr einer Woche war ich durch die ständigen Verhöre so erschöpft, dass ich schon mittags mit dem Kopf an die Wand sackte und einnickte. Ein heftiges Klopfen schreckte mich auf. Die Luke in der Tür öffnete sich.

»Setz dich gerade hin!«

Ich befolgte die Anweisung. Doch nach einer Weile rutschte ich, ohne dass ich etwas dagegen tun konnte, wieder an die Wand. Ratsch, ratsch, ratsch, ging schon die Tür auf. Ein aufgedunsener Wachmann, vollgehängt mit Sternen und Lametta, stand vor mir. Ich sprang sofort hoch und stand stramm.

»Decken zusammenlegen! Dir werde ich es abgewöhnen, hier am Tag zu schlafen!«

Ich gehorchte.

»Decken raus! Da hin!«

Ich legte sie neben der Tür ab und trat einen Schritt zurück. Die Tür knallte zu. Zusammengekrümmt lag ich auf der hölzernen Pritsche und fror jede Nacht. Die Verhöre gingen weiter. Ich spürte, wie mein Körper zusammenfiel. Wie er schwächer und schwächer wurde. Ich starrte die Wand an. Alle vier Wände. Mein Kopf war leer und taub. Jede Bewegung kostete mich unendliche Kraft, gleichzeitig kam tiefe Unruhe in mir auf. Ich marschierte in der Zelle auf und ab, unzählige Male. Diagonal vor der Pritsche, drei Schritte in die eine Richtung, drei zurück, hin und her. Es brachte nichts, die Gelenke waren steif, meine Haut kribbelte, überall. Ich konnte nicht mehr und hätte mich zerreißen können. Sieben Tage dauerte es, dann bekam ich die Decken zurück.

Manchmal hörte ich Geräusche. Da klopfte doch einer an die Wand! Oder bildete ich mir das nur ein? Wurde ich blöde? Ich klopfte zurück. Tatsächlich, das Klopfen wurde erwidert. Ich war nicht allein, neben mir lebte jemand. Lebte wahrscheinlich genauso wie ich. Lebte, immerhin. Für einen Moment war ich überglücklich. Doch dann rückte ich schnell wieder von der Wand ab, reagierte auf kein Klopfen mehr. Ich hatte zu viel Angst vor den Wärtern, die ich nie hörte, von denen ich nie wusste, wann sie kamen. Wann sie heranschlichen wie Raubtiere auf der Pirsch. Erst wenn sich der Schlüssel im Schloss drehte, schreckte ich auf, dann standen sie da, als hätten sie mich die ganze Zeit beobachtet und eingekreist. Ab und zu hörte ich eine Kirchenglocke, aber das Läuten war zu weit entfernt und durch die Glasziegel gedämpft, ich konnte die Schläge nicht mitzählen.

Nach etwa vier Wochen wurde ich morgens nicht mehr in das Verhörzimmer geführt. Auch am Tag darauf kam niemand. Zwei Tage saß ich allein in der Zelle, ich wurde auch nicht in den Käfig gebracht. Jetzt hast du es überstanden, dachte ich, jetzt ist sie vorbei, die Tortur.

Am dritten Tag bekam ich Gesellschaft, ein Häftling wurde in meine Zelle verlegt. Gisbert aus Weißenfels. Damit konnte ich leben, am Anfang war ich sogar froh. Außer den Wachleuten und dem Vernehmer hatte ich seit Wochen keinen Menschen gesehen oder gesprochen. Doch schon wenige Tage später kam ein weiterer. Elmar aus Eisleben. Gisbert und Elmar waren älter als ich, wie ich hatten sie ihre Verhöre hinter sich. Beide waren beim Fluchtversuch erwischt worden. Im Grunde waren sie ebensolche Dummköpfe wie ich. Alles, was wir uns zu sagen hatten, war am ersten Tag gesagt. Zu dritt konnten wir uns in der Zelle kaum noch bewegen und vor allem nicht aus dem Weg gehen. Wir konnten diagonal drei Schritte gehen, aber nicht gleichzeitig. Wir hatten eine Pritsche, auf der wir nebeneinander nur sein konnten, wenn wir steif und gerade wie Bretter dalagen. Wollten wir uns umdrehen, mussten wir uns Kommandos geben. Wir hatten nur einen Kübel, und wenn es einer nicht schaffte, morgens draufzugehen, bevor wir den Kübel leeren mussten, stand die Scheiße den ganzen Tag da. Elmar, der es meist nicht schaffte, heulte und jammerte rund um die Uhr.

»Ich will zu meiner Familie, ich will zu meiner Familie.«

»Das hättest du dir vorher überlegen sollen«, pflaumte Gisbert ihn an.

»Gerade jetzt an Weihnachten«, jammerte er weiter. »Mein Gott, es ist Weihnachten.«

»Ist wirklich Weihnachten?«, fragte ich.

In dem Moment hörten wir draußen die Glocken läuten.

»Ja, es stimmt«, jammerte Elmar. »Meine Kinder, meine Kinder.«

»Halt's Maul!«, sagte Gisbert und fügte dann besänftigend hinzu: »Uns geht's doch auch nicht anders.«

Elmar schniefte, wir lagen da und lauschten dem Läuten der Glocken.

»Das sind die Freiheitsglocken«, sagte Gisbert, »die läuten nur für uns.«

Ohne Gisbert wären wir vielleicht durchgedreht. Weihnachten verging, dann kam Silvester und der Januar. Ein neues Jahr begann. Und wir lagen da, stumm und steif, tagein, tagaus und konnten uns allmählich nicht mehr ertragen, nicht mehr riechen. Die Enge war schlimmer als die Einsamkeit zuvor. Die Geräusche machten mir keine Angst mehr, sie machten mich wütend. Ich hörte kein Klopfen mehr, ich hörte es nur noch schnarchen und sabbern und rülpsen und furzen und atmen. Der Gestank wurde unausstehlich, manchmal glaubte ich fast zu ersticken. Aber was sollten wir tun? Es gab keinen

Hofgang mehr, keine frische Luft, keine Bewegung. Wir lagen bloß da und warteten.

Ende Januar musste ich vor die Zellentür treten. Man legte mir Handschellen an und führte mich hinaus in den Hof zu einem Gefangenentransporter. Gierig atmete ich die kalte Luft ein. In einer finsteren Zelle wurde ich zum Bahnhof Lichtenberg gefahren. Ich wusste immer noch nicht, wo in Berlin ich gewesen war, in welchem Gefängnis man mich verhört hatte. Am Bahnsteig wartete ein Zug. Die Fahrt in der Blechkabine dauerte bestimmt zwei Stunden, wenn nicht länger. Unterwegs fiel mir ein, dass ich um diese Zeit Geburtstag hatte. Vielleicht genau an diesem Tag, ich wusste es nicht. An einem verlassenen Bahnhof wurde ich aus dem Waggon gezerrt und in einen abgedunkelten Kleinbus verfrachtet. Wenige Minuten später musste ich auf einem Gefängnishof aussteigen. Ich hatte keine Ahnung, wo ich war, und ich hatte den Überblick verloren, im wievielten Gefängnis ich angekommen war. Ich musste mich ausziehen. Mittlerweile kannte ich die Prozedur schon und wusste, was ich zu tun hatte. Danach wurde ich in eine Zelle gebracht, die nicht größer war als die Zelle zuvor, doch ich hatte sie für mich allein. Ich hatte den Kübel für mich allein, ich hatte die Pritsche für mich allein. Was mir noch vor Wochen wie ein enger Käfig erschienen war, kam mir nun vor wie der reinste Luxus. Ich hatte mich von Elmar und Gisbert nicht verabschieden können, das tat mir jetzt leid, denn unsere Situation war nicht ihre Schuld gewesen, aber ich war froh, wieder ohne sie zu sein. Die Tage gingen dahin, eine Woche, zwei Wochen, und es geschah nichts. Keine Verhöre, keine Gespräche, keine Mitteilungen, nichts.

Eines Morgens bekam ich meine Zivilkleidung ausgehändigt, die Caritas-Klamotten, die ausgeleierte Hose meines Vaters.

Ich fragte mich, ob sie mir die ganze Zeit nachgereist waren oder ob man sie eingelagert hatte, dort, wo ich sie abgegeben hatte. Wo war das gewesen? Ich hatte es vergessen. Egal. Denn nun ahnte ich, dass etwas passieren würde. Nach einer kurzen Fahrt in einem Gefangenentransporter kam ich in ein anderes Gefängnis. Ich saß in einer Zelle, eine Stunde, zwei Stunden, drei Stunden. Ich wartete. Aber ich verspürte eine gewisse Erleichterung: Gleich geht es weiter, gleich wird eine Entscheidung getroffen. Natürlich werde ich bestraft, dachte ich, na klar, das ist nicht zu ändern, aber so hoch wird die Strafe nicht ausfallen, oder? Nein, bestimmt nicht, ich hatte alles zugegeben und Reue gezeigt, so viele Male. Und ich war ja schon seit Monaten in Haft.

Schließlich wurde ich von zwei Wachleuten mit Handschellen vom Gefängnishof über die Straße eskortiert. Ein eisiger Wind wehte. Ich sah, dass ich in einer Stadt war, doch wir begegneten keiner Seele. Auch im Gerichtsgebäude, das wir dann betraten, war offenbar niemand. Als wir nach einem ewigen Gang über leere Treppen und durch verwaiste Korridore den Verhandlungssaal erreichten, hielt ich erschrocken inne.

Der Saal war brechend voll, jeder Platz schien besetzt zu sein, unzählige Leute saßen dort. Mit einem Mal sah ich mich einer ungeheuren Menschenmenge ausgesetzt. Jeder starrte mich an, manche tuschelten. Waren die alle meinetwegen hier? Mir blieb die Luft weg, mir schlotterten die Knie. Ich wurde auf eine Anklagebank geführt und wusste nicht, wohin mit meinen Blicken. Zuerst hatte ich nur Uniformen gesehen und kein einzelnes Gesicht erkannt, doch nun sah ich, dass offenbar die gesamte Kompanie aus Pabstorf im Saal saß. Da waren die drei Grenzer, mit denen ich meine letzte Patrouille gegangen war. Da saß Fritz, der mich zur Tanzgruppe begleitet hatte. In der dritten Reihe erkannte ich Gerlinde neben ihrer Mutter. Sie waren tatsächlich alle meinetwegen hier! Es war zu viel für mich. Ich legte den Kopf in die Hände und schaute zu Boden.

Dann wurde es totenstill im Saal. Die Wärter gaben mir ein Zeichen: aufstehen! Wenn ich mich nicht am Geländer der Anklagebank festgehalten hätte, wäre ich auf der Stelle umgekippt. Der Richter trat ein, gefolgt von einem weiteren Mann in Robe und einem anderen in Uniform, auch zwei Zivilisten kamen, ein Mann und eine ältere Frau. Während die Hereinkommenden ihre Plätze einnahmen und das Publikum sich setzen durfte, musste ich stehen bleiben. Mir wurde schwindlig, deshalb verstand ich nicht alles, was dann geschah oder gesagt wurde. Die Worte schwappten wie eine Welle über mich, mein Blick verschwamm. Nach einer Weile spürte ich einen Stoß in die Seite. Einer der Wärter deutete mit einer Kopfbewegung zum Richter. Ich schaute hinüber. Der Richter wollte meine Personalien wissen.

Ich zitterte am ganzen Leib, mir klapperten die Zähne.

»Lauter«, forderte der Richter.

Noch einmal sagte ich meinen Namen, mein Geburtsdatum und meinen Geburtsort.

»Sie haben keinen Schulabschluss und keine Berufsausbildung, ist das richtig?«

Ich nickte.

»Ich habe Sie nicht verstanden.«

»Ja.«

»In vollständigen Sätzen, bitte!«

»Ich habe keinen Schulabschluss und keine Berufsausbildung«, sagte ich.

Der Richter schaute in seine Unterlagen.

»Ledig, keine Kinder, zuletzt wohnhaft gewesen in Braunschweig, deutscher Staatsangehöriger, seit dem 20. Januar erst Anwärter und dann Soldat der Deutschen Grenzpolizei, laut Strafregisterauszug nicht vorbestraft, gemäß Haftbefehl seit dem 28. September in Untersuchungshaft, zurzeit in der Untersuchungshaftanstalt des Ministeriums für Staatssicherheit, Magdeburg. Ist das so weit richtig?«

Ich hörte zum ersten Mal, dass ich in Magdeburg war.

»Ja«, sagte ich. »Ja, das ist richtig.«

»Angeklagter, Ihnen wird zur Last gelegt, die Grundlagen sowie die Kampfkraft der bewaffneten Organe der Deutschen Demokratischen Republik angegriffen und sabotiert zu haben«, fuhr er fort. Er hatte sich eine schmale Brille aufgesetzt und las von einem Papier ab. »Sie wurden während Ihres Grenzdienstes im Bereich der Dienststelle Pabstorf nach der Westzone fahnenflüchtig. Beim westlichen Zoll in Jerxheim sowie einer ausländischen Spionagedienststelle in Uelzen verrieten Sie geheim zu haltende Tatsachen der Deutschen Grenzpolizei. Sie machten Angaben über die Struktur, Bewaffnung, Stärke, pioniermäßige Ausrüstung und Maßnahmen der Grenzsicherung der Dienststelle Pabstorf. Weiter verrieten Sie die Lage, Bewaffnung, den Fahrzeugbestand und die gesamten Ausbildungsfächer von der Dienststelle Barneberg. Als Beweismittel liegen Ihre Einlassungen nach Vernehmung durch die Staatssicherheit vor, ferner die Aussagen einzelner Mitglieder der Dienststelle Pabstorf.« Er wandte sich an mich. »Haben Sie etwas dazu zu sagen?«

Ich hatte kaum eines seiner Worte richtig verstanden.

»Nein«, sagte ich.

Der Richter schob seine Unterlagen zur Seite und nahm die Brille ab.

»Ich erteile dem Herrn Militärstaatsanwalt das Wort.«

Der Uniformierte auf der Bank links vom Richter stand auf und schaute eine Weile stumm in den Saal, ehe er zu sprechen begann.

»Die Deutsche Grenzpolizei steht in schwerem, aufopferungsvollem Dienst unmittelbar dem Feind gegenüber«, sagte er dann. »Die Stärke und die Entschlossenheit unserer bewaffneten Organe sind dem Feind bekannt. Er unternimmt deshalb alles, um unsere Kampfkraft und Einsatzbereitschaft zu schwächen, wo und wie er nur kann. Vielfältige und hinterlistige Methoden werden angewandt, um Angehörige der Deutschen Grenzpolizei abzuwerben und sie zum Verrat zu bewegen.« Der Staatsanwalt hielt inne und deutete mit einer Hand auf mich. »Nicht selten gibt es aber auch Individuen, die aus reiner Abenteuerlust oder purer Geltungssucht zum Klassenfeind überlaufen und sich dann als Verräter anbiedern, um persönliche Vorteile zu erlangen oder ihre eigene Schwäche zu kaschieren. Diese Diversanten fallen damit unserer Gesellschaft in den Rücken und gefährden die sozialistische Entwicklung und den Frieden unseres Landes, ja sie gefährden das gesamte Volk der Deutschen Demokratischen Republik, Sie und mich, jeden Einzelnen von uns, jeden friedliebenden Bürger.« Der Staatsanwalt machte eine Pause, sah mich kurz an und wandte sich dann wieder ans Publikum. »Unsere dringendste Aufgabe ist es daher, diese Gefahren abzuwenden, den verräterischen Umtrieben Einhalt zu gebieten und jeden Staatsfeind seiner gerechten Strafe zuzuführen.«

Jeder im Saal glotzte mich an. Ich schämte mich in Grund und Boden. Ich musste aufs Klo. Ich wusste nicht, wohin mit mir. Als ich sah, dass Gerlinde weinte und neben ihrer Mutter in ein Taschentuch schniefte, hätte ich selbst fast losgeheult. Ich wollte, dass es vorbei war. Ich wollte raus aus diesem Saal.

Doch nun verlas der Staatsanwalt die Protokolle der Befragungen der Grenzkollegen, die mit mir Streife gegangen waren. Lang und breit erklärten diese, nichts von meinen Fluchtplänen gewusst und auch nichts von meinem Vorhaben geahnt zu haben. Ich hätte sie arglistig getäuscht und in lebensbedrohliche Gefahr gebracht. Laut ihrer Aussage hatte ich bei meiner

Flucht fünfundsiebzig Schuss Munition und die Waffe mitgenommen. Man bezichtigte mich, Volkseigentum entwendet zu haben, um es dem Feind zuzuführen. Nachdem die Aussagen verlesen waren, fragte mich niemand, was ich zu diesen Anschuldigungen zu sagen hätte.

Gleich darauf wurden der Kompaniechef von Pabstorf und der Politoffizier, der mich festgenommen hatte, als Zeugen aufgerufen. Beide blickten nicht ein einziges Mal in meine Richtung. Sie bestätigten die Aussagen der Grenzkollegen: Ein Karabiner und fünfundsiebzig Schuss Munition waren am Morgen meiner Flucht verschwunden. Wer außer mir hätte sie entwenden sollen? Beide stellten mich als aufsässigen und unzuverlässigen Kerl dar. Der Kompaniechef erzählte, wie ich bei der Wache meinen Posten verlassen hatte. Mit meiner Flucht sei ich einem Disziplinarverfahren zuvorgekommen. Der kleine Politoffizier berichtete, ich sei bereits während der Ausbildung in Barneberg unangenehm aufgefallen und ständig abgestraft worden. Ich hätte keinerlei Druck ausgehalten und wäre jeder Verantwortung aus dem Wege gegangen. Ich sei ein Unruhestifter und Störer gewesen. Er hätte schon vor meiner Flucht Aktennotizen über mich angefertigt. An mich selbst hatte der Staatsanwalt keine Fragen. Es war mir egal, ich hoffte nur, dass nun alles vorbei war und ich endlich aufs Klo gehen konnte.

Zunächst jedoch erhielt ein Mann in Robe das Wort. Ich erinnerte mich, dass er gemeinsam mit dem Richter in den Saal gekommen war. Bisher hatte er noch keinen Ton von sich gegeben. Vielleicht hatte ich zu Beginn der Verhandlung etwas verpasst, denn als der Richter jetzt sagte, dieser Mann sei mein Pflichtverteidiger, war ich überrascht. Ich hatte zuvor noch nie mit der Justiz zu tun gehabt und keine Ahnung von diesen Dingen, aber ich hatte angenommen, dass ein Verteidiger, auch ein Pflichtverteidiger, vor der Verhandlung mit dem Angeklagten sprach. Jedenfalls hatte ich diesen Mann noch nie gesehen. Er raffte ein paar Papiere zusammen, stand auf, ging am Richter und den Beisitzern vorbei und blieb vor mir stehen. Ein älterer, rundlicher Herr mit grauen Schläfen. Er betrachtete mich einen Moment, nicht unfreundlich. Dann sprach er mich mit meinem Namen an. Vielleicht meint er es gut, vielleicht weiß er, was er tut, dachte ich und nahm noch einmal alle Kraft zusammen.

»Sie haben keinen Schulabschluss«, begann er.

Ich schüttelte den Kopf. »Nein.«

»Trotzdem haben Sie eine Anstellung als Hilfsarbeiter im Buna-Werk bekommen.«

»Ja.«

»Dann sind Sie zu den bewaffneten Organen delegiert worden.«

»Ja.«

»Dort haben Sie einen Eid unterschrieben, richtig?«

»Ja.«

Mein Verteidiger schaute in seine Papiere und las aus dem Eid vor. Wo führt das hin?, fragte ich mich.

»Haben Sie diesen Eid unterschrieben?«

»Ja.«

»Der Staat hat Ihnen also alle Möglichkeiten geboten«, sagte er schließlich. »Sie bekamen ohne Schulabschluss eine Arbeitsstelle. Sie waren nur Hilfsarbeiter, aber man delegierte Sie zu den bewaffneten Organen.«

»Ja«, sagte ich. »Und dafür bin ich auch dankbar.«

»Dankbar?« Mein Verteidiger schnaubte. Er drehte sich in Richtung des Publikums. »Sie desertieren und verraten das Land, das es nur gut mit Ihnen gemeint und alles für Sie getan hat. Sieht so Ihre Dankbarkeit aus?«

»Nein, nein, das habe ich ja gar nicht gewollt, ich habe doch nur ...«

»Sie haben Ihre Kameraden im Stich gelassen.« Jetzt schrie er beinahe. »Sie haben Volkseigentum entwendet. Sie haben den Eid gebrochen, den Sie unterschrieben haben.«

»Es war dumm von mir, ich weiß, ich ....«

»Mit dieser Dummheit haben Sie Ihr ganzes Land und all Ihre Mitbürger in Gefahr gebracht, ist Ihnen das klar?«

»Das bereue ich auch.«

Er wurde wieder leiser und schaute mich ein letztes Mal an. »Ein bisschen spät, oder? Mensch, was haben Sie sich nur dabei gedacht?«

»Nichts.«

Ein Murren ging durch den Saal, mein Verteidiger lachte auf.

»Keine weiteren Fragen«, sagte er dann und ging zurück an seinen Platz.

Der Richter unterbrach die Verhandlung. Er und die Schöffen zogen sich zur Beratung zurück. Ich wurde in einen Nebenraum geführt. Endlich konnte ich die Toilette benutzen, es war höchste Zeit. Danach bekam ich eine kleine Mahlzeit, die ich mit flauem Magen teilnahmslos zu mir nahm, und schon war die Pause vorbei. Zurück im Saal, musste ich wieder stehen bleiben.

»Im Namen des Volkes«, sagte der Richter. »Der I. Strafsenat des Bezirksgerichts in Magdeburg hat in seiner Sitzung heute für Recht erkannt: Der Angeklagte wird gemäß § 14 StEG wegen Spionage sowie gemäß § 33 Absatz 1 StEG wegen Fahnenflucht zu einer Gesamtstrafe von vier Jahren und drei Monaten Zuchthaus verurteilt. Auf die erkannte Freiheitsstrafe wird die Untersuchungshaft angerechnet. Die Auslagen des Verfahrens trägt der Angeklagte.«

Der Boden unter meinen Füßen schien flüssig geworden zu sein. Eine Wiese, die überschwemmt wurde. Ich auf einem Floß, das abtrieb. In einem Kanu, das kenterte. Ein Rauschen im Kopf. Ich wankte, die Knie knickten mir weg. Die Wachleute zogen mich hoch, sie hielten mich fest. Sie schüttelten mich.

»Nehmen Sie das Urteil an?«, hörte ich den Richter fragen.

»Ich nehme das Urteil an«, hörte ich mich sagen.

Die Wachmänner schleppten mich in den Nebenraum und nahmen mir die Handschellen ab. Ich sackte auf einen Schemel und guckte auf meine schäbige Hose, bis sich der alte Stoff vor meinen Augen aufzulösen schien. Dann trat ein Uniformierter ein und legte mir ein Dokument vor. Er klappte die Papiere so auf, dass ich kein Wort lesen konnte, und drückte mir einen Stift in die zitternde Hand.

»Unterschreiben Sie!«

Ich unterschrieb.

11

Die Wachleute führten mich durch die endlosen Gänge und dann über die Straße zurück ins Gefängnis. In der Effektenkammer musste ich mich ausziehen. Vaters Hose und die Caritas-Klamotten wurden wieder einkassiert.

»Vorne hochheben!« – »Umdrehen!« – »Bücken!« – »Hinten auseinanderziehen!« – »Ankleiden!« Ich bekam eine Gefängnismontur, dunkelblau mit breiten, gelben Streifen auf den Ärmeln und den Hosenbeinen. Außerdem wurden mir Kopfkissen, Handtuch, Zahnbecher, Zahnbürste, Seife, Blechbecher, Blechnapf und Besteck ausgehändigt. Ich zog Hose und Jacke an und musste mir zeigen lassen, wie man alles aufeinanderstapelte, ohne dass ein Teil herunterfiel. Für die Sachen, die ich abgegeben hatte, und für die, die ich erhalten hatte, gab es jeweils ein Formular mit Datum und dem Hinweis: *Strafvollzugsanstalt Magdeburg-Sudenburg*. Seit einer Ewigkeit wusste ich zum ersten Mal wieder mit Sicherheit, wo ich mich befand. Und welcher Tag war. Ich sollte beide Formulare unterschreiben. Meine Hand zitterte nicht mehr ganz so stark.

Von der Effektenkammer wurde ich direkt in eine große Zelle geführt. Mindestens zwölf Augenpaare musterten mich, als ich mit meinem Paket hereinkam. Alle Pritschen waren bereits belegt, die Zelle war überfüllt. An der Wand lagen Strohsäcke, von denen durfte ich mir einen nehmen. Links vor der Tür standen sechs Kübel aufgereiht, die morgens vor dem Frühstück von den Neuankömmlingen geleert werden mussten. Dreimal am Tag teilten die Kalfaktoren Essen aus. Manchmal wurde jemand rausgeführt, manchmal kam ein Neuer rein. Es war eine Nichtarbeiterzelle, in der nur frisch Verurteilte lagen. Und ich lag tatsächlich die meiste Zeit auf dem nur mit Spreu gefüllten Sack und starrte die Decke an. Die Risse im Putz verliefen in unzähligen Bahnen und verloren sich im Nirgendwo.

Nach all der Reue, die ich gezeigt hatte, nach allen Geständnissen, die ich abgegeben hatte, und nach allen Versprechungen, die man mir gemacht hatte, war ich von etwa zwei Jahren ausgegangen. Maximal. Die tatsächliche Strafe kam mir unfassbar hoch vor. Vier Jahre! Drei Monate! Eine schier endlose Zeit. Doch in dieser Zelle erfuhr ich bald, dass die meisten Häftlinge für ähnliche Delikte sogar sechs Jahre bekommen hatten, acht Jahre, zwölf Jahre. Mit vier Jahren kamen offenbar nur kleine Fische wie ich davon. Dummheit muss eben bestraft werden, dämmerte mir, je länger ich da lag. Viele hatte es schlimmer getroffen.

Auf dem Strohsack neben mir kauerte ein Bauer aus der Altmark. Er hatte sich geweigert, seinen über Generationen von der Familie bewirtschafteten Hof verstaatlichen zu lassen, er wollte sich partout nicht in die landwirtschaftliche Produktionsgenossenschaft eingliedern lassen. Man hatte ihn verhaftet, er hatte viereinhalb Jahre Zuchthaus bekommen und war zwangsenteignet worden. Nachts wimmerte der blonde Hüne vor Zahnschmerzen, seine Wange war stark angeschwollen, die Stelle im Mund vereitert.

Nach ungefähr vierzehn Tagen kam ein Wachmann in die Zelle und schaute in die Runde.

»Wir suchen Schweißer«, sagte er.

Es war wie ein Aufruf aus der Vergangenheit. Nach zwei Wochen Dämmerzustand war ich sofort hellwach und meldete mich. Ich war der Einzige.

»Aufstehen«, sagte der Mann und wandte sich an die anderen. »Ist jemand Dreher oder Schlosser?«

Zwei Häftlinge meldeten sich.

»Aufstehen«, wiederholte er. »Mitkommen.«

Er führte uns durch den Flur raus in den Hof. Das Gefängnis war mit bestimmt acht Meter hohen Mauern gesichert, ich sah drei Wachtürme. Wir kamen in einen Zwischenhof, in dem Rohre und Metallteile lagerten und der an drei Seiten von massiven Baracken umgeben war. In eine davon führte uns der Wachmann. Es war eine Metallwerkstatt mit Werkbänken, mit Drehmaschinen und Fräsen und anderen Werkzeugen. Der Geruch war mir vertraut, er erinnerte mich an verlorengeglaubte Zeiten. Ganz am Ende der Werkstatt befand sich hinter einer Glaswand die Schweißerkabine. Davor warteten ein weiterer Wächter und zwei ältere Männer in blauen Arbeitskitteln. Einer von ihnen wollte meinen Namen wissen. Ich antwortete.

»Sie sind Schweißer?«, fragte er.

»Ja«, sagte ich.

»Haben Sie auch Erfahrung mit Elektroschweißen?«

»Nein, ich habe nur autogenes Schweißen gelernt.«

Er schüttelte den Kopf.

»Nee, dann nicht«, murmelte er enttäuscht.

Ich sollte wieder gehen und draußen warten. Nachdem man die beiden anderen Häftlinge befragt hatte, winkte mich der Wachmann noch mal in die Kabine.

»Wie alt sind Sie?«, wollten die Männer nun wissen.

»Neunzehn.«

»In Ordnung.«

Mir war nicht klar, was sie damit meinten. Denn während die anderen beiden Häftlinge als Dreher eingestellt wurden, brachte man mich wieder zurück in die Nichtarbeiterzelle. Betrübt legte ich mich auf meinen Strohsack.

»Wie war's?«, fragte der Bauer aus der Altmark.

»Die haben mich nicht genommen«, sagte ich. »Sie suchen Elektroschweißer, ich hab aber nur eine Ausbildung in Gasschweißen.«

Er schaute mich mitfühlend an und drehte sich auf die Seite. Seine Wange war immer noch stark geschwollen.

Kurze Zeit später ging die Tür auf und der Wachmann kam erneut herein.

»Sachen zusammenpacken!«, befahl er mir.

Ich nahm mein Kopfkissen und das Handtuch, stellte den Napf obendrauf und legte Becher, Besteck, Zahnbürste und Seife hinein.

»Mitkommen!«

Der Wächter brachte mich zwei Etagen höher und führte mich vor eine geschlossene Zellentür.

»Hier warten!«

Er verschwand wieder nach unten in seine Abteilung. Ich stand da mit meinem Paket, wartete und fragte mich, was ich tun sollte. Es war totenstill. Verstohlen schaute ich den Gang entlang. Am Ende war ein Raum mit großen Glasfenstern. Darin saßen mehrere Gefängnisaufseher und beobachteten von dort aus ihre Abteilung. Sie sahen mich, aber keiner rührte sich. Erst nach einer Ewigkeit kam einer von ihnen angeschlendert und schloss die Zelle auf. Niemand war drinnen.

»Sie sehen ja, was belegt ist und was frei ist«, sagte der Mann, ging hinaus und schloss mich ein

In der Zelle stand ein Etagenbett, dahinter ein Einzelbett. Das Etagenbett war frei, das Einzelbett belegt. Links war ein Klapptisch an der Wand, drei Stühle standen davor. Richtige Stühle, mit Lehnen. Über dem Tisch hing ein Regal, in der Ecke der Kübel. Ich legte meine Sachen auf die untere Matratze des Etagenbetts, setzte mich hin, stand wieder auf. Ich lief etwa drei Meter in die eine Richtung, drei Meter zurück, hin und her. Am späten Nachmittag hörte ich Stimmen und Schritte auf dem Gang. Ratsch, ratsch, ratsch, die Tür ging auf. Sofort stand ich stramm, so viel hatte ich mittlerweile gelernt: nicht mucken, strammstehen. Ein älterer Mann kam herein, die Tür fiel zu und wurde verschlossen. Er blieb vor mir stehen und musterte mich.

»Du bist also der neue Schweißer«, sagte er nach einem Moment.

»Ich weiß nicht«, sagte ich, »mir hat keiner was gesagt.«

»Doch«, sagte er, »du sollst der neue Schweißer sein. Dich nehmen sie, dich bilden sie aus, weil du noch jung bist. Das hat der Meister vom Betrieb veranlasst. Die übernehmen das.«

Er setzte sich an den Tisch, streckte die Beine aus und zeigte mit dem Finger auf mich.

»Aber eins sag ich dir gleich: Da steht der Kübel, das ist deine Aufgabe. Den Tisch abräumen, das ist deine Aufgabe. Die Betten, auch meins, die machst du. Und wenn wir schon zusammen in einen Kübel scheißen, kannste auch du zu mir sagen. Ich bin der Dieter.«

Dieter saß schon eine ganze Weile im Gefängnis, er hatte zwölf Jahre gekriegt. Er behauptete, er habe Doppelspionage betrieben, mit Einzelheiten wollte er jedoch nicht rausrücken. Mir kam das unwahrscheinlich vor, und da er sonst mit nichts hinterm Berg hielt, hatte ich Zweifel an seiner Geschichte. Andererseits hatte ich bereits gelernt, dass alles möglich war. In einer Sache behielt er tatsächlich recht: Ich wurde der neue Schweißer. Dieter arbeitete selbst als Schweißer in der Gefängniswerkstatt, deshalb hatte er es als Erster erfahren. Die beiden Männer, die mich befragt hatten, waren keine Häftlinge, sondern Meister vom Schwermaschinenbau »Ernst Thälmann« in Magdeburg. Am nächsten Morgen statteten sie mich mit anständiger Arbeitskleidung aus dem volkseigenen Betrieb aus und gaben mir Werkstücke mit Gussschäden, an denen ich das

Elektroschweißen lernen sollte. Obwohl dieses Verfahren neu für mich war, fiel es mir leicht. Ich merkte schnell, dass ich von den Grundlagen des Schweißens nichts verlernt hatte. Viel Zeit zum Üben blieb mir nicht, denn Dieter und ich waren die einzigen Schweißer, und die Produktion im Betrieb wartete auf unsere Arbeit.

Nach wenigen Tagen war ich in den Schichtalltag eingebunden. Hauptsächlich mussten wir Dichtringe aus Edelstahl in Dichtungssitze für Großventile einschweißen, die später von den Drehern und Fräsern weiterverarbeitet wurden. Wir arbeiteten im Akkord, Stück für Stück, Schweißnaht an Schweißnaht. In der abgeschlossenen Kabine brutzelte und fauchte und rauchte es ohne Unterlass. Ich rackerte wie ein Blöder, manchmal musste man mir zur Pause den Elektrodenhalter regelrecht aus der Hand reißen, sonst hätte ich weitergemacht bis zum Umfallen. Wenn der Wachmann gute Laune hatte, durften wir zum Frühstück oder Mittag ein paar Minuten auf den Hof, um frische Luft zu schnappen. Meist saß ich nur da und starrte auf die Mauer, bis ich glaubte, ich hätte einen Knick in der Optik. Aber eines Tages merkte ich, dass der Knick nicht in meiner Optik war, sondern in der Mauer. Wenn man genau hinschaute, sah man, dass die Mauer nicht ganz gerade verlief und sich an einer Stelle ein gutes Stück weit nach außen wölbte. Ich schaute erst links und dann rechts hoch zu den Wachtürmen und zurück zum Knick in der Wand. Er lag im toten Winkel. Wer genau im Knick stand, konnte von den Aufpassern im Turm nicht gesehen werden. Mein Blick wanderte die Mauer hinauf. Acht Meter, mindestens. Als ich eine Hand auf der Schulter spürte, wäre ich fast von der Bank gekippt. Dieter stand hinter mir und deutete mit dem Daumen hinter sich Richtung Werkhalle. Ich schüttelte mich, stand auf und ging zurück an die Arbeit.

Jeden Abend fiel ich erschöpft ins Bett, früh am nächsten Morgen ging es weiter. Von Tag zu Tag fiel es mir schwerer. Die Lüftung in der Schweißkabine war defekt, der Qualm und die Dämpfe zogen nicht richtig ab, ich bekam kaum Luft. Doch es ging stetig weiter, im Hof lagen stapelweise Einzelteile, die wir zu verschweißen hatten. Es war eine schmutzige Arbeit, schlimmer war es nur für die Putzer, die die Gussteile mit Presslufthämmern, Schleifgeräten und Bürsten reinigten. Aber es war auch die Arbeit, die am besten bezahlt wurde. Ich hatte nicht gewusst, dass man auch im Zuchthaus Geld verdienen konnte, doch am Ende des Monats wurden mir 35 Mark für den Eigenbedarf ausgehändigt. Bestimmte Sachen konnte man offiziell einkaufen, zum Beispiel einen Ring Bratwurst pro Monat. Eine willkommene Abwechslung zu der üblichen Kost, denn mittags gab es entweder einen verklebten Klotz Makkaroni unter einer fetten, roten Soße oder sogenannte Ochsenaugen, dicke, völlig verkochte Graupen, in die man eklig-süßes Birnenkompott gerührt hatte. Ich aß diesen Fraß nur, um satt zu werden. Ich nahm kein Gramm zu und fühlte mich von Tag zu Tag schwächer. Als ich nach meinem ersten Einkauf in der Zelle an meiner Wurst knabberte, schiss Dieter mich zusammen.

»Wieso hast du keine Zigaretten gekauft, Junge?«, wollte er wissen.

»Weil ich nicht rauche«, sagte ich.

Er verdrehte die Augen.

»Leck mich am Arsch, Mann. Ich rauche aber.« Er sah mich an und schüttelte den Kopf. »Komm«, sagte er dann, »setz dich her, ich erklär es dir.«

Ich setzte mich zu ihm mit meiner Wurst in der Hand.

»Jeder darf sich nur eine Bratwurst und ein bestimmtes Quantum an Zigaretten im Monat kaufen«, erklärte Dieter. »Eine Bratwurst hast du doch im Nu aufgefressen, wenn ich dich so angucke. Meine Kippen halten auch nicht lange. Also kaufst du Zigaretten ein und gibst sie mir, dafür bekommst du von mir eine zusätzliche Wurst. Kauf auf jeden Fall so viel Kippen, wie du darfst, denn dafür kriegst du alles. Hast du dich mal umgeschaut? Jeder qualmt hier und würde für eine Zigarette alles machen. Und du brauchst auf jeden Fall was auf die Rippen, sonst machst du bald schlapp. Kapiert?«

Nach etwa einem halben Jahr bekamen Dieter und ich einen Zellengenossen, einen ausgebildeten Schweißer. Eine Zeitlang arbeiteten wir abwechselnd in drei Schichten im Akkord, dann brauchte man mich nicht mehr. Wir hatten fast alle Teile aus dem Hof abgearbeitet, und viel Nachschub gab es zu der Zeit nicht. Es war höchste Eisenbahn, dass ich aus der Schweißerkabine kam, denn ich konnte die Dämpfe und den Qualm nicht länger vertragen. Ich wurde zu den Drehern versetzt, bei denen stapelten sich jetzt die von uns geschweißten Gussteile. Meine Aufgabe war es, eine halbautomatische Revolverdrehmaschine zu bedienen, die mit mehreren Bohrern bestückt war. Dafür bedurfte es keiner Einarbeitung. Ich musste die Ventilkörper einspannen und die erste Bohrung durchführen, dann mit dem Hebel den zweiten Bohrer in Position drehen, wieder bohren, Hebel drehen, bohren. Nach vier Durchgängen kam das nächste Werkstück dran. Die Arbeit war genauso eintönig wie das Schweißen, aber weniger schmutzig und gefährlich.

Außerdem wurde ich verlegt. Meine neuen Zellengenossen waren wie ich an der Drehbank beschäftigt. Ewald war ein kleiner, schmaler, alter Mann und ein Kommunistenhasser. Er hatte in Magdeburg bei der Bahn gearbeitet und gemeinsam mit seinem Sohn die Truppenbewegungen am Bahnhof an den Westen verraten. Wegen Spionage musste er zwölf Jahre absitzen, sein Sohn hatte acht gekriegt. Der saß auch in Sudenburg ein, aber in einer anderen Abteilung. Manchmal sahen sich

Vater und Sohn von weitem im Hof. Ewald teilte sich ein Etagenbett mit Toni, der war Lehrer gewesen. Er hatte sich mit einem minderjährigen Mädchen eingelassen und dafür zweieinhalb Jahre bekommen, obwohl er behauptete, sie wäre schon vierzehn gewesen. Im Bett über mir lag Heiner Lehmann, ein ehemaliger Büroangestellter bei den Verkehrsbetrieben von Haltersleben. Er saß auch zwölf Jahre wegen Spionage ab, äußerte sich jedoch nie über seine Tat. Dabei war er sonst ein geselliger, feiner Kerl, der mir das Schachspiel beibrachte. Die Figuren hatte er eigenhändig aus Materialresten in der Werkstatt gebastelt.

An der Bank neben mir arbeitete der dicke Ekki, ein Feuerwehrmann aus der Nähe von Gommern, der zwölf Häuser und Scheunen angesteckt hatte. Er sagte mir, er würde sich dafür furchtbar schämen, könnte aber nicht versprechen, dass er, wenn er wieder Feuerwehrmann wäre, es nie wieder tun würde. Außerdem gab es noch Atze aus Leuna, der Einzige in der Werkstatt, der ungefähr in meinem Alter war. Wie ich war er bei der Grenzpolizei gewesen, doch nicht als Soldat, sondern als Furier in der Kompanieküche. Atze war, und das erzählte er trotz der Warnungen der Älteren bei jeder Gelegenheit, eines Morgens nach dem Frühstück in der Küche auf einen Stuhl geklettert und hatte ein Glas Milch auf den Fliesenboden ausgekippt und gesagt: Das ist der Kommunismus. Dann war er vom Stuhl gestiegen, hatte einen Eimer voll Wasser geholt und das Wasser über die Milch geschüttet: Und so wird ihn der Kapitalismus auffressen. Er lachte sich noch im Gefängnis tot darüber, obwohl er für seine kleine Aufführung in der Küche seiner Kompanie vier Jahre Zuchthaus wegen Boykotthetze bekommen hatte.

Kurz vor Weihnachten erhielt ich ein Paket. Es war meine erste Post im Gefängnis. Wie lange hatte ich auf einen Brief von

Gerlinde gewartet. Ständig sah ich sie vor mir, im Gerichtssaal, weinend, in ihrem Wohnzimmer, weinend, immer weinend. Manche Häftlinge hatten Fotografien ihrer Liebsten, ich sah ihr Bild nur im Geiste vor mir. Es musste doch eine Bedeutung haben, dass ich zu ihr zurückgekehrt und dass sie zu meinem Prozess gekommen war. Meine Sehnsucht nach Gerlinde wollte nicht verschwinden, sie wurde nur größer, je länger ich einsaß und nichts von ihr hörte.

Doch das Paket, das ich jetzt in den Händen hielt, war von meiner Mutter. Natürlich hatte sie, ob nun durch meine Kompanie oder die Behörden oder das Gefängnis, erfahren, was ich getan hatte. In dem Paket waren ein Paar warme Socken und eine Garnitur Unterwäsche, dazu eine Wurst, eine Kuba-Orange und ein paar Kekse, die ich gleich unter den Zellengenossen verteilte. Zwischen diesen Gaben lag ein gefalteter Brief mit wenigen, knappen Sätzen. Ihr war das Schreiben nie leichtgefallen, außerdem schämte sie sich dafür, nur Sütterlin gelernt zu haben. Ich hatte immer Schwierigkeiten gehabt, ihre Handschrift zu lesen, und jetzt, mit Tränen in den Augen, die einfach gekommen waren, konnte ich gar nichts mehr entziffern. Verschämt wischte ich die Tränen weg und bat Heiner Lehmann um Hilfe, er hatte schließlich in einem Büro gearbeitet und kannte sich mit Schriften aus. Heiner las den Brief und fasste mir die Zeilen leise zusammen, damit die anderen es nicht hörten.

»Also, das kann man wirklich schwer lesen«, flüsterte er. »Deine Mutter schickt dir jedenfalls Weihnachtsgrüße. Sie hofft, die Socken passen und dass du gesund bist. Viele Freunde haben nach dir gefragt. Ein Hans Walldorf war bei ihr und hat sich nach dir erkundigt. Er lässt schön grüßen und will dir auch bald schreiben.«

Heiner hielt inne.

»Was ist?«, fragte ich.

»Hast du einen Opa August?«

»Ja.«

»Dein Großvater ist am 24. Oktober verstorben. Hier steht: ›Er ist einfach umgefallen und nicht wieder aufgestanden. Wir haben ihn auf dem neuen Friedhof begraben. Es waren viele Leute aus dem Dorf da.‹« Heiner sah mich an. »Das tut mir leid, Meiner. Er war wahrscheinlich schon sehr alt, oder?«

»Wahrscheinlich«, sagte ich.

Ich wusste es nicht genau. Ich sah ihn noch auf seinem Fahrrad, auf dem Feld bei der Ernte, im Garten beim Holzhacken, auf seinem Platz unter dem Pflaumenbaum. Ständig war er beschäftigt gewesen. Was hätte ich zu Hause ohne ihn gemacht? Nie war mir in den Sinn gekommen, dass er einmal nicht mehr da sein könnte. Opa August ist tot, dachte ich. Es war, als würde die Nachricht ganz langsam einsickern. Und dann tat es mit einem Mal furchtbar weh, dass ich nicht wusste, wie alt er geworden war. Und dass sein Tod schon fast zwei Monate zurücklag. Ich hatte mich nicht einmal von ihm verabschieden, geschweige denn mich erklären können. Er war gestorben im Glauben, dass ich ein Dummkopf war, und im Wissen, dass ich dafür im Gefängnis saß.

»Alles in Ordnung?«, fragte Heiner.

Ich nickte und wischte die Tränen weg.

»Du sollst deiner Mutter keine Sorgen mehr machen«, fuhr Heiner fort. »›Sonst geht hier alles seinen Gang‹, schreibt sie.« Er faltete den Brief zusammen und gab ihn mir zurück.

Nach endlosen Monaten an der Werkbank gab es eines Nachts Alarm. Die Sirene heulte, Hunde bellten, vom Gang her waren hektische Schritte zu hören. Wir lagen in unseren Betten, schauten uns ratlos an und wagten es nicht, auch nur einen Mucks von uns zu geben. Am nächsten Morgen durchsuchte ein Trupp Wachleute die Werkstatt, sie befragten die Meister und verhörten jeden von uns einzeln, ohne dass wir erfuhren, was los gewesen war. Doch nach und nach konnte ich mir zusammenreimen, was den nächtlichen Tumult ausgelöst hatte. Zwei junge Kerle, die in der Schlosserei arbeiteten und die ich nur vom Sehen kannte, hatten sich über einen langen Zeitraum aus Materialresten und kleineren Werkstücken eine Steckleiter gebaut. Bis zu jener Nacht, in der dichter Nebel auch im Gefängnishof stand. Sie hatten die Leiter zusammengesetzt und genau dort angestellt, wo die Mauer einen Knick hatte, im toten Winkel. Der erste war hochgeklettert und rübergesprungen. Vor dem Gefängnis fanden gerade Straßenarbeiten statt, vor der Mauer lag aber kein Haufen Sand, sondern ein Stapel Pflastersteine, und auf den war er aus acht Meter Höhe gesprungen. Er hatte sich beide Beine gebrochen und war schreiend liegen geblieben. Sein Kollege hatte den Fluchtversuch aufgegeben, Alarm war ausgelöst worden. In der Mittagspause sahen wir, dass man ein Drahtseil vor dem Mauerknick gespannt hatte, an dem ein angeketteter Schäferhund entlanglief. Die beiden Schlosser bekamen wir nie wieder zu Gesicht.

Vielleicht lag es an diesem Fluchtversuch, dass im ganzen Gefängnis Umbauten stattfanden. Auch der Trakt, in dem ich untergebracht war, wurde komplett erneuert. Wir Dreher kamen in eine Großzelle für zwölf Mann, auch Atze und Ekki lagen nun mit uns zusammen. Außen standen die Etagenbetten, in der Mitte befand sich ein Aufenthaltsbereich mit zwei Tischen und zwei Waschbecken. Die anderen Insassen waren wegen Körperverletzung oder Diebstahl oder Wirtschaftsdelikten inhaftiert. Ich freundete mich mit einem Zahnarzt an, der eifriger Schachspieler war. Zahni, wie wir ihn riefen, hatte wegen Devisenvergehen vier Jahre Zuchthaus bekommen. Er hatte sich Blattgold im Westen besorgt, manchmal war es ihm auch von Besuchern mitgebracht worden. Er hätte sonst kein Material gehabt, sagte er, er hätte seine Patienten nicht vernünftig behandeln können. Allerdings hatte er das Gold nicht offiziell abgerechnet und so in die eigene Tasche gewirtschaftet. Nachdem seine Geschäfte eine Zeitlang gut gegangen waren, war er aufgeflogen. Als ich zu ihm in die Zelle kam, hatte er den größten Teil seiner Strafe bereits abgesessen.

Ein paar andere Häftlinge waren mit Vorsicht zu genießen. Gleich vom ersten Tag an hatte mich ein Kerl auf dem Kieker, wie ich hörte, ein Zuhälter aus Magdeburg. Keine Ahnung, was er gegen mich hatte, denn ich hatte ihm nichts getan. Wie an jedem Wochenende waren wir alle nach draußen auf den Sportplatz geführt worden. Dort gab es ein Volleyballfeld, und zu meinem Erstaunen erlaubten mir die Wachmänner sogar, für eine Viertelstunde mitzuspielen. Normalerweise mussten ich und ein paar andere zuschauen, wenn gespielt wurde. Erst nach einiger Zeit fiel mir auf, dass die Zuschauer jedes Mal diejenigen waren, die eine Haftstrafe wegen Spionage oder Boykotthetze oder Staatsverleumdung absaßen. Spielen durften nur die Ganoven, die Diebe, Hehler, Zuhälter, Kinderschänder. Beim Spiel hatte mich der Zuhälter aus Magdeburg schon die ganze Zeit finster angeglotzt, so als hätte ich auf dem Feld nichts zu suchen. Ich wollte etwas sagen, doch Zahni, der den Kerl bereits kannte, nahm mich zur Seite und warnte mich: Reagier bloß nicht auf den, der ist nur auf Ärger aus.

Nach dem Sport wurden wir in einen Vorhof geführt, wo ein Haufen Strohballen lagerten, mit denen wir unsere Strohsäcke neu befüllen durften. Wer wochenlang auf Säcken gelegen hatte, auf denen schon unzählige Häftlinge vor ihm gelegen hatten, für den war ein frisch gefüllter Strohsack ein unschätzbarer Luxus. Als ich abends in der Zelle vor dem Waschbecken stand und mich auf mein neues Bett freute, hörte ich den Zuhälter hinter mir.

»Mach Platz da«, knurrte er.

Kaum hatte ich mich umgedreht, verpasste er mir auch schon einen Kinnhaken. Ich knallte gegen die Becken und sackte zu Boden. Sofort schritten Atze, Heiner, Zahni und ein paar andere Zellengenossen ein. Der Kerl war nicht sonderlich beliebt. Er wurde aus der Zelle geholt, wir sahen ihn nie wieder. Keine Ahnung, was er von mir gewollt hatte, aber mein Kopfweh blieb tagelang.

Nach einigen Wochen in der Großzelle kam Zahni zu mir.

»Meiner«, sagte er, »ich komme morgen oder übermorgen auf die Entlasser.«

»Mensch, das freut mich für dich.«

»Danke, wird auch Zeit. Nimm du mein Bett, das geht nur an gute Freunde weiter.«

»Was ist denn das besondere an deinem Bett?«, fragte ich. Er lag oben vor den Glassteinen, aber nachdem wir die Säcke neu gefüllt hatten, war ich ganz zufrieden mit meinem Bett.

»Da kannst du gucken«, sagte er. »Das weiß hier sonst keiner. Früh musst du gucken. Abends geht's auch manchmal, gegen halb fünf.«

»Was gibt es denn da?«

»Wirst du schon sehen«, sagte er und grinste.

Als Zahni am nächsten Tag in den Entlassungstrakt verlegt wurde, packte ich schnell mein Paket und zog auf seine Schlafstelle um. Kurz bevor er sich von mir verabschiedete, hatte er mich in sein großes Geheimnis eingeweiht. Hoch oben an der Wand, genau neben dem Bett, in einer Fuge zwischen den Glassteinen, hatten Generationen von Häftlingen Mörtel und Kitt weggekratzt, hatten dort geritzt und geprokelt, gebohrt und gepfriemelt. So war ein kleines Loch entstanden, fast nur ein Spalt, ein Schlitz, den man nur bemerkte, wenn man davon wusste. Gleich am nächsten Morgen wollte ich wissen, was es zu entdecken gab, und spähte hindurch. Hielt man ein Auge genau vors Loch, konnte man über den Innenhof des Gerichtsgebäudes direkt in das Fenster des Umkleideraums der Büroangestellten gucken. Die Damen fühlten sich dort unbeobachtet beim Umziehen, früh am Morgen vor der Arbeit. In diesem Schlitz sah ich nach über einem Jahr zum ersten Mal wieder eine Frau im Büstenhalter. Mehr ertrug ich beim ersten Mal nicht, das reichte schon aus und sofort durchströmte mich ein Kribbeln bis in die Zehen, ein wohliges und warmes Gefühl, dem ich freien Lauf ließ.

Als wir draußen im Hof beim Frühstück saßen, setzte sich Atze zu mir. Ohne Vorrede wollte er wissen, was es mit Zahnis Bett auf sich hatte.

»Nichts«, log ich. »Was soll sein?«

»Ach komm schon«, sagte er. »Ich hab doch euer Theater gemerkt.« Er schaute sich um und senkte die Stimme. »Rück schon raus mit der Sprache, ich erzähl es auch nicht weiter.«

Ich mochte Atze und wollte ihn nicht belügen. Aber das Geheimnis dieser sagenhaften Schlafstelle durfte ich nicht gleich am ersten Tag verraten. Das war ich Zahni schuldig. Und mir auch.

»Pass auf«, sagte ich ihm. »Sollte ich mal verlegt werden, kriegst du das Bett. Versprochen.«

Atze sah mich an, schaute dann an mir vorbei und schien zu überlegen. Mit einem Mal stellte er sein Frühstück weg, stand auf und marschierte auf die Mauer zu. Ich sah ihm hinterher. Der Schäferhund hatte sich offenbar derart in der Laufleine verheddert, dass er nicht mehr loskam. Mir blieb der Bissen im Hals stecken, als ich beobachtete, wie Atze sich ohne jede Furcht dem Tier näherte, es von der Leine nahm, die Kette entwirrte und den Hund wieder festmachte. Das Ganze hatte keine Minute gedauert. Der Hund war entweder schon halb erstickt oder so verdutzt, dass er sich nicht rührte und keinen Ton von sich gab. Doch dann ging es los. Aus allen Richtungen stürmten Wachleute heran. Ein Teil stürzte sich auf Atze und den Hund, ein Teil trieb uns anderen Häftlinge zurück in die Werkstatt. Ein trockener Knall, der zwischen den Mauern hin und her hallte, ließ uns alle zusammenfahren. Ich duckte mich hinter die Werkbank. Nach einem Moment spähte ich vorsichtig durchs Fenster nach draußen. Die Wachleute hatten den Hund an Ort und Stelle erschossen. Sie zerrten den Kadaver weg, sie führten Atze ab. Hektisch wurden wir zurück in unsere Zellen gebracht und eingeschlossen. Als wir am nächsten Tag wieder in die Werkstatt kamen, bewachte ein anderer Hund den toten Winkel.

Die Frühstückspausen im Hof wurden für Wochen gestrichen. Atze kehrte nach acht Tagen zurück, er hatte sie in Einzelhaft in einer dunklen Arrestzelle verbracht. Abgemagert sah er aus, mitgenommen, doch er spielte es runter, ließ sich nichts anmerken, lachte sogar darüber. Er fragte mich aber nicht mehr nach dem Geheimnis des Bettes.

Ich bewunderte Atze, gleichzeitig verstand ich ihn nicht. Wozu hatte er das getan? Den Hund hatte er nicht retten können, sich selbst hatte er in Schwierigkeiten gebracht und uns, seinen Kollegen, hatte er Nachteile verschafft. Vielleicht war mir der Mut abhandengekommen, wenn ich denn jemals welchen hatte. Möglich, dachte ich jetzt, dass alles, was ich jemals getan hatte, immer nur aus Feigheit geschehen war. Außerdem schwanden mir zunehmend die Kräfte. Ich hatte schon so viel Mist erlebt, dass ich nur noch alles überstehen wollte, um später neu anzufangen und wieder richtig auf die Beine zu kommen. Das war jedenfalls mein Plan. Im Laufe der endlosen, eintönigen Wochen verschmolz ich mit meiner halbautomatischen Drehbank und arbeitete wie besessen im Akkord. Ich rackerte und ackerte in drei Schichten, doch ich verdiente bei weitem nicht mehr so viel wie zuvor als Schweißer. Und obwohl ich weiterhin alles in Zigaretten anlegte und sie gegen Würste tauschte und alles aß, was uns die Kantine vorsetzte, klappte ich eines Tages zusammen. Ich hatte kein Gramm Fett angesetzt und war spindeldürr, ich kam nicht einmal mehr aus dem Bett. Man brachte mich zum Arzt, der mich untersuchte und abhorchte und Unterernährung feststellte. Als ich ihm sagte, dass ich als Kind Tbc gehabt hatte, wurde er sofort hellhörig und stufte mich in die Arbeitsgruppe 4 ein: arbeitsunfähig.

So bekam Atze das Bett mit dem Guckloch schneller als geahnt. Ich wurde in eine Nichtarbeiterzelle verlegt, in der Greise, Rentner und Amputierte lagen und man nur Däumchen drehen konnte. Ich war der Jüngste und erhielt zusätzlich zur normalen Kost Tbc-Verpflegung: pro Tag ein Stück Rotwurst, ein Stück Leberwurst, einen Würfel Butter sowie einen »Leichenfinger«. Genauso wie dieser dürre Harzer Stangenkäse, der mich aufpäppeln sollte, aber nach nichts schmeckte, fühlte ich mich. Die Arbeit hatte mich körperlich ausgezehrt, das Nichtstun drückte auf meine Seele. Ich hatte so viel Zeit zum Nachdenken, dass ich nicht mehr wusste, was ich denken sollte. Sehnsucht überflutete mich, wohin ich auch sah, sah ich Gerlinde. Ich hielt das Warten auf einen Brief von ihr nicht mehr aus und ließ mir Stift und Papier geben. Aber wenn man nicht mehr denken kann, wie soll man dann schreiben? Das weiße Blatt schreckte mich. Ich war das Schreiben nicht gewohnt. Im Kopf probierte ich Sätze, die ich drehte und wendete, die aber nie passten. Ich schob es Tage auf, Wochen, bis ich es nicht mehr ertrug, bis es förmlich aus mir herausbrach. Ich schrieb, ohne nachzudenken, ich schrieb alles auf, was in mir war, und legte den Stift erst weg, als ich eine Leere fühlte. Ehe ich es mir anders überlegen konnte, faltete ich das Blatt zusammen und steckte es in einen Umschlag und gab ihn ab. Und jetzt begann der Zensor in meinem Kopf zu arbeiten. Die Sätze, die ich vorher nicht gefunden hatte und die so lange auf sich warten ließen, wiederholten sich endlos im Geiste. Manche waren mir nun peinlich. Hatte ich das wirklich geschrieben? Hätte ich besser geschwiegen? Doch es war zu spät. Ich konnte nur weiter daliegen und die Decke anstarren.

12

Ich sah einen weiten, blauen Himmel mit Schäfchenwolken, ich sah grüne Landschaften vor der aufsteigenden Sonne, ich sah Wege bis zum Horizont, ich sah Häuser und Höfe nah und fern, ich sah gewundene Flüsse und dichte Wälder, ich sah endlose Felder, auf denen Menschen mit Maschinen die Ernte einholten, ich sah saftige Wiesen und Weiden, auf denen Ziegen und Kühe grasten, ich sah bunte Gärten mit langen Baumreihen, von denen die Früchte gepflückt wurden, ich sah belebte Dörfer mit Geschäften und Gastwirtschaften, ich sah auch kurz eine dunkelhaarige, mollige Frau, die an einer langen Leine Wäsche aufhängte, ich sah ihre nach oben gestreckten, nackten Arme, den Brustansatz unter ihrer karierten Kittelschürze, ich sah sogar den Flaum in ihrer Achselhöhle, ein flüchtiger Anblick nur, aber er genügte, um mein Herz in Wallung zu bringen und nicht nur mein Herz. Ich schämte mich nicht dafür, ich hätte stundenlang dahinfahren und durch die Scheiben blicken können, nach draußen, nur um zu sehen, dass es ein Draußen noch gab. Doch dann waren wir schon da, wo ich es nicht mehr sah, wo hohe Mauern jeden Blick versperrten, den nach draußen und den nach drinnen.

Das letzte Vierteljahr hatte ich in der Nichtarbeiterzelle in Magdeburg gelegen und gewartet, dass ich Fett ansetzte und zu Kräften kam und dass etwas geschah. Dann war ein Wachmann gekommen, ich sollte meine Sachen packen, man verlegte mich in eine andere Anstalt. Viel zu packen hatte ich nicht, man führte mich mit meinem Paket in den Hof, wo schon ein Bus wartete. Einer mit richtigen Sitzreihen und unverhängten Fenstern. Gut drei Stunden später endete die Fahrt im Hof des Zuchthauses Waldheim.

Nach der Leibesvisitation wurde ich registriert, dann brachte man mich für eine Nacht in eine Nichtarbeiterzelle. Am nächsten Morgen sprang die Tür auf.

»1578/60 raustreten!«

Meine neue Nummer. Der Wachmann führte mich in einen Untersuchungsraum. Ich hatte nicht das Gefühl, dass sich mein Zustand geändert hatte, ich war noch mager und schwach wie zuvor, doch der Arzt, ein Häftling wie ich, schrieb mich gesund und stufte mich in Arbeitsgruppe 2 ein. So war ich über Nacht wieder für alle Arbeiten geeignet, außer für die unter Tage.

Gleich nach der Untersuchung wurde ich mit meinem Paket in einen anderen Trakt geführt und vor einer Zellentür abgestellt. Ich wartete. Mir schliefen die Arme ein, meine Beine kribbelten, der Magen knurrte. Nach einer Ewigkeit kam ein Wachmann und schloss die Tür auf, ohne ein Wort. Ich trat in die Zelle. Die Tür fiel hinter mir zu und wurde verriegelt. An beiden Seiten stand ein Etagenbett, das eine war bereits belegt. Ich legte meine Sachen auf die untere Matratze des freien Betts und wartete. Zum Feierabend hörte ich Unruhe auf dem Gang. Die Zellentür wurde geöffnet, ich stand stramm. Zwei Männer kamen herein und stellten sich freundlich vor. Kurt und Knut, Zeugen Jehovas von der Küste. Abends lagen sie auf ihren Betten, lasen in der Bibel und beteten vor dem Einschlafen.

Am nächsten Morgen musste ich vor die Zellentür treten. Ich wurde durch die Zellengänge nach unten in eine große Werkhalle geführt und von dort in den Keller, wo sich die Schweißerkabine befand.

»Sie sind Schweißer?«

»Ja.«

»Haben Sie Erfahrung mit Dünnblechschweißen?«

»Nein.«

»Schickt ihn wieder hoch, den kann ich nicht gebrauchen.«

Der Wachmann bleckte die Zähne. »Keine Angst, Junge. Hier wird jeder satt, und es gibt Arbeit für alle.«

Er führte mich zurück in die große Werkhalle. Die Leitung lag in den Händen eines Zivilmeisters, der vom Werkzeugmaschinenbau Union Gera kam.

»Geh zum Bohm«, sagte der Meister und deutete auf zwei Männer in Häftlingsmontur. Bohm war der Brigadier, der andere war Lagerist. Sie gaben mir Arbeitskleidung und zeigten mir, wo ich mich umziehen konnte. Danach musterte mich Bohm von oben bis unten.

»Du bist also der Neue«, sagte er. »Wie heißt du?«

Ich nannte ihm meinen Namen.

»Ich bin Roger«, sagte er und zeigte auf den Lageristen. »Das ist Hartmut. Komm mit!«

Ich folgte ihm, bis er vor einer Maschine stehenblieb. In der Halle herrschte ohrenbetäubender Lärm. »Das ist dein Arbeitsplatz. Eine Zentriermaschine.« Er nahm einen Stahlbolzen aus einer großen Kiste neben der Maschine. »Da werden später Kurbelwellen draus«, brüllte er. »Du spannst den Bolzen hier ein, hier gegenspannen, das darfst du nie vergessen, immer gegenspannen, Loch bohren, lösen, rausnehmen, dann umdrehen und wieder einspannen, gegenspannen, Loch bohren, ab in die andere Kiste und mit dem nächsten weitermachen.« Er warf den gebohrten Bolzen in die leere Kiste auf der anderen Seite der Maschine. »Verstanden?«

Ich nickte. »Verstanden.«

»Und das Ganze zackig, klar?«

Ich nickte erneut. »Klar.«

Er schaute mich an und lächelte. Und damit ließ er mich allein. Ich begann zu arbeiten. Einspannen, gegenspannen, bohren, lösen, rausnehmen, umdrehen, einspannen, gegenspannen, bohren. Der nächste Bolzen und wieder der nächste und wieder der nächste. Einspannen, gegenspannen, bohren, lösen, rausnehmen, umdrehen, einspannen, gegenspannen, bohren – ab dafür. Es dauerte nicht lange, bis jeder Handgriff saß. Das Gegenspannen vergaß ich fast nie. Die Arbeit war einfach, so einfach, dass ich schon nach wenigen Stunden dachte, ich würde blöde werden. Eine Arbeit, die im Betrieb in Gera niemand machen wollte. Eine Arbeit für Leute, die Vater und Mutter erschlagen haben, hätten wir im Buna-Werk gesagt. Der gleiche Vorgang, die gleichen Handgriffe, bis zum Feierabend, tagein, tagaus. Fünfhundert Bolzen schaffte ich in der ersten Schicht, achthundert in der zweiten, dann tausend und schließlich tausenddreihundert. Tausenddreihundert Bolzen jeden Tag, tausenddreihundert musste ich nun in einer Schicht mindestens schaffen, das war die Norm, und die saß mir im Nacken. Wenn wir nach Feierabend auf dem Hof in Viererreihen wie bei der Armee antreten mussten, konnte ich kaum strammstehen. Mein Kopf dröhnte, meine Hände arbeiteten noch: Einspannen, gegenspannen, bohren, lösen ...

Erst in der Zelle fand ich Ruhe. Kurt und Knut waren friedliche, stille Vertreter, sie gaben mir sogar jeden Abend ihre Ration Rotwurst ab.

»Kannste ungeniert nehmen«, sagte Kurt, »aber das ist das Blut Jesu, das essen wir nicht.«

Mir war es egal, wessen Blut es war, ich freute mich über jede Extraration. Aber mich interessierte, was sie ins Gefängnis gebracht hatte. Beide hatten zwölf Jahre abzusitzen.

»Nur das Himmelreich Gottes kann bestimmen«, erklärte Knut. »Auf Erden können keine anderen Mächte oder Regierungen existieren. Bei Johannes steht: ›Sie sind nicht von der Welt, wie auch ich nicht von der Welt bin.‹ Nur das Wort Gottes ist Wahrheit. Und nur Gott können wir verehren, nichts anderes.«

»Und das ist alles? Sonst habt ihr nichts gemacht?«

»Das ist alles. Sonst haben wir nichts gemacht.«

»Und dafür kriegt man zwölf Jahre?«

»Unser Glaube ist alles, was wir haben, und alles, was von Bedeutung ist«, sagte Knut, und er wirkte nicht mal verdrossen, dass er zwölf Jahre Zuchthaus bekommen hatte, weil er nur seinen Gott verehrte und nicht unseren Staat. Er legte eine Hand auf die Bibel. »Hier, die kannst du mal lesen, wenn du willst.«

»Ist das die gleiche Bibel wie die normale?«

»Es gibt nur eine Bibel.«

»Ich hab es aber nicht so mit der Kirche.«

»Macht nichts«, sagte Kurt. »Das muss jeder für sich entscheiden. Aber es ist interessant, was da über unseren Herrn geschrieben steht.«

»Nee, lass mal gut sein.«

Kurt und Knut bedrängten mich nicht, sie ließen mich in Ruhe. Doch dann begann ich tatsächlich in der Bibel zu lesen, es gab nichts anderes zu tun am Abend. Bald freute ich mich schon darauf, während ich meine Bolzen bohrte und versuchte, die Norm zu erfüllen und nicht verrückt zu werden dabei.

Nach vierzehn Tagen im Schichtdienst an der Zentriermaschine kam Bohm zu mir. »Halt mal an«, rief er.

»Aber ich muss ...«

»Halt an!«

Ich stoppte die Maschine.

»Du kommst doch von Magdeburg, oder?«

»Ja.«

»Wegen was sitzt du?«

»Paragraf 33 und Paragraf 14.«

»Wie lange?«

»Vier Jahre, drei Monate.«

»Wer waren deine Kumpels in Magdeburg?«

»Warum willst du das wissen?«

»Wer waren deine Kumpels dort?«

»Ewald, Atze, Ekki, Heiner und der Zahnarzt, Zahni, sein richtiger Name fällt mir jetzt nicht ein.«

»Gut, mach weiter.«

Ich sah ihm hinterher, dann startete ich die Maschine wieder und machte weiter in meinem Trott. Als ich am nächsten Morgen an die Zentriermaschine wollte, hielt mich Bohm zurück. »Nee, komm mit.«

Ich folgte ihm zu einer Werkbank, an der vier Bohrmaschinen in einer Reihe eingespannt waren. Bohm nahm ein flaches Metallteil aus der Materialkiste und wog es in den Händen. »Wir fertigen hier die Gehäuse für Komet-Küchenmaschinen«, sagte er.

»Küchenmaschinen? Was ist das denn?«, fragte ich.

»Der Fortschritt«, sagte er und lächelte mich an. »Du spannst das Teil vor den ersten Bohrer, bohrst zwei Löcher, dann spannst du es vor den zweiten Bohrer, bohrst zwei Löcher, das Gleiche mit dem dritten Bohrer und so weiter. Ist alles eingestellt. Zum Schluss werden die Gewinde geschnitten. Alles klar?«

»Alles klar.«

»Na dann los.«

Ich hatte nun ein Werkstück, das vier Mal bearbeitet werden musste, das war schon abwechslungsreicher und anspruchsvoller als an der Zentriermaschine. Doch auch bei dieser Arbeit jagte ich im Schichtdienst der Norm hinterher. Eines Tages verlangte der Zivilmeister mitten in der Frühschicht, dass wir die Maschinen anhalten sollten. Nach und nach wurde es still in der Halle.

»Macht mal alles ordentlich sauber, Jungs«, rief der Meister. »Der Direktor aus Gera kommt gleich.«

Die Halle war immer sauber, aber wir fegten noch einmal durch und räumten ordentlich auf. Nachdem wir fertig waren und die Arbeit wieder aufgenommen hatten, kam der Zivilmeister mit einem Wachmann und zwei Anzugträgern in die Halle. Die Gruppe schaute sich erst alles von weitem an und begann dann einen Rundgang. An jeder Werkbank erklärte der Meister dem Direktor die Arbeitsvorgänge. Nach einer Weile standen sie vor mir.

»Das ist unsere Bohrstraße«, sagte der Meister. Der Direktor schaute mir interessiert zu, und ich sah den Mann im Anzug mit den buschigen Augenbrauen an.

»Sie kenne ich doch«, sagte der Direktor.

»Ja«, sagte ich, »Sie kennen mich.«

»Woher? Helfen Sie mir auf die Sprünge.«

»Wir kennen uns aus Lauterbach, vom Hafenfest. Sie waren der Neptun, und ich war einer Ihrer Trabanten.«

»Richtig, na klar. Ist schon eine Weile her, aber ich erinnere mich. Schönes Fest damals.«

»Ja, ein schönerer Anlass als heute.«

Wir wechselten ein paar Worte. Der Direktor wollte meinen Namen wissen und den Grund meiner Haft und wie lange ich noch abzusitzen hatte. Als er sich schließlich mit Handschlag bei mir verabschiedete, schauten mich die Kollegen neugierig an. Ich wendete mich wieder meiner Bohrstraße zu, nahm ein Werkstück in die Hand und machte weiter.

Eine Woche später wurde ich Kontrolleur, eine Aufgabe, die sonst nur älteren Häftlingen übertragen wurde. Einer meiner neuen Kollegen war Ernst, der mir schon vorher aufgefallen war, weil man ihm ansah, was eine lange Haft aus einem Mann machen konnte. Er verrichtete die Arbeit mit einer gewissen Nachlässigkeit, jedenfalls hatte ich es nie erlebt, dass er jemanden wegen eines Fehlers ans Messer lieferte. Ich wusste, dass er zwölf Jahre wegen Boykotthetze und Staatsverleumdung absaß, aber ich konnte mir bei diesem schwermütigen, kleinen Mann überhaupt nicht vorstellen, was er angestellt haben konnte. Als ich ihn dazu befragte, sah er mich bedauernswert an.

»Das Gleiche, was dir diesen Posten verschafft hat, schätze ich«, sagte er traurig.

Ich sah ihn verständnislos an.

»Beziehungen«, sagte er.

»Verstehe ich immer noch nicht.«

»Gestatten, Ulbricht.«

»Was? Wie Walter Ulbricht?«

Ernst nickte müde. »Ich bin sein Neffe«, sagte er. »Der Walter hat die halbe Sippe in den Knast gebracht. Alle, die ihm noch nie gepasst haben. Und das waren einige.«

Wie Ernst lief ich nun mit Schieblehre und Maßband durch die Werkhalle und kontrollierte im Schichtdienst die Arbeit der Dreher und Bohrer und Fräser. Aber ich hielt es wie er und ließ fast alles durchgehen, solange der Fehler nicht jedem sofort ins Auge sprang. Nach vier Wochen sagte mir Bohm, dass ich ab jetzt nur noch in der Tagschicht arbeiten musste, denn ich wurde zum Hauptkontrolleur ernannt: Ich sollte die Arbeit der Kontrolleure kontrollieren. *O Tiefe des Reichtums, der Weisheit und der Erkenntnis Gottes*, hatte ich gerade in der Bibel von Kurt und Knut gelesen. *Wie unergründlich sind seine Entscheidungen, wie unerforschlich seine Wege!* Ich nahm mir vor, die beiden zu fragen, was sie dazu zu sagen hatten.

Doch ich kam nicht mehr dazu. Man verlegte Kurt und Knut, während ich bei der Arbeit war. Sie hatten mich nie gestört, und abgesehen davon, dass ich mit ihnen nicht mehr über unergründliche Entscheidungen höherer Gewalten sprechen konnte, gingen mir auch die Extrarationen Blutwurst verloren. Immerhin hatten sie mir eine Bibel dagelassen, das fand ich sehr aufmerksam von ihnen. Ein paar Tage war ich allein in der Zelle. Dann legte man einen Mann zu mir, der wegen Unterschlagung inhaftiert war. Mir war es gleich, weshalb er saß, aber Eberhard ging mir von Anfang an auf die Nerven. Es waren nicht nur seine tiefliegenden, schmalen Augen und dieser Blick, von dem ich nie wusste, ob Häme aus ihm sprach, Bösartigkeit, Unsicherheit oder einfach nur Blödheit. Vor allem machte mich sein Gang wahnsinnig. Er konnte nichts für sein Hinken, Eberhard hatte einen Klumpfuß, den er beim Gehen nachzog, er trug deshalb einen orthopädischen Schuh mit harter Sohle. Aber statt den Klumpfuß zu schonen, hatte er die Angewohnheit, jeden Abend wie ein Irrer durch die Zelle zu tigern, auf und ab, hin und her. Ta-bam, ta-bam, ta-bam, drei Schritte vor und dann zurück, ta-bam, ta-bam, ta-bam. Das Poltern schwoll in meinem Kopf zu einem steten Dröhnen an, das alles andere übertönte. Auf nichts anderes konnte ich mich mehr konzentrieren.

»Setz dich hin«, sagte ich.

»Lass mich in Ruhe«, brummte er.

»Du gehst mir auf die Nerven, Mann.«

»Ich kann hier tun und lassen, was ich will.«

»Ach, halt's Maul!«

Er marschierte weiter auf und ab. Ta-bam, ta-bam, ta-bam. Irgendwann hielt ich es nicht mehr aus. In der Bibel hatte ich einen Vers fünf Mal gelesen, ohne ein einziges Wort zu verstehen. Das passierte zwar manchmal, aber dieses Mal lag es an meinem Zellengenossen. Ich knallte das Buch aufs Bett, und als er wieder vorbeikam, stieß ich ihn weg. Er taumelte leicht und machte einen Ausfallschritt, ta-bambam, aber er ging einfach weiter.

»Jetzt setz dich hin, verdammte Scheiße«, schrie ich ihn an.

»Sei ruhig«, zischte er und deutete mit einer Kopfbewegung zur Tür.

Er hatte recht. Man konnte nie wissen, wann jemand über den Gang patrouillierte. Ein Wachmann wurde von den Häftlingen Panther genannt, weil er sich am liebsten lautlos anschlich und dann wie aus dem Nichts auftauchte, um einen zusammenzuscheißen. Ich blieb ruhig, Eberhard lief einfach weiter. Ich hätte durchdrehen können. Ich setzte mich auf den Bettrand, hielt mir die Ohren zu und starrte auf den Boden. Als er wieder vorbeikam, trat er mir auf die Zehen. Mit seinem Klumpfuß. Absichtlich. Jetzt platzte mir der Kragen. Ich sprang auf und stürmte hinter ihm her. Er schien nur darauf gewartet zu haben, denn er drehte sich sofort um und hielt die Fäuste hoch. Seine Augen hatten sich noch mehr verengt. Aber er war beweglicher, als ich angenommen hatte. Zuerst wollte ich ihm nur einen Stoß versetzen. Er wich mit dem Oberkörper zurück und boxte mir gegen den Arm. Ich schlug zurück. Er boxte gegen meinen anderen Arm. Ich schlug zurück. Und dann droschen wir richtig aufeinander ein, wie die Kesselflicker. Wir bearbeiteten einander mit immer heftigeren Hieben, trommelten mit unseren Fäusten auf Arme, Schultern und Brust des anderen ein, wir boxten uns in den Bauch und in die Weichteile, wir vertrimmten uns nach allen Regeln der Kunst. Nie aber schlugen wir uns ins Gesicht. Wir stöhnten, ächzten, wimmerten, doch keiner schrie. Und keiner gab nach. Wir prügelten, bis wir stehend k. o. waren und halb umschlungen dastanden und nur noch unser Atmen hörten.

Nach einer Weile stieß mich Eberhard mit letzter Kraft weg und sackte auf einen Stuhl. Ich schwankte zurück und fiel auf meine Pritsche. Komisch, aber ich schlief mit einer tiefen Ruhe ein. Am nächsten Morgen tat mir alles weh. Über einen Monat war ich mit Eberhard eingesperrt, jeden Abend marschierte er durch die Zelle und raubte mir den letzten Nerv. Jeden Abend schlugen wir uns wie die Berserker. Und danach schlief ich jede Nacht wie ein Baby. Wir sprachen nie darüber, wir sprachen gar nicht mehr. Ich wollte, dass es aufhörte, und machte doch jeden Abend weiter. Zum Glück wurde ich verlegt.

Ich kam zu Roger und Hartmut in die Zelle. Schon seit geraumer Zeit war ich Tagschichter wie sie. Hätte ich nicht gespürt, dass sie mir wohlgesinnt waren, hätte ich mich bestimmt vor ihnen gefürchtet. Ich fand es nie heraus, aber zumindest Roger musste jemanden aus Magdeburg gekannt haben, denn nachdem ich ihm meine Freunde dort genannt hatte, setzte er sich für mich ein. Und kaum war ich in ihrer Zelle, wurde ich Kontrolleur bei den Schleifern. Das war eine schmutzige Arbeit, die jedoch wesentlich besser bezahlt wurde. Ich konnte mehr einkaufen und tauschen und sparte mir größere Rücklagen an.

Hartmut war zugeknöpfter als Roger, aber auch er nahm mich unter seine Fittiche. Als Lagerist bekam er hin und wieder von Zulieferern des Betriebs oder von Fahrern Zeitungen oder Magazine zugesteckt, manchmal gab es für die Häftlinge auch das *Neue Deutschland*. Hartmut meinte, es wäre gut, wenn ich ab und zu darin lesen würde.

»Ach, hör auf«, sagte ich. »Ich hab mit Politik nichts am Hut.«

»Man sollte aber wissen, was los ist«, entgegnete er.

»Warum soll ich den Blödsinn lesen?«

»Weil du«, sagte Roger und setzte sich zu uns, »nur so wissen kannst, wie die denken.«

»Und wozu?«

»Du hast nicht mehr lange, Junge«, sagte Hartmut. »Irgendwann werden sie dich holen und dich befragen, damit sie wissen, wie du dich machst.«

»Lies einfach nur die Kommentare auf der ersten Seite, das reicht«, pflichtete Roger bei. »Dann weißt du Bescheid und kannst die richtigen Antworten geben. Damit bist du auf der sicheren Seite.«

Sowohl Roger als auch Hartmut waren bereits seit Jahren in Haft, sie wussten alles über das Gefängnis. Roger war Offizier bei der Armee gewesen und hatte zehn Jahre wegen Spionage abzusitzen, und er machte keinen Hehl daraus, dass er tatsächlich für den Westen gearbeitet hatte. Er verachtete unseren Staat aus vollem Herzen, auf jeden Fall das, was aus ihm geworden sei, sagte er. Hartmut hatte sogar zwölf Jahre bekommen, vier war er schon in einem Arbeitslager in Russland gewesen. Ich erfuhr nie, was genau er getan hatte, doch er behauptete, ohne ein Wimpernzucken jeden Kommunisten erschießen zu wollen, sollte die Gelegenheit sich ergeben.

Im Gefängnis lernte ich viele Typen kennen, die alles Mögliche behaupteten, entweder weil sie sich dadurch Vorteile erhofften oder weil sie prahlen wollten. Roger und Hartmut waren anders, sie waren keine Angeber, ihnen glaubte ich jedes Wort. Sie waren ehrlich in jeder Hinsicht, vor allem aber hatten sie sich ihren Stolz bewahrt. Sie waren ungebrochen durch die Jahre in Haft. Von solchen Leuten gab es nicht viele.

Ich war nicht eingeweiht, aber ich merkte sofort, etwas war im Gange. Von Roger erfuhr ich, dass der Schweißer Geburtstag hatte. Der Schweißer war die ganze Zeit allein in seinem Keller. In der Frühstückspause wurde der Wachmann abgelenkt, die Lage war günstig, denn der Vater hatte Dienst. Wie war dieser kleine, alte Mann nur zu dieser Stelle im Gefängnis gekommen? Der Vater, wie er beinahe liebevoll genannt wurde, schaute traurig aus in seiner viel zu großen Uniform, er wollte niemandem wehtun und schien froh zu sein, wenn man ihn selbst in Ruhe ließ. Jeder Häftling, der zum engeren Kreis zählte und die Möglichkeit hatte, verdrückte sich. Da ich mich als Kontrolleur relativ frei bewegen konnte in der Werkhalle, folgte ich den anderen in den Schweißerkeller. An der Treppe nach unten stand Ernst Ulbricht Schmiere und legte einen Finger vor die Lippen. Schon von weitem hörte ich leise Musik. Ich erkannte die Melodie nicht gleich, ich hatte seit einer Ewigkeit keine Musik mehr gehört und ging neugierig weiter. Unten glaubte ich meinen Augen nicht zu trauen. Bestimmt zwölf Häftlinge standen im Halbkreis vor dem Jubilar, einige hatten aus den Pappröhrchen, in die die Bohrer verpackt waren, Flöten gebastelt, und damit spielten sie dem Schweißer ein Ständchen: das Deutschlandlied. Als hätten sie nur auf mich gewartet, begannen sie, kaum dass ich da war, auch noch zu singen: »Deutschland, Deutschland über alles, über alles in der Welt.« Dem Schweißer standen Tränen in den Augen. Gestenreich wurde ich von den Gratulanten aufgefordert, in ihren Chor einzustimmen. Doch dann kam Ernst runter und rettete mich. Er hatte wieder den Finger vor den Lippen.

»Nicht so laut, Menschenskinder!«, raunte er. »Panther ist unterwegs.« Da verließ auch die anderen der Mut, und jeder verkrümelte sich zurück an seine Arbeit.

Eines Abends reichte mir Roger eine Zeitung.

»Schau dir das mal an!«

Bisher hatte ich ihren Rat kaum befolgt. Zwar hatte ich hin und wieder in einer der Zeitungen geblättert, aber meist hatte ich nur die Rubrik »Vermischtes« gelesen. Ich war auch noch nicht zu einer Befragung geholt worden. Es war Wochenende, wir hatten nichts zu tun, also nahm ich die Zeitung. Von der Titelseite sprangen mich in großen, schwarzen Lettern die Worte *Beschluß*, *Erklärung* und gleich drei Mal *Bekanntmachung* an. Ich begann den ersten Artikel zu lesen. *Beschluß des Ministerrats der Deutschen Demokratischen Republik. Auf Grund der Erklärung der Teilnehmerstaaten des Warschauer Vertrages und des Beschlusses der Volkskammer beschließt der Ministerrat der Deutschen Demokratischen Republik: Die Erhal-*

tung des Friedens erfordert, dem Treiben der westdeutschen Revanchisten und Militaristen einen Riegel vorzuschieben und durch den Abschluß eines deutschen Friedensvertrages den Weg zu öffnen für die Sicherung des Friedens und die Wiedergeburt Deutschlands als friedliebender, antiimperialistischer, neutraler Staat.

Ich sah Hartmut und Roger an.

»In der zweiten Spalte geht es los«, sagte Roger. »Lies da weiter!«

Ich sprang also weiter im Text: *Aus all diesen Gründen beschließt* ... blabla, blabla ... *im Interesse der Sicherheit der Staaten des sozialistischen Lagers folgende Maßnahmen.* Na endlich. *Zur Unterbindung der feindlichen Tätigkeit der revanchistischen und militaristischen Kräfte Westdeutschlands und Westberlins wird eine solche Kontrolle an den Grenzen der Deutschen Demokratischen Republik einschließlich der Grenze zu den Westsektoren von Groß-Berlin eingeführt, wie sie an den Grenzen jedes souveränen Staates üblich ist* ... blabla ... *Diese Grenzen dürfen von Bürgern der Deutschen Demokratischen Republik nur noch mit besonderer Genehmigung passiert werden.*

Ich lehnte mich zurück und sah die beiden wieder an. Sie hatten mich die ganze Zeit beobachtet. »Und?«, sagte ich und legte die Zeitung auf den Tisch. »Ich bin hier, weil ich die Grenze überschritten habe. Ich war bei der Grenzpolizei, um die Grenze zu bewachen. Da durfte keiner rüber, sonst wären wir nicht da gewesen.«

»Und deswegen bist du auch wegen Spionage verurteilt worden«, sagte Roger. »Aber wenn du in Berlin gewohnt hättest, hättest du rübergekonnt, zum Arbeiten oder so.«

»Tatsache?«

»Ja«, sagte Hartmut. »Das ist jetzt vorbei. Sie machen die Grenze dicht, komplett, und riegeln alles ab. Aber nicht für die aus dem Westen, die können weiter kommen, wenn sie wollen.

Nur für uns aus dem Osten. Sie riegeln uns ab und machen aus dem ganzen Land ein Gefängnis.«

»Die Ausgabe ist vom 13. August, mittlerweile also eine Woche alt«, sagte Roger. »Die Grenze ist sicher schon dicht.«

»Und was heißt das?«, fragte ich.

»Lies mal da unten«, sagte Roger. Er rückte näher und beugte sich über die Zeitungsseite. »Da steht genau, welche S-Bahn-Linien eingestellt werden, welche Bahnhöfe nicht mehr angefahren werden. Die schreiben zwar, das wäre vorläufig, aber das glaube ich nicht. Die haben nur drauf gewartet. Hier ganz unten steht: *Bürger der Deutschen Demokratischen Republik, die nicht in Berlin arbeiten, werden gebeten, bis auf weiteres von Reisen nach Berlin Abstand zu nehmen*. Bis auf weiteres, ha.«

»Und was sage ich jetzt, bei der Befragung?« Ich tippte auf die Seite. »Wenn die mich genau dazu ausfragen?«

Hartmut gab mir eine andere Zeitung.

»Da ist die *Berliner Zeitung* vom Tag nach Inkrafttreten der Beschlüsse. Hat mir ein Lieferant mitgebracht. Da findest du schöne Antworten, ohne dass jemand etwas Klares oder Eindeutiges sagt. Genau das Richtige für eine Befragung durch den Politoffizier.«

Hartmut hatte recht. Niemand äußerte sich klar oder eindeutig. In den Kommentaren und Artikeln fand ich kein Wort, das beschrieb, was da draußen wirklich geschehen war. Jeder begrüßte nur die »Maßnahmen«. Jeder Artikel erging sich in den gleichen schwammigen Erklärungen. Trotzdem begann ich, alles zu lesen, was ich kriegen konnte. Die Erinnerung an die endlosen Verhöre im Gefängnis in Berlin kam hoch, an die bohrenden Fragen des Vernehmers. Es schien Ewigkeiten her zu sein, doch jetzt sah ich mich in der engen, dunklen Zelle sitzen und auf die Verhöre warten. Ich hatte Angst, dass sich das alles wiederholen könnte, dass ich nicht wusste, was ich sagen sollte, und dass alles, was ich sagte, gegen mich verwendet würde. Dieses Mal wollte ich vorbereitet sein, ich wollte meine Haftzeit nicht noch verlängern. Mechanisch verrichtete ich meine Arbeit in der Werkstatt, voller Unruhe und ständig auf der Hut, weil ich befürchtete, dass mir der Panther oder ein anderer scharfer Wachmann auflauerte, um mich zum Verhör zu führen.

Doch es war der Vater, der mir eines Tages in der Mittagspause einen gehörigen Schrecken einjagte, als er neben mir auftauchte. Er reichte mir einen Brief. Der Umschlag war bereits geöffnet, auf dem Absender stand Gerlindes Name. Mein Atem stockte, meine Hände zitterten, als ich ein einzelnes Blatt aus dem Umschlag zog. Im ersten Moment verschwammen die Buchstaben vor meinen Augen.

Lieber, stand dort, und ich saugte dieses Wort auf wie eine frische Brise und wiederholte es im Geiste. Lieber, Lieber, Lieber. Mehr wollte ich fast nicht wissen, doch ich las weiter: *Ich erhielt Deinen Sonderbrief und danke dafür. Heute bekam ich auch Post aus Königs Wusterhausen, wenn Du Dich weiterhin gut führst u. gut Deine übertragenen Aufgaben erfüllst, kannst Du vielleicht bald mit Bewährung rechnen. Gott sei Dank, dass Du dann freikommst. Vielleicht bekommst Du dann noch eine Kur vom Arzt bewilligt. Das hast Du Mutti zu verdanken, sie hat nichts unversucht gelassen.*

Nun etwas, was ich nicht gern mache u. womit ich Dir weh tue. Vergiß mich bitte. Ich bin nun [illegible] u. [illegible] Dein Gesundheitszustand gibt mir großes Bedenken. Ich bin die Einzige zu Hause u. von Jugend auf verwöhnt großgezogen. Du kannst mir aus gesundheitlichen Gründen z. Zt. nicht das bieten, wie es vorher aussah. Bitte versteh mich. Ich meine es nur gut, u. Du wirst später auch denken, ich hatte recht. Wir haben hin u. her überlegt u. sind immer wieder darauf gestoßen, daß sich unsere Wege trennen müssen. Bitte gräme Dich nicht, mir fällt es auch nicht leicht, aber es muß sein. Ich werde Deine Sachen, die noch bei uns sind, Deiner Mutti zusenden. Will auch noch verschiedene Lehrgänge mitmachen, damit ich einmal ins Büro komme. Hast Du Dich erstmal erholt, bekommst du auch noch ein anderes Mädel. Bitte, bitte, sei mir nicht böse u. vergiß mich. Es grüßen Mutti und Gerlinde.

Ich glaubte zu träumen. Ich wollte den Brief sofort ein zweites Mal lesen, doch ich konnte nicht. Nur einzelne Worte sprangen mir ins Auge. *Bin nun herangereift. Großes Bedenken. Aus gesundheitlichen Gründen. Bitte versteh mich. Vergiß mich. Es grüßen.* Ich konnte nichts dagegen tun, mir kamen die Tränen. Am liebsten wäre ich aufgesprungen und gerannt und gerannt und gerannt, aber ich saß nur da, und die Tränen tropften auf das Papier.

»Ach, Meiner.«

Ich fuhr hoch. Mir war nicht bewusst gewesen, dass der Vater noch immer neben mir stand. Er legte mir eine Hand auf die Schulter.

»Ach, Meiner«, sagte er. »Ich weiß, wie das ist. Meine Alte ist auch abgehauen. Einfach so. Glaub mir, ich weiß ganz genau, wie du dich fühlst.« Er räusperte sich. »Geh lieber wieder an die Arbeit. Und vergiss die Weiber.«

Einen Tag später wurde ich direkt aus der Schicht geholt und zur Befragung ins Büro des Politoffiziers der Abteilung gebracht. Der Mann war groß und schlank, er hatte dichtes, schwarzes Haar und trug eine Hornbrille mit dicken Gläsern. Vor den Wänden standen Regale voller Bücher. Der Aschenbecher quoll über vor Kippen, das Büro war verqualmt. Als ich vor ihm saß, roch ich frischen Kaffee. Offenbar hatte er sich gerade eine Tasse eingeschenkt. Er sah mich an und griff nach der Thermoskanne.

»Wollen Sie auch einen Kaffee? Na klar wollen Sie.« Er holte eine Tasse aus seiner Schublade hervor, blies kurz hinein und schenkte sie dann voll. »Hier, nehmen Sie ruhig.«

»Danke.« Die Tasse war angenehm warm. Ich trank einen Schluck. Es war tatsächlich Kaffee, echter Kaffee. Ich war schon aufgeregt gewesen, nun wurde mir flau im Magen.

»Wie geht es Ihnen?«, fragte er.

»Es geht schon. Muss ja.«

Er lächelte.

»Ja, wem sagen Sie das? Und wie sehen Sie Ihren Weg?«

»Meinen Weg?« Ich umklammerte die Tasse. Ich konnte keinen klaren Gedanken fassen. Um nicht zu verstummen und verstockt zu wirken, griff ich nach den Worten, die ich als Erstes zu fassen bekam. »Mein Weg ist ... Ich will weitergucken, nach vorne. Ich glaube, ich bin auch herangereift. Jedenfalls will ich nichts unversucht lassen. Ich will mich gut führen und die übertragenen Aufgaben gut erfüllen. Später kann ich vielleicht noch verschiedene Lehrgänge machen und weiterkommen. Das hoffe ich jedenfalls.«

»Gut«, sagte er, »das ist gut. Es ist immer gut, wenn man Pläne hat. Konstruktive Pläne jedenfalls. Nutzen Sie die Gelegenheit, sich in der Haft zu informieren?«

Sein Tonfall wirkte beruhigend auf mich.

»Ich habe mich nie sehr für Politik interessiert, aber das war falsch. Falsch und dumm. Jetzt weiß ich, dass man immer wissen sollte, was los ist.«

»Richtig. Was denken Sie über unsere demokratische Republik?«

»Unsere ...? Sie ist demokratisch, denke ich, und das ist gut so. Und ich bin ja hier zu Hause, in unserer Republik. Ich kenne nichts anderes.«

»Es sind gerade keine einfachen Zeiten für uns, verstehen Sie das?«

»Ja, das verstehe ich.«

»Und wie beurteilen Sie die aktuelle Lage?«

»Äh, die Lage ist nicht einfach.«

Ich hatte Angst, die Tasse zu zerdrücken oder den Kaffee zu verschütten. Meine Hände zitterten so sehr, dass ich nicht trinken konnte.

»Bleiben Sie ganz ruhig«, sagte der Offizier. »Wir sind doch keine Unmenschen.«

Er reichte mir seine Zigarettenschachtel.

»Wollen Sie?«

»Nein, danke«, sagte ich. »Ich rauche nicht.«

Er steckte sich selbst eine Zigarette an und atmete den Rauch zur Seite aus.

»Ich habe Sie nach der aktuellen Lage gefragt.«

»Ja, Entschuldigung. Ich, äh ... Die Lage ist wie gesagt ... Ich bin für klare Verhältnisse. So kann es ja nicht weitergehen. Jeder gerecht denkende Mensch ist doch für die Sicherung des Friedens. Also, ich bin jedenfalls für Ruhe und Frieden. Und Ordnung natürlich. Ich bin auch für den Schutz unserer Republik, unserer demokratischen Republik. Die Sicherheit der Bevölkerung steht an oberster Stelle, die Sicherheit für uns alle. Das ist viel wichtiger als persönliche Unannehmlichkeiten oder so. Das ist nur gerecht und richtig. Die Faust der Arbeiterklasse ist ... also, die ist immer da. Äh, wie wir heute arbeiten, so werden wir morgen leben. Und unsere Kinder und Kindeskinder auch. Ich habe jedenfalls immer gearbeitet, mein ganzes Leben lang und ...«

»Sie sind noch jung.«

»Ja, trotzdem.«

»Na, dann will ich Sie jetzt auch nicht von Ihrer Arbeit abhalten«, sagte der Mann und nickte.

Mit beiden Händen stellte ich die halbvolle Tasse auf den Schreibtisch, stand dann mit weichen Knien auf und ging hinaus, wo mich der Wachmann in Empfang nahm.

Wie jeden Abend mussten wir uns nach Schichtende vor dem Werkhalle in Viererreihen aufstellen.

»Stillgestanden!«

Ich war völlig erledigt, aber nicht von der Arbeit. Ich hörte den Ruf, doch er klang weit entfernt. Ich hörte alles wie durch einen Schleier, auch das Gemurmel der anderen Häftlinge neben mir. Mir war, als käme jeder Ton aus einer anderen Welt. Sie schien nichts mit mir zu tun zu haben.

»Stillgestanden!!«

»Still-ge-standen!!!«

Der Wachmann kam angestapft und blieb vor mir stehen. Panther. Sein Gesicht glühte, er stierte mich an, er sah runter auf meinen Schritt. Da lagen meine Hände verschränkt, und nicht gerade auf beiden Seiten an der Hosennaht, wie es sich gehörte. Ich wusste genau, wie es sich gehörte, doch meine Hände gehorchten nicht.

»Raustreten!«

Ich trat aus der Reihe. Panther packte mich am Arm, ein anderer Wachmann eilte herbei und nahm den anderen Arm. Gemeinsam bugsierten die beiden mich zurück in den Vorraum der Werkhalle. Sie öffneten eine Tür zu einem kleinen Verschlag und stießen mich über die Schwelle.

»Stillgestanden!«

Ich wollte es befolgen, aber ich kam nicht mehr dazu. Kaum war die Tür zu, gingen die beiden auf mich los und schlugen zu. Automatisch hob ich schützend die Hände.

»Du, der will uns hier bedrohen!«, schrie Panther.

Ich senkte die Hände, doch nun ging es richtig zur Sache. Beide prügelten so wütend auf mich ein, dass ich zu Boden stürzte. Und als ich vor ihnen lag, traten sie mit den Stiefeln zu. Ich versuchte mich zusammenzurollen und schrie wie am Spieß.

»Die schlagen mich, Hilfe, Hilfe!«

Es sollten alle hören da draußen. Doch es kam keine Hilfe. Die beiden wurden nur immer wilder. Je heftiger sie zuschlugen und traten, desto lauter wurde ich. Und je lauter ich schrie, desto heftiger schlugen und traten sie. Sie schlugen und traten, bis sie sich völlig verausgabt hatten. Ich lag gekrümmt am Boden, vor der Wand, halb unter der Heizung. Schnaufend und keuchend standen die beiden über mir. Keiner konnte mehr, ich nicht und die beiden Männer auch nicht.

Nach einer Weile zogen sie mich hoch und zerrten mich raus. Der Hof war mittlerweile leer, die anderen Häftlinge hatte man schnell fortgeschickt. Panther und sein Kollege schleiften mich durch den Haupteingang und durch die Gänge im Erdgeschoss. Schließlich schubsten sie mich erst durch eine massive Tür, dann durch eine Gittertür. Einer klappte den Sitz von der Wand, der andere drückte mich nach unten. Ich hockte da, die Türen fielen ins Schloss, erst die eine, dann die andere. Es wurde dunkel in der Zelle. Zwei Mal hörte ich den Schlüssel: Ratsch, ratsch – ratsch, ratsch.

Die Glasbausteine hoch oben an der Wand waren mit Metallblenden verdeckt. Vor dem Sitz war ein Klapptisch angebracht. Rechts von mir erkannte ich eine Stahlpritsche, sie war hochgeklappt und verschlossen. Vor der Gittertür stand der Kübel mit Brille und Deckel, man hatte an nichts gespart. Ich konnte kaum sitzen, mir tat alles weh. Ich musste lachen. Das alles kam mir sehr bekannt vor! Endlich wieder allein! Endlich wieder Zeit zum Nachdenken! Dann erschreckte mich mein eigenes Lachen. Nahtlos ging es in Heulen über. Mir sackte der Kopf auf den Tisch.

Abends wurde die Pritsche runtergelassen. Ich legte mich auf die dünne Auflage und rollte mich in die Decke. Ich wusste nicht mehr, der wievielte Abend im Gefängnis für mich heranbrach, aber jeder einzelne hatte mich an den Rand dessen geführt, was ich aushalten konnte. Alles tat weh, mir war kalt.

Ich musste an Atze in Magdeburg denken, der acht Tage in einer Arrestzelle gewesen war, weil er den schon halb verreckten Wachhund befreit hatte. Was hatte ich getan? Ich hatte niemanden befreit, ich war nur so blöd gewesen, beim Appell nicht aufzupassen, weil ich über ein paar Worte nicht hinwegkam: Vergiss mich! Aus gesundheitlichen Gründen. Ich hatte daran gedacht, was ich dem Politoffizier erzählt hatte und dass er mich für einen kompletten Dummkopf halten musste. Ich hatte Blödsinn geredet, völligen Stuss, bestimmt hatte der Mann mit den dicken Gläsern mich durchschaut. Atze hatte dem Hund letztlich auch nicht helfen können, und nach den Tagen im Arrest war er völlig ausgemergelt zurückgekehrt. Mir dröhnte der Kopf, ich schlief ein.

Früh um fünf Uhr bekam ich zwei Scheiben Schwarzbrot, einen Klecks Marmelade und einen Becher Muckefuck. Die Pritsche wurde wieder hochgeklappt und verschlossen. Mir blieb nichts anderes übrig, als den ganzen Tag auf der schmalen Sitzfläche zu hocken. Dabei schmerzte mir gerade der Hintern gewaltig. Überall hatte ich blaue Flecken. Ich stand, bis ich nicht mehr stehen konnte. Ich setzte mich wieder hin. Zu Mittag gab es Graupensuppe, am nächsten Tag nichts. Erst abends das Gleiche wie am Morgen. Mittagessen gab es nur jeden zweiten Tag. Entweder Graupensuppe oder Gemüseplörre. Ich wusste die Tage bald nur noch einzuteilen in die mit Mittagessen und die ohne. Der Hunger aber kam täglich.

Morgens sparte ich mir eine Scheibe Brot auf, damit ich zwischendurch wenigstens etwas zum Knabbern hatte. Aber wohin damit? Die Pritsche wurde regelmäßig hochgeklappt, und in der ganzen Zelle gab es keine Ritze, keine Nische, nicht mal eine verborgene Fuge. Der Wachmann würde mir die Scheibe Brot sofort wegnehmen, wenn er sie entdeckte. Am Ende fiel mir nur ein Versteck ein: Ich verdrängte den Gedanken, wie viele Leute schon in diesen Kübel geschissen hatten, und klemmte jeden zweiten Morgen eine Scheibe Brot zwischen Brille und Deckel. Einige Tage ging das gut. Dann sprang die Tür zum Vorraum auf. Sofort stand ich stramm an der Wand. Der Wachmann beachtete mich nicht, er hatte einen Stock dabei, und den schob er nun durchs Gitter. Er hob den Deckel an. Plumps, lag mein Brot in der Scheiße. Er zog den Stock zurück, der Deckel klappte zu. Wortlos verschwand er wieder.

Nach vierzehn Tagen war der Arrest vorbei. Meine Sachen waren während der Zeit aus der Zelle von Roger und Hartmut geholt worden, nun stand ich wieder mit meinem Paket da und fragte mich, wohin es mich verschlagen würde. Auf wackligen Beinen folgte ich einem Wachmann durch die Gänge und die Treppe hinauf. Wir kamen in meine alte Abteilung. Es überraschte mich, dass er mich vor der Zelle abstellte, in der ich schon vor dem Arrest gewesen war. Ich wartete und wartete. Ich schwankte. Ich verlagerte mein Gewicht. Mein Rücken zwickte, mir pochten die Arme und ich begann zu zittern. Wieder und wieder verlagerte ich das Gewicht. Die Hände wurden mir steif. Ich spürte die Beine nicht mehr. Mein Magen knurrte. Ich wartete. Dann sah ich einen Wachmann sich am Ende des Ganges in Bewegung setzen. Auf seinem Weg zu mir warf er einen Blick in jede Zelle. Er schlenderte und pfiff sogar ein Lied. Er schaute auf die Uhr. Er drehte sich um, als hätte er etwas vergessen oder als wäre ihm etwas Wichtiges eingefallen. Er blieb stehen und kratzte sich am Kopf. Ich schloss die Augen und drückte das Kreuz durch. Nach einer Ewigkeit stand er vor mir und schloss die Tür auf. Die Tagschicht war noch nicht vorüber, aber ich sah gleich, dass Roger und Hartmut noch in der Zelle wohnten. Ich legte mein Paket auf der alten Pritsche ab und schaute mich um. Auf dem Regal standen die Reste ihrer Einkäufe: Brathering im Glas, ein Kanten Kommissbrot, ein Rest Margarine. Ich aß alles auf. Als sie abends kamen, nahmen sie mich in den Arm. Dann gaben mir beide jeweils die Hälfte ihres Abendbrots ab.

Ich arbeitete weiter wie vor dem Arrest. Als Kontrolleur bei den Schleifern in der Tagschicht. Ich hatte Glück gehabt. Nichts hatte sich verändert. Fast nichts. Ich hatte nur einen Traum weniger. Und noch größeren Hunger. Mehr als zuvor versuchte ich, Panther aus dem Weg zu gehen. Ich erfuhr, dass auch sein Kollege, mit dem zusammen er mich verprügelt hatte, im ganzen Gefängnis berüchtigt war und ebenfalls einen Spitznamen hatte: Hyäne. Panther und Hyäne, ein fieses Gespann. Die Hyäne komme immer erst dazu, wenn schon Zoff im Gange sei, denn sie gebe sich auch mit Aas zufrieden, sagte Roger.

Es wurde Herbst. Es wurde kälter und trüber. In der schönen Jahreszeit hatte ich häufig das Gefühl, etwas zu verpassen, ausgeschlossen zu sein von jedem Leben, denn die Welt da draußen war deutlicher zu spüren, sie schwappte sozusagen über die Mauern zu mir herein. Ob es nun ein strahlend blauer Himmel war, der sich über den Gefängnishof spannte und nirgendwo zu enden schien, ob mir die süßen Gerüche der Natur die Nase kitzelten oder ob ich Vogelgezwitscher oder Kindergeschrei in der Ferne hörte. Es war merkwürdig, aber genau durch diese Zeugen eines Lebens draußen vor den Mauern war diese Zeit auch besser auszuhalten. Sobald es kalt und finster wurde, verlor man jeden Kontakt zur Außenwelt. Die Mauern wurden zum Ende der Welt, umgeben nur von grauen Wolken, und das Dasein wirkte abgeschlossen und noch aussichtsloser. Den anderen Häftlingen und sogar den Wachleuten erging es offenbar ähnlich in dieser tristen Zeit, und das drückte die Stimmung zusätzlich.

In der Adventszeit fand in der Gefängniskapelle eine Weihnachtsfeier statt.

»Da gehen wir hin«, sagte Roger. »Da singt der Bert Mewes-Conti.«

Ich war überrascht. Weder Roger noch Hartmut waren an der Kirche interessiert. Ich hatte in den letzten Monaten hin und wieder in der Bibel von Kurt und Knut gelesen, was aber noch lange nicht hieß, ich hätte in der Religion eine Zuflucht gefunden. Es war eine Ablenkung, nicht mehr. Und obwohl mir jede Abwechslung recht war, verspürte ich wenig Lust auf einen Gottesdienst. Schon als Kind hatte ich mich nach jedem Kirchenbesuch schlechter gefühlt als zuvor.

»Ach nee, lass mal«, sagte ich.

»Du kommst mit, Meiner. Keine Widerrede. Das ist eine Weihnachtsfeier.«

»Und wer ist das, der da singt?«

»Bert Mewes-Conti.«

»Kenne ich nicht.«

»Den kennst du nicht? Ein berühmter Operettensänger. Der hat sogar in Filmen mitgespielt.«

»In welchen denn?«

»Mal überlegen.«

Roger fiel kein Titel ein, aber Hartmut wusste Bescheid.

»Der war zum Beispiel in dieser Verfilmung der *Fledermaus* von Johann Strauß dabei. Ist bestimmt zehn Jahre her. *Rauschende Melodien* hieß der Streifen, glaube ich.«

»*Rauschende Melodien*?«, wiederholte ich. »Mensch, den habe ich tatsächlich gesehen.« Ich wusste zwar nicht mehr, worum es ging in dem Film, aber den Titel würde ich nie vergessen. Den Abend mit Irene im Palmenbaum. Ach, Irene. Sofort wurde ich wieder wehmütig. »Und wen hat der da gespielt?«

»Das weiß ich nicht«, sagte Hartmut. »Aber er war dabei, ganz bestimmt.«

»Und jetzt kommt dieser Mewes-Conti extra hierher, um für uns zu singen?«

»Nein, Mensch«, sagte Roger. »Der sitzt auch hier ein. In einer anderen Abteilung.«

Ein Schauspieler im Zuchthaus? Unvorstellbar, das waren doch geachtete Leute. »Weshalb denn?«

»Wegen Paragraf 175. Das musst du dir mal vorstellen: Der hat sechs Jahre gekriegt, nur weil er es mit Männern macht.«

Ich war vorher nie in der Gefängnis-Kapelle gewesen. Am Abend der Weihnachtsfeier waren die Bänke bis auf den letzten Platz besetzt. Es war voller und auch wärmer als damals in unserer Dorfkirche. Schläger, Hehler, Diebe, Zuhälter und Spione wie wir, alle saßen dichtgedrängt da und lauschten den Worten des Geistlichen. Vor allem aber wartete jeder auf den Auftritt des berühmten Sängers. Als Bert Mewes-Conti endlich in einen weiten Umhang gehüllt aufs Podium trat, ging ein Raunen durch die Reihen. Im ersten Moment kam er mir ein wenig überkandidelt vor. Ich konnte mich auch nicht an das Gesicht erinnern. Doch dann begann er zu singen, und es wurde mucksmäuschenstill im Raum. Der Bariton dieses fülligen, großen Mannes mit der hohen Stirn und dem dunklen Schopf ging so unter die Haut, dass mir der Atem wegblieb. Ich sank zurück und hatte das Gefühl, von meinem Platz gehoben zu werden. Ganz sanft. Wie auf einer Wolke schwebte ich auf dieser raumfüllenden Stimme, und der ganze Saal schwebte mit. Bert Mewes-Conti trug uns alle allein mit der Kraft und Leidenschaft seiner Stimme. Zum Schluss sang er mit geschlossenen Augen das *Ave Maria*: *Heilige Maria, Mutter Gottes, bitte für uns Sünder, jetzt und in der Stunde unseres Todes, Amen*. Es gab kein Halten mehr: Das halbe Publikum heulte Rotz und Wasser, auch Roger, Hartmut und mir standen Tränen in den Augen.

Zu Weihnachten erhielt ich ein Paket von Hans Walldorf. Er schickte mir Kekse und Orangen, eine Mettwurst und andere

Kleinigkeiten. Roger und Hartmut lagen auf ihren Pritschen und blätterten in Zeitungen. Sie hatten keine Post bekommen. Ich legte die Wurst und die anderen Sachen auf das Regal, wo wir unsere Vorräte lagerten. Kekse und Orangen teilte ich gleich mit den beiden. Dann streckte ich mich auf meiner Pritsche aus und las den Brief, der dem Paket beilag. Hans schrieb, er habe Mutter um die Adresse gebeten. Er schrieb auch, dass er in Merseburg eine hübsche und äußerst gescheite und herzensgute junge Frau getroffen habe und gedenke, diese bald zu heiraten, wahrscheinlich im nächsten Sommer zu Hause auf dem Rittergut. Er hoffe, dass ich sie bald kennenlernen könnte. Er schrieb, dass mich alle Freunde in der Heimat grüßen ließen und dass sie mich jederzeit wieder mit offenen Armen willkommen heißen würden. Harry Hanisch hätte angeboten, mich nach der Haft als hauptamtlichen Bootswart oder als Maschinisten oder Hausmeister im Bootshaus einzustellen, falls ich nicht wissen sollte, wohin mit mir. Und er schrieb, ich solle allen Mut zusammennehmen, um durch die schwere Zeit zu kommen, und bloß nicht verzagen und nach vorne schauen. Egal was geschehen sei oder was ich getan habe, schloss er den Brief, er würde immer mein Freund bleiben.

Schon wieder hätte ich heulen können. Ich hielt das Schreiben in den Händen, doch ich konnte es nicht noch einmal lesen. So gut wie alles hatte mich bedrückt in den letzten Monaten. Ganz gleich, ob mir jemand seine Hand entzog, sie gegen mich erhob oder mir reichte, alles beschwerte mein Gemüt. Jedes Gefühl war mit Schmerz verbunden, alles löste Traurigkeit aus, und die staute sich in mir auf. Was Hans geschrieben hatte, rührte mich zu Tränen, gleichzeitig machte es mir nur deutlich, wie einsam und verlassen ich war. Es rührte mich und es war mir unangenehm. Ich faltete den Brief zusammen, steckte ihn weg und rieb mir die Augen.

Roger und Hartmut fragten, was los sei.

»Was soll schon sein?«

»Schlechte Nachrichten?«

»Nein. Nein, im Gegenteil.«

Sie schwiegen. Und nach einer Weile erzählte ich ihnen was Hans geschrieben hatte.

»Das ist nett«, meinte Roger. »Das ist wirklich nett von deinem Freund.«

»Gut, wenn man Freunde hat«, sagte Hartmut.

Ich nickte nur, aber das konnten die beiden nicht sehen.

»Hat er ein Bild von seiner Braut beigelegt?«, fragte Roger

»Nein.«

»Wie schade.«

»Na, dann seht euch das mal an«, sagte Hartmut und hiel die Zeitung hoch.

Ich stützte mich auf einen Ellbogen und schaute rüber zu ihm. Auf der Seite, die er uns hinhielt, war das Bild einer schmalen Frau mit kinnlangen, in der Mitte gescheitelten und hinter die Ohren gesteckten Haaren. Sie trug einen gepunkteten Schal, um ihren Ausschnitt rankten Blumen und sie lachte Neben ihr ein älterer Mann.

»Wer ist das?«, fragte ich.

»Die Schauspielerin Inge Keller«, sagte Hartmut. »Hübsch oder?«

»Ja, sehr. Und wer ist der alte Sack?«

»Erwin Geschonneck. Auch Schauspieler.«

»Den Namen hab ich schon mal gehört.«

»Hat der was mit ihr?«, fragte Roger.

»Keine Ahnung. Aber hört mal her.« Hartmut las vor: »›Er begreift noch gar nicht, blickt auf ihr geblümtes, pastellfarbenes Frühlingskleid, in dem sie noch hübscher aussieht als je zuvor.‹«

»Geschonneck?«

»Nein.« Hartmut tippte auf die Seite. »Aber passt gut, oder?

Ist aus einem Fortsetzungsroman, gleich neben dem Bild.« Er verstellte die Stimme und las weiter: »›Ja, er ist fleißig, kann auch Auszeichnungen erringen – aber sonst? Er ist doch wie ein Rohr im Winde, schwankt hierhin, schwankt dorthin, weiß nicht, was er will. Er ist kein Mann! Helfen muss man ihm doch. Immer nur helfen.‹«

»Steht das da? So ein Blödsinn.«

»Mann, und ich hab auch ein Rohr und brauche Hilfe«, sagte Roger.

Wir lachten. Ich ließ mich wieder auf den Rücken fallen. Roger und Hartmut waren mir immer wie harte Kerle erschienen, doch auch sie waren einsam. Sie saßen schon viel länger im Gefängnis als ich, und sie mussten noch länger in Haft bleiben. In diesem Moment fühlten wir gleich, das spürte ich. Meine Schwermut wurde mehr und mehr von einer Sehnsucht verdrängt. Mit einem Mal stöhnte Roger.

»Was ist los?«, fragte ich.

»Mann, ich halt's nicht mehr aus.«

»Was?«

»Na, was wohl?«

»Glaubst du, mir geht es besser?«, sagte ich.

»Oder mir?«, sagte Hartmut.

»In einer Hinsicht hat Mewes-Conti es gut«, sagte Roger.

»Wie meinste das?«, fragte Hartmut.

»Na, stellt euch mal vor, der hat jetzt einen in seiner Zelle, der genauso ist wie er.«

»Ach, hör auf«, sagte ich. Aber ich wusste genau, was er meinte. Auch mich durchströmte ein komisches Gefühl, ich konnte nichts dagegen tun.

»Hilf mir doch mal aus der Not, Meiner«, sagte Roger mit einem Mal.

»Ich?«

»Ja, brauchst keine Angst zu haben.«

»Ich habe keine Angst«, sagte ich. »Aber ich bin nicht so einer.«

»Na, glaubste denn, ich?«

Stille.

»Nur so ein bisschen ... du weißt schon.«

»Ich weiß nicht ...«

»Na klar, Junge«, sagte jetzt Hartmut. »Mach ruhig. Man muss sich doch helfen.«

»Ruhig, ruhig«, sagte Roger, »sonst hört uns noch einer.«

»Ach was«, sagte Hartmut. »Heute hat der Vater Dienst. Der macht doch nichts, außerdem kommt er sowieso fast nie vorbei.«

Ich lag da und überlegte hin und her. Was sollte ich tun? Mir platzte ja selbst bald die Hose. Schließlich gab ich mir einen Ruck. Ich stand auf und trat vor das andere Etagenbett. Roger lag auf dem Rücken, den Blick zur Wand gerichtet. Er schwitzte richtig. Als ich vorsichtig unter die Decke griff, nahm er seine Hand weg. Ich schreckte zurück. Nicht möglich, dachte ich.

»Nicht erschrecken, Meiner«, sagte Roger, ohne mich anzusehen. »Der ist sechsundzwanzig Zentimeter lang.«

Ich konnte ihn mit einer Hand kaum umschließen. Während ich oben Roger nachhalf, machte unten Hartmut meine Hose auf. Erst zuckte ich zusammen, doch als er an mir rumzufingern begann, ließ ich es geschehen. Ich ließ mich gehen. Keiner sagte ein Wort. Wir ließen uns Zeit. Einer schwitzte mehr als der andere. Ich schloss die Augen und genoss es.

Danach ging ich wieder rüber zu meinem Bett und legte mich hin. Wir verloren kein Wort, wir sprachen nie darüber. Geschämt haben wir uns aber auch nicht, keiner von uns dreien. Ich hatte schon wesentlich traurigere Weihnachten erlebt.

Gleich im neuen Jahr wurde ich abermals zum Politoffizier gebracht. Dieses Mal hielt er mir mehr einen Vortrag, als dass er mich befragte. Ich wiederholte noch einmal, dass ich alles falsch gemacht hätte, dass ich mich geirrt hätte und alles bereuen und nach vorne schauen würde, weil Sicherheit und Frieden mir das Wichtigste seien. Er sah mich lange an und zog an einer Zigarette. Ich hielt seinem Blick kaum stand, doch ich schaute nicht weg. Dann stand er auf und stellte sich vors Fenster.

»Sie unterlagen wohl vielen Einflüssen, auch denen des Gegners«, sagte er. »Alles, was Sie hier bei uns hatten, in unserer Republik, haben Sie für selbstverständlich genommen und gar nicht mehr zu schätzen gewusst. Richtig?«

Ich nickte. »Ja, so war es wohl.«

»Sie haben sich treiben lassen. Sie waren ...« Er hielt kurz inne, schob seine Brille hoch und sah in seine Unterlagen. »Ja, sie waren knapp fünf Jahre alt, als der Faschismus geschlagen wurde. Aber denken Sie daran, als Sie als selbstständig denkender Mensch ins Leben traten, haben ältere und erfahrene Menschen bei uns schon ein großes Stück Arbeit geleistet. Sie haben den Frieden gesichert und unser Land zu einem festen, geachteten Staat entwickelt, der auch Ihnen alle Möglichkeiten eines sinnvollen und frohen Lebens bietet.«

Er kam um den Schreibtisch herum, blieb neben mir stehen und legte mir eine Hand auf die Schulter.

»Sie haben doch eigentlich alle Eigenschaften, die einen jungen Menschen auszeichnen«, fuhr er fort und erläuterte mir, wer die wahren Schuldigen wären, er sprach von denen, die den Kreuzzug gegen den Kommunismus predigten und die Heimatliebe und die Gefühle der Menschen missbrauchten.

»Lassen Sie sich davon nicht mehr blenden«, sagte er, nahm seine Hand weg und setzte sich wieder hinter den Schreibtisch. »Im Westen können Sie nur Lakai und Knecht sein. Wollen Sie das?«

Ich schüttelte den Kopf.

»Nein.«

Auch er schüttelte den Kopf.

»Nein, das wollen Sie nicht. Denn hier sind Sie Mitbesitzer. Verstehen Sie das? Die Politik unseres Landes ist auch Ihre Politik.«

Ich nickte und durfte wieder an die Arbeit gehen.

Einen Tag später sollte ich morgens nicht zur gewohnten Arbeit ausrücken, sondern mein Paket packen. Ich wurde in eine andere Abteilung des Zuchthauses verlegt und kam in die Gärtnerbrigade. Wir waren zehn Mann in der Zelle, der Gärtnermeister war ein Häftling aus Weimar. Ohne Aufsicht marschierten wir durch die Stadt, am Militärkrankenhaus vorbei zur Gefängnisgärtnerei. Links an der Straße, bei den Wohnhäusern der Wachleute, befanden sich die weitläufigen Gärten, auf der gegenüberliegenden Straßenseite standen die Gewächshäuser. Alles, was in der Gärtnerei angebaut wurde, war für die Gefängnisküche und für das Militärkrankenhaus bestimmt. Ich hatte in meiner Haftzeit nie einen Apfel gesehen, in der Gärtnerei waren jedoch Unmengen an Obst aus dem letzten Spätsommer eingelagert. Während der Arbeit durften wir alles essen, es war jedoch strengstens verboten, Obst aus dem Garten mit in die Zelle zu nehmen.

»Wenn sie euch dabei erwischen, dass ihr was reinschmuggelt, seid ihr sofort weg vom Fenster«, bläute der Gärtnermeister uns ein.

Am Anfang mussten wir Schnee schippen oder Laub zusammenrechen. Wir brachten die Gewächshäuser und Beete in Schuss und führten kleine Reparaturen durch. Trotz der Kälte war es eine Wohltat, draußen an der frischen Luft arbeiten zu können. Wahrscheinlich hatte ich es dem Politoffizier zu verdanken, dass ich in diese Brigade verlegt worden war. Vielleicht gab es auch unter den Politniks noch Menschen mit

Seele. Vielleicht hatte ich das richtige Gesicht gemacht, als ich ihm zuhörte. Als es wärmer wurde, sollten wir in die Obstbäume klettern und die alten getrockneten Früchte entfernen. Die Baumreihen in den Gärten waren endlos. Als die Nachtfröste aufhörten, war es auch an der Zeit, das erste Gemüse auszusäen, Karotten, Zwiebeln, Kohlrabi und Bohnen mussten schon zu dieser Jahreszeit in den Boden.

Mit der neuen Abteilung durfte ich einmal im Monat zu einer Filmvorführung gehen. Meist wurden Kampf- oder Arbeiterfilme gezeigt, aber jeder ging hin, es war eine Abwechslung. Als ich *Ernst Thälmann, Sohn seiner Klasse* sah, wurde mir von meinem Nachbarn eine kleine Klappkarte aus Pappe zugesteckt. Ich schaute die Reihe entlang, alle zwinkerten mir zu. Offenbar war die Karte schon durch den ganzen Saal gereicht worden, ehe sie bei mir ankam. Ich klappte sie auf. Auf einer Seite waren Bilder aus Zeitungen eingeklebt, Mädchen in BH oder Badeanzug. Auf der anderen standen Geburtstagsgrüße von Roger und Hartmut. Ich hatte meinen Geburtstag vergessen! Jetzt fiel mir ein, dass er nur ein paar Tage her war. Es war ein Tag wie jeder andere gewesen. Aber meine Kumpels, die in ihrer alten Abteilung geblieben waren, hatten an mich gedacht und den Kassiber auf den Weg gebracht. Es war mein letzter Kontakt mit den beiden, nie sah ich einen von ihnen wieder.

Eines Tages erschienen ein paar Herren in Zivil in der Gärtnerei und riefen nacheinander jedes Mitglied der Brigade in den Frühstücksraum. Als ich dran war, wollten die Anzugträger meinen Namen wissen, mein Alter und den Grund meiner Haft. Das war alles, mehr Fragen stellten sie nicht, und die Antworten, die ich ihnen gab, waren jedem bekannt. Ich konnte wieder an die Arbeit gehen. Doch nach diesen Befragungen blieben nur noch zwei Mann in der Gärtnerei, ein Brandstifter und einer, der wegen Notzucht mit kleinen Jungen einsaß. Jeder, der einen ähnlichen Haftgrund hatte wie ich, wurde abkommandiert. Mich verlegte man noch am selben Abend in einen großen Schlafsaal der gleichen Abteilung. Weil der Saal bereits überfüllt war, gab es unter den Neuankömmlingen Streit um die besten Schlafplätze. Ich hielt mich lieber zurück, aber ein paar junge Kerle preschten vor und sicherten sich die letzten freien Pritschen auf den Doppelstockbetten im hinteren Bereich der Zelle. Mir blieb nur ein durchgelegener Strohsack direkt neben der Tür. Auf der anderen Seite standen in mehreren Reihen die Kübel.

Ich konnte nur schwer in den Schlaf finden, und mitten in der Nacht wachte ich wieder auf. Im Saal war die ganze Zeit über keine Ruhe eingekehrt, eine spürbare Anspannung lag in der Luft. Ich lauschte. Dumpfe Schritte, gedämpfte Stimmen. Ein Licht flackerte kurz über die Decke. Vorsichtig richtete ich mich auf. In der Dunkelheit sah ich, dass sich im hinteren Bereich mehrere Häftlinge um eines der Etagenbetten versammelt hatten. Was war da los? Es schien ein Gerangel zu geben, einen Kampf. Ein Bett knarrte und quietschte, dann hörte ich jemanden stöhnen und röcheln. Der Mann, der neben mir lag, stieß mich an.

»Bleib bloß ruhig und halt den Mund«, raunte er. »Sonst gibt's nur Ärger.«

»Aber ...«

»Leg dich wieder hin«, zischte er.

Ich tat, was er sagte, und gab keinen Mucks von mir. Was auch immer dort geschah, es dauerte an. Das Stöhnen wurde leiser, aber das Bett quietschte weiter. Als ich nach einer Weile wieder Schritte hörte, war ich auf alles gefasst. Doch dann wurde es ruhiger. Nur ein ersticktes Wimmern war die ganze weitere Nacht über zu hören, ich konnte nicht mehr einschlafen. Am nächsten Morgen wurde einer von den Jungen, die sich um die letzten Pritschen gestritten hatten, aus der Zelle getragen und ins Krankenhaus gebracht. Sechs Mann waren über ihn hergefallen und hatten ihn vergewaltigt, erfuhr ich. Der Junge kehrte nicht mehr zurück, aber sonst passierte nichts. Wer auch immer ihm das angetan hatte, sie blieben, wo sie waren. Trotz des Gestanks der nahen Kübel behielt ich lieber meinen Platz direkt neben der Tür.

Der Schlafsaal war mit sechzig Mann belegt, bei fast allen handelte es sich um Kleinganoven, um Diebe, Schläger oder Einbrecher, die zumeist nicht mehr als ein paar Monate und im Höchstfall zwei Jahre abzusitzen hatten. Der größte Teil von ihnen wurde zum Stadionbau im nahen Döbeln eingesetzt und jeden Morgen mit Bussen zur Baustelle gefahren. Eine kleinere Gruppe bildete die Haus- und Hofkolonne, und zu der wurde ich eingeteilt. Als Erstes hatten wir rings um das Gefängnis die Straßen zu kehren. Nachdem das erledigt war, mussten wir jeden Morgen in Reih und Glied, eskortiert von einer Gruppe Wachleute, durch die Stadt in ein nahes Waldstück marschieren. Dort befand sich das Wasserwerk von Waldheim mit den Anlagen zur Trinkwasseraufbereitung. An mehreren Tagen schöpften wir mit Eimern den Filterkies aus, entschlammten und reinigten dann die Gruben und Becken und füllten sie schließlich mit neu angeliefertem Kies auf. Als Nächstes ging es früh am Morgen zum Bahnhof, wo wir Kohle von einer endlosen Reihe Waggons laden sollten.

»Wenn ihr mittags fertig seid«, sagte ein Wachmann, »bekommt jeder eine Zigarette.«

Wir hatten weder Schaufel noch Schippe. Die Tore der Waggons wurden geöffnet, wir traten oben nach, damit so viel Kohle wie möglich über den Trichter in die Auffangwanne rutschte, den Rest luden wir mit bloßen Händen aus. Um elf Uhr waren wir fertig und sollten unsere Belohnung kriegen. Erst da stellten die Wachen fest, dass zwei Leute von uns fehlten. Die Zigaretten wurden wieder einkassiert, ein paar Wachmänner hielten uns in Schach, die anderen schwärmten aus. Schon nach kurzer Zeit waren die beiden Ausreißer eingefangen, ein Bahnarbeiter hatte aufgepasst und den Wachleuten gesagt, wo sie sich versteckt hielten.

Tags drauf wurde meine Gruppe ohne die beiden Ausreißer aus der Stadt gefahren. Neue Wasserleitungen wurden verlegt, der Boden war jedoch so felsig, dass die Bagger nicht mehr weiterkamen. Unter der Aufsicht einer Kohorte Wachmänner, die uns mit Kalaschnikows umkreisten, mussten wir mit Spitzhacke und Hammer Rinnen für die Leitungen freischlagen. Eine Knochenarbeit, zuerst bei Regen und Kälte und dann bei über Nacht ausbrechender Hitze. Jeder Schlag mit der Hacke schüttelte einem die Knochen durch bis in die Zehenspitzen. Jede Nacht, wenn ich auf meinem durchgelegenen Sack lag und hoffte, dass keiner über mich herfiel, zitterte ich noch am ganzen Leib. Für ein paar Meter Leitung brauchten wir Tage, und ich dachte ständig, würden die Wachen ihre Kalaschnikows weglegen und mit anpacken, wären wir wesentlich früher fertig.

Aber auch das ging vorüber. Wir wurden in die Ziegelei abkommandiert. Meine Mutter hatte jahrelang in einer Koksziegelei gearbeitet, fiel mir ein. Auch am Tag, als unsere Nachbarin mit dem Fahrrad zu ihr gekommen war, um ihr zu sagen, dass Vater unser Haus leerräumte, hatte sie im Rührwerk an der Mischmaschine gestanden. In dieser Ziegelei wurden jedoch Klinker für den Bau hergestellt, und unsere erste Aufgabe bestand darin, die noch nassen Rohlinge, die aus der Presse kamen, vom Förderband zu nehmen. Gut sieben Kilo wog ein Rohling, wir stapelten drei, vier übereinander, legten sie auf die Lore und wuchteten sie dann zum Trocknen in die Regale. Sobald die Rohlinge ausgetrocknet waren, wurden sie gebrannt. Wir bekamen Masken und Handschuhe, aber vor dem Ofen herrschte eine solche Hitze, dass sie kaum Schutz boten. Kurz ließ man die Klinker ausglühen, dann mussten wir in den Höllenschlund greifen und sie rausholen und stapeln, tagein, tagaus.

Ich hatte das Gefühl für die Zeit verloren. Der Frühling hatte begonnen, das war mir nicht entgangen, aber ich nahm es weniger wahr, ich nahm es nur hin wie alles andere. Wie die Hitze des Brennofens, das Ziehen in den Schultern, die Schmerzen im Rücken, den Hunger. Wie den täglichen Trott und den durchgelegenen Strohsack und die Angst in der Nacht. Wie mein gesamtes Leben. Auch als man mir eines Morgens sagte, dass ich nicht mit der Kolonne ausrücken, sondern in der Zelle bleiben sollte, nahm ich es einfach hin. Ich blieb allein zurück, legte mich wieder hin und dachte mir nichts dabei. Ich dachte mir schon seit Wochen nichts mehr. Stunden später kam ein Wachmann und sagte, ich solle meine Sachen zusammenpacken. Ich packte mein Paket, Kopfkissen, Handtuch, Napf, Becher, Besteck, Zahnbürste, Seife, und folgte dem Mann durch den Gang und die Treppen runter über den Hof in einen zweigeschossigen Seitenflügel. Dort bekam ich eine Einzelzelle.

Es war anders, es war ruhiger, ich musste nicht arbeiten, das Essen war besser. Reichhaltiger, schmackhafter, abwechslungsreicher, es gab sogar einen Apfel zum Abend. Doch erst als der Wachmann nach ein paar Tagen wiederkam und sagte, ich könne jetzt an meine Angehörigen schreiben, wusste ich, ich war in der Entlasserzelle. Jetzt kam ich raus. Nach Hause. Ich ließ mir diese beiden Worte auf der Zunge zergehen. Ich probierte sie aus wie einen neuen Anzug. Zu Hause, wo war das eigentlich? Ich schrieb ein paar Zeilen an Mutter. Jetzt wusste ich, es konnte sich nur noch um Tage handeln.

»Sie haben doch Rücklagen, oder?«, fragte der Wachmann, als er den Brief holte, um ihn loszuschicken.

»Ja.«

»Ich weiß«, sagte er. »Aber ich muss ja fragen. Wollen Sie sich einkleiden?«

»Ja, gern, wenn das möglich ist.«

Am nächsten Morgen wurde mir meine Zivilkleidung ausgehändigt, Vaters Hose aus der Effektenkammer, die all die Jahre und Monate aufbewahrt worden war. Gemeinsam mit einem Wachtmeister ging ich dann in die Stadt, ohne Handschellen, einfach so. Beschämt trottete ich neben dem Mann her. Ich hatte das Gefühl, dass mich jeder Passant anglotzte, dass jeder mir ansah, wer ich war und woher ich kam. Glücklicherweise war der Weg nicht weit. In einem Konfektionsgeschäft am Markt wurden wir bereits erwartet. Die Verkäuferinnen wussten Bescheid, ich war nicht der Erste, der mit einem Polizisten in ihren Laden kam, weil er sich schuldig gemacht hatte. Weil er nach Jahren hinter Gittern den Anschluss an das zivilisierte Leben verloren hatte.

»Was trägt man denn heute so?«, fragte ich.

Die Verkäuferinnen waren sehr freundlich und nahmen sich Zeit. Sie liefen durch den Laden, von Regal zu Regal, von Ständer zu Ständer und legten zahllose Hemden und Hosen zur Auswahl auf den Tresen. Ich konnte mich nur schwer entscheiden. Dann dachte ich, man kommt nicht jeden Tag aus dem Gefängnis. Am Ende wählte ich eine schwarze Hose, ein weißes Hemd, einen schmalen schwarzen Lederschlips mit vorgebundenem Knoten und Gummizug und ein sehr schickes Jackett aus. Das Jackett hatte ein raffiniertes, körniges Muster, wie Salz und Pfeffer, doch nicht mit weißen, sondern mit roten Sprenkeln in der schwarzen Wolle. Dazu nahm ich ein Paar glänzende, handgenähte Lederschuhe. Ich zog alles an und betrachtete mich im Spiegel. Dann warf ich einen Blick zu den Verkäuferinnen, die im Halbkreis vor mir standen.

»Doch, das steht Ihnen sehr gut«, sagte eine, die meine Mutter hätte sein können. »So können Sie gehen.«

»Wirklich?«

»Aber ja doch. Das trägt man heute so.«

Ihre Kolleginnen nickten zustimmend. Der Wachtmeister zahlte die Rechnung mit meinem Geld. Ich hatte keine Ahnung, wie viel mir noch übrig blieb, es war mir auch egal. Die neuen Sachen wurden eingepackt, ich zog mich wieder um und nahm den Karton unter den Arm. Dann marschierten wir zurück ins Gefängnis. Dort musste ich sofort in die Gefängniskluft zurückwechseln.

Erst am Tag der Entlassung wurde mir alles wieder ausgehändigt: das Geld, der neue Anzug, die alten Klamotten, die Hose von Vater.

»Die können Sie wegschmeißen«, sagte ich.

Ich gab das Paket an Utensilien ab, das mich all die Zeit von Zelle zu Zelle begleitet hatte. Ich zog die Gefängniskluft aus und die neuen Sachen an, das blütenweiße Hemd, die schwarze Hose mit Bügelfalte. Ich legte den Lederschlips an und schlüpfte in das schicke Jackett. Ich ließ mich über meine Pflichten und über die Auflagen nach der Haft belehren, ich unterschrieb mehrere Dokumente. Schließlich bekam ich das angesparte Geld, quittierte den Empfang und verabschiedete mich.

Ich trat aus dem Gefängnistor und blieb einen Augenblick auf der Straße stehen. Ich schloss die Augen, ich spürte die Sonnenstrahlen auf meinem Gesicht, ich atmete die Luft ein. Als ich die Augen wieder aufmachte, sah ich Hans Walldorf vor mir stehen. Er musterte mich von oben bis unten und konnte sich ein Lächeln nicht verkneifen. Dann kam er näher und nahm mich in den Arm.

»Na, Meiner«, sagte er.

So, Meiner, sagt er, du bist jetzt der Einzige, der das alles weiß. Denn du bist der Erste, dem ich es erzählt habe. Mach damit, was du willst. Aber du siehst, ich war ein Hornochse. Ich habe eine Scheiße nach der anderen verzapft. Ich war einfach dumm und völlig unterentwickelt.

Oder mutig, sage ich.

Nein, sagt er. Nicht mutig. Leichtfertig. Das war alles reine Dummheit. Sonst nichts. Immerhin haben sie mir sechs Monate Haft erlassen, dafür hatte ich noch zwei Jahre auf Bewährung. Mit Hans ging ich als Erstes in eine Wirtschaft am Markt. Ich aß Entenkeule mit Rotkohl und Knödeln, daran erinnere ich mich, als wäre es gestern gewesen. Ich trank ein Glas Bier dazu, danach war ich fast besoffen. Zu Hause musste ich mich im Buna-Werk melden, ich hatte Arbeitsplatzbindung. Meine alte Brigade nahm mich wieder auf, die hatten Monate vor mir gewusst, wann ich entlassen würde. Ich zog ins Bullenkloster, wie ich es schon vorher geplant hatte, holte meinen Schulabschluss nach und machte eine Lehre als Schlosser. Gerlinde habe ich nie wiedergesehen. Und Irene, die hat einen Kohlenhändler aus Halle geheiratet und mehrere Kinder bekommen. Drei Jahre nach meiner Entlassung lernte ich deine Tante kennen, das hat mich gerettet. Als deine Cousine unterwegs war, brauchten wir eine Wohnung. So kamen wir hierher. Ich habe mein ganzes Leben hart gearbeitet, so wie sie es mir in Buna und dann im Gefängnis beigebracht haben, nur ackern, ackern, ackern. Wiedergutmachung nannte man das, Eingliederung in den Alltag.

Und regelmäßig kamen die Männer in ihren zerknitterten Anzügen und horchten, wie ich mich führte, und guckten, dass ich nicht aus der Reihe tanzte. So war das. Er lacht. Seit ich in Rente bin, kann ich auch wieder Makkaroni essen, sagt er.

Ich sehe meinen Onkel an, wir sitzen in der Wohnung, in der er seit mittlerweile fünfzig Jahren mit meiner Tante lebt, und ich sehe mich mit zehn Jahren in dieser Wohnung im Bett liegen, neben mir meine Cousine, wir beide innig und ausgelassen, dabei haben wir uns gerade erst kennengelernt, es gibt ein Foto davon. Meine Cousine, seine Tochter, die genau drei Tage nach mir geboren wurde und mir so ähnlich sieht, als sei sie meine Schwester. Es ist der erste Abend unseres Besuchs, meine Tante und meine Mutter haben uns eben zu Bett gebracht, die Tür steht offen. In der Küche höre ich meinen Onkel und meinen Vater, beide sehen sich zum ersten Mal seit Jahren wieder. Sie trinken Bier, das Vater mitgebracht hat, ich höre sie lachen und reden, ich verstehe nicht, was sie sagen, aber mir scheint, die beiden Brüder sind noch lange nicht am Ende, so viel haben sie nachzuholen und sich zu erzählen, und mit dem Klang ihrer Stimmen im Ohr schlafe ich in Seelenruhe ein, im Bett neben meiner Cousine.

Und nun, wo ich viele Jahre später in dieser Wohnung vor meinem Onkel sitze und alles gehört habe, was er mir als Erstem überhaupt erzählt hat, und alles weiß, was sonst kein anderer weiß, frage ich mich mehr denn je: Worüber haben die beiden, mein Onkel und mein Vater, geredet, damals in der Küche? Warum bin gerade ich der Erste, dem er seine Geschichte erzählt hat? Und weshalb haben die Brüder, kaum dass alle Barrieren weggebrochen waren, kein Wort mehr miteinander gesprochen?

»Ein Debüt von erstaunlicher erzählerischer Kraft«

Volker Isfort, Abendzeitung München

Cover- und Preisänderungen vorbehalten

Hier reinlesen!

Pierre Jarawan

Am Ende bleiben die Zedern

Roman

Berlin Verlag, 448 Seiten
€ 22,00 [D], € 22,70 [A]*
ISBN 978-3-8270-1302-6

Samirs Eltern sind kurz vor dessen Geburt aus dem Libanon nach Deutschland geflohen. Als sein geliebter Vater spurlos verschwindet, ist Samir acht. Jetzt, zwanzig Jahre später, macht er sich auf in das Land der Zedern, um das Rätsel dieses Verschwindens zu lösen. Eine große Familiengeschichte, berührend, überraschend und meisterhaft verwoben mit dem dramatischen Schicksal des Nahen Ostens.

Leseproben, E-Books und mehr unter www.berlinverlag.de

»Thomas Lang hat ein einfühlsames Buch geschrieben.«

Spiegel-online

Hier reinlesen!

Immer nach Hause

Roman

Berlin Verlag, 384 Seiten
€ 20,00 [D], € 20,60 [A]*
ISBN 978-3-8270-1333-0

*Cover- und Preisänderungen vorbehalten

Hermann Hesse ist Ende zwanzig und für sein Frühwerk berühmt, als er sich mit seiner Frau Mia in ein Dorf am Bodensee zurückzieht. Doch je mehr er sich von der Welt abgeschnitten fühlt, desto mehr wächst die Unzufriedenheit. Literarisch will ihm kaum noch etwas gelingen, er sieht sich in einer Krise und beginnt zu zweifeln. Lebendig, kenntnisreich und mit unvergesslichen Figuren erzählt Thomas Lang von einer Lebensphase jenes Schriftstellers, der später zum Liebling von Lesergenerationen avancierte.

Leseproben, E-Books und mehr unter www.berlinverlag.de

»Deutsche Literatur kann auch mal großartig sein.«

Jörg Magenau, Deutschlandradio Kultur

* Cover- und Preisänderungen vorbehalten

Hier reinlesen!

Gerhard Falkner

Apollokalypse

Roman

Berlin Verlag, 432 Seiten
€ 22,00 [D], € 22,70 [A]*
ISBN 978-3-8270-1336-1

Georg Autenrieth ist eine zwielichtige Gestalt in zwiegesichtigen Zeiten, immer wieder taucht er auf in Berlin, der Mann aus Westdeutschland, hält Kontakt mit der Szene, durchsucht die Stadt und zelebriert Laster, Lebensgier und Liebeskunst. Wohin aber verschwindet er dann? Wer ist der »Glasmann«? Und welche Rolle spielen seine Verbindungen zur RAF?

Ein Epochenroman über die 80er und 90er Jahre, »in der Geschichte der Berlin-Literatur beginnt mit diesem Roman ein neues Kapitel.« Jens Bisky, SZ

Leseproben, E-Books und mehr unter www.berlinverlag.de